해외주재원 생활백서

해외 생활을 위한 필독서!

*사진 출처 : ⓒ픽사베이

이 동고 지음

해외주재원 생활백서

-해외 생활을 위한 필독서-

발 행 | 2019년 6월 5일
저 자 | 이동고
펴낸이 | 한건희
펴낸곳 | 주식회사 부크크
출판사등록 | 2014.07.15.(제2014-16호)
주 소 | 서울특별시 금천구 가산디지털1로 119 SK트윈타워 A동 305호
전 화 | 1670-8316
이메일 | info@bookk.co.kr

ISBN | 979-11-272-7479-5

www.bookk.co.kr
ⓒ 이동고 2019

이 동고 (Don't go, Lee)

미국 Wisconsin - Madison대학에서 MBA를 졸업하였다.

LG그룹의 해외지사장으로 95년부터 터키, 멕시코, 이집트에서 해외주재 생활을 하였다. 해외에서 영업 및 마케팅 전문가로서 근무하면서, IMF를 겪기도 하였다. LG그룹의 Global Challenger의 경영/경제 분야 심사위원으로 활동한바 있으며, 2011년에는 LG 디스플레이 CEO 영업대상을 수상한바 있다.

LG그룹 퇴직후에는 (국제기구) 한-아세안센터 무역투자국에서 한국과 아세안 10개국의 무역, 투자업무의 책임자로 근무하였다.

미국 마케팅협회(AMA)의 PCM (Professional Certified Marketer) 자격을 보유하고 있다. 현재 문화 콘텐츠 사업과 강의 활동을 활발히 하고 있다.

(이메일) dongolee@naver.com

(페이스북) https://www.facebook.com/dongogolee

해외주재원 생활백서

이동고 지음

CONTENT

들어가는 말 - 16

제 1부 한국에서의 준비는? - 19

제1장. 갑작스러운 발령, 사전준비가 필요하다 - 20
1-1. 해외근무에 대한 본인만의 준비가 필요하다
1-2. 주재원 파견시에 판단하는 회사의 기준들
1-3. 국제화 감각이란
1-4. 해외주재원의 일반적인 처우에 대하여
1-5. 해외근무, 순환적인 성격의 미학
1-6. 해외주재원 급여는 상이하다
1-7. 전임준비금으로 충분할까
1-8. 출국 전 어학교육의 어려움
1-9. 개인적인 선호도의 고려가 필요하다
1-10. 가족과의 동반부임, 아니면 혼자만 먼저 출국할까
1-11. 단신 부임도 고려하여 보아야
1-12. 가족을 동반하는 부임은

제2장. 해외에서 병원 이용하기 - 32
2-1. 해외에서 받는 의료는 너무나 중요하다
2-2. 의료비 실비지원의 불편함에 대하여
2-3. 민영의료보험은 한국과는 다르다
2-4. 한국 실손 보험은 출국전에 반드시 가입하라
2-5. 일시적인 출국에는 해외여행자보험이 필요하다
2-6. 해외유학생은 다른 준비가 필요하다

제3장. 자녀의 학교 문제 - 37
3-1. 한국의 학교 정리하고 떠나기
3-2. 자녀학자금 지원범위는

3-3. Pre-school과 유치원은
3-4. 중고등학교의 선택은
3-5. 대학 진학은

제4장. 차량 이용시에는 - 42
4-1. 업무용 차량지원
4-2. 한국차량매각, 한국운전면허는 사전에 발급받고 출국하라
4-3. 국제운전면허를 발급받아야 한다.
4-4. 현지에서 운전면허를 받는 방법
4-5. 인근 국가를 육로로 국경을 넘는 방법

제5장. 해외로 이삿짐을 보낼 때에는 -46
5-1. 이삿짐 업체 선정하기
5-2. 해외로 가져갈 수 있는 이삿짐의 규모는
5-3. 가전제품은
5-4. 책의 소중함
5-5. 이삿짐의 운송기간을 고려하여야
5-6. 이삿짐 빌송시의 Tip

제6장. 떠나기 전에 준비하여야 할 사항은 - 51
6-1. 한국에서 떠나기 전에 준비하여야 할 것은
6-2. 한국짐을 정리하고 떠나기
6-3. 한국에 집을 사두고 떠나는 것이
6-4. 현지언어를 미리 습득하기

제7장. 한국 지인과의 관계 - 59
7-1. 해외에서도 항상 연결이 되어야
7-2. 070 인터넷 전화는 출국전에 반드시 준비하라
7-3. 출국전에 필요한 개인사를 정리하여야 한다.
7-4. 출국하는 날 당일은

제 2부. 현지에서 주재생활을 시작하면 - 70

제1장. 현지도착후 성공적인 해외생활을 위하여 - 71
1-1. 현지에 도착한 당일에는
1-2. 도착하여 제일 필요한 것은 차량
1-3. Rent와 Lease의 차이는
1-4. 차량을 구매하는 방식은?
1-5. 도착 후 Mobile Phone을 개통하기

제2장. 도착 후 현지에서 살 집을 찾아보기 - 76
2-1. 현지부임 후 Soft-landing기간에는
2-2. 현지에서 집을 Rent할려면
2-3. 주택을 구매하는 것도 가능하다
2-4. 주택중개인을 통한 주택 물색시에는
2-5. 주택 중개수수료는
2-6. 주택 보증금은
2-7. 주택입주후 가구 구입시에는

제3장. 은행구좌 개설과 신용카드 신청하기 - 84
3-1. 은행구좌 개설은
3-2. 신용카드의 발급은

제4장. 현지에서 병원 이용하기 - 86
4-1. 병원 이용의 중요성
4-2. 공공 의료시설을 이용하기
4-3. 처방전은
4-4. 한국 회사들의 의료비 지원형태는
4-5. 의료비 실비 지원
4-6. 개인이 전액 부담하는 의료비 지원 방식도 있고
4-7. 사회보장 가입 국가에서는
4-8. 해외의 민영의료보험은
4-9. 외국인 전용병원의 이용

제5장. 현지 학교에 보내기 - 94
5-1. 현지 학교에 편입하기
5-2. 외국인 학교의 형태는
5-3. 학교가 다르면 학교선택의 폭도 달라지고
5-4. 공립학교를 보내면
5-5. 랭귀지 코스 어학과정
5-6. 다른 학교로 전학하기
5-7. 자녀의 현지 대학 입학시에는
5-8. 자녀 사교육 시키기

제6장. 자녀의 학교생활 - 102
6-1. 자녀의 현지학교 생활
6-2. 자녀의 이성친구
6-3. 자녀의 학교와 생활
6-4. 학교행사에 참석하기

세7장. 한국학교 또는 한인학교에 보내기 - 105
7-1. 한국 학교는
7-2. 한인 학교는

제8장. 현지 사회와 함께하는 주재생활 - 107
8-1. 교민사회와 함께하기
8-2. 교민사회에 깊이 들어가기

제9장. 현지에서의 직장생활은 - 110
9-1. 서로가 배려하면서
9-2. 현지조직의 형태는
9-3. 회사에서의 식사는
9-4. 업무시간대는
9-5. 같은 회사에 근무하는 주재원가족과의 친교는
9-6. 주재원 배우자 모임에서는

제10장. 현지에서의 종교생활은 - 116
10-1. 불교
10-2. 기독교
10-3. 카톨릭
10-4. 이슬람

제11장. 현지에서 국내여행 다니기 - 118
11-1. 사전에 계획을 하여야만
11-2. 주재하는 국가내에서의 국내여행은
11-3. 여행지에서의 숙박은
11-4. 현지에서 해외로 여행 다니기
11-5. 항공 여행시의 ABC
11-6. 외국 항공사의 완전히 다른 고객응대 방식
11-7. 저가항공사 이용시에는 항상 조심하여야

제12장. 해외에서 한국 명절 보내기 - 128
12-1. 명절, 그 쓸쓸함에 대하여
12-2. 가까운 지인과의 하루

제13장. 정기적인 운동모임은 - 130
13-1. 골프, 해외에서는 운동이상의 존재감이다
13-2. 골프장 회원권
13-3. 골프, 전동 카트 없이도 가능한 운동
13-4. 캐디 도움이 강제조항은 아니고
13-5. 골프, 교민사회에서는 생활의 일부이다
13-6. 테니스, 조깅, 마라톤, 등산, 스키의 다양한 운동도 있고
13-7. 조깅의 장점과 불편한 점
13-8. 마라톤을 좋아하시는 매니아 층
13-9. 현지에서의 등산모임도
13-10. 스키도 가능하고
13-11. 건강관리는 항상 자신의 몫

제14장. 학연이나 지연의 모임도 - 139
14-1. 활발한 학연 및 지연모임
14-2. 반가운 대학 동문 모임
14-3. 출신지역 모임에 동갑 띠 모임까지

제15장. 한국기업과의 친밀한 교류를 위하여 - 143
15-1. 한국기업협의회 또는 한국상사 협의회
15-2. 같은 업종별 모임
15-3. 한국 대기업 그룹내의 모임

제16장. VIP손님접대시에 식당 이용하기 - 145
16-1. 식당선정이 손님접대의 80%이다
16-2. 유명도가 있는 식당선정이 성공의 열쇠
16-3. 지방에서 식당을 이용하기
16-4. 한국식당을 효율적으로 이용하기
16-5. 식당 Tip문화에 대하여
16-6. Tip을 현금 결제하여야 하는 식당의 어려움
16-7. 가족 외식에 이용하는 식당들
16-8. 한식당과 친분 쌓기
16-9. 해외에서는 일식당과도 친해져야
16-10. 해외에서 술 마시기

제17장. 비즈니스 호텔 이용하기 - 157
17-1. 호텔과 친분 쌓기
17-2. 지방도시의 호텔

제18장. 한국과의 커넥션을 지속적으로 유지하기 - 159
18-1. 한국 지인의 경조사
18-2. 현지인의 경조사 챙기기

제19장. 험난한 한국부식 구하기 - 161

19-1. 한국 식자재, 그 독특함에 대하여
19-2. 한국 라면의 추억
19-3. 출장시에는 주재원을 위한 부식선물을 준비하는 것이
19-4. 현지에서 한국 슈퍼를 이용하기
19-5. 현지에서는 소고기를 많이 드시기를

제20장. 한국 드라마를 매일 시청하면서 - 168
20-1. TV시청만 하면서 보내는 시간은
20-2. 해외에서의 한류열풍에 대하여

제21장. 주말에는 생필품 구입을 위하여 - 171
21-1. 생필품 구입을 위하여
21-2. 전통시장과 할인마켓을 이용하여 보자
21-3. 가전제품의 구입시에는
21-4. 싱싱한 생선을 먹고 싶으면
21-5. 해외에서 육류를 구입시에는
21-6. 소고기의 매력은
21-7. 돼지고기를 찾아서
21-8. 양고기와 친해지기
21-9. 닭고기의 쫄깃한 맛을 찾아서
21-10. 신선한 과일이나 야채를 먹고 싶으면
21-11. 집에서 야채 키우기

제22장. 생활편의시설 200% 활용하기 - 196
22-1. 현지 세탁소 이용하기
22-2. 옷 수선하기
22-3. Hair Shop을 이용시에는
22-4. 현지에서 환전소 이용하기

제23장. 현지직원과의 관계설정 - 200
23-1. 너무나 다른 문화
23-2. 항상 조심하여야 한다

23-3. 직원과의 관계설정
23-4. 직원 평가의 어려움이
23-5. 때로는 엄격함이 필요할 수도
23-6. 경직된 노동법은 어디에서나
23-7. 현지조직의 한국인 직원과의 관계
23-8. 인턴직원의 채용 부탁을 받으면

제24장. 한국 공관과의 특별한 관계 - 210
24-1. 한국공관과의 적당한 거리 둠
24-2. 때로는 one-team으로
24-3. 어쩔 수 없는 회의에 참석도 필요하고
24-4. 일본의 예를 들자면
24-5. 서로 도움을 받는 입장이고

제25장. 해외에서 선거하기 - 215
25-1. 투표, 해외에서는 약간 생경한 느낌
25-2. 선거일 당일은
25-3. 성인이 되는 자녀의 의무
25-4. 한국 선거문화와의 차이

제26장. 한국에서 오는 손님맞이   - 217
26-1. VIP손님 접대하기
26-2. VIP의 현지 Tour시에는 상당히 긴장하여야 한다
26-3. 출장자용 호텔이나 Guest House이용하기
26-4. 인맥을 유지하는 방법
26-5. 단기 출장자의 숙박
26-6. 출장자를 위한 호텔
26-7. 현지에서의 선물 구입은
26-8. 고객 VIP의 한국방문에 동행하기
26-9. 고객과의 식사는
26-10. 종교적인 차이를 인정하여야
26-11. 주류의 선택도 비즈니스다

26-12. 한국에서의 호텔 선정
26-13. 고객과의 여행은

제27장. Work & Life 밸런스를 찾아서 - 236
27-1. 쇼핑의 즐거움, 눈높이를 맞추어 가면서
27-2. Korean Madam들의 하루 일상을 들여다보면
27-3. 현지에서 외국인과의 교류는
27-4. 신혼 시기에 해외로 가게 되면
27-5. 가사도우미와의 어려운 관계 설정
27-6. 다른 배우자와의 친교
27-7. 운전기사의 고용은
27-8. 해외에서 정기적으로 봉사하기
27-9. 해외에서도 꾸준한 자기개발이 필요하다.
27-10. 연말 정산하는 방법은
27-11. 현지에서 개인물품을 발송시에는

제 3부 한국으로 귀임발령을 받고서 - 251

제1장. 귀국발령,미래의 두려움을 이겨 내기 위하여 -252
1-1. 귀국발령의 어색함

제2장. 한국으로의 학교 편입학을 준비하면서 - 253

제3장. 자녀를 현지에 두고 귀국하는 경우에 - 255

제4장. 귀국시에 주택정리는 Clear하게 - 258

제5장. 이삿짐을 한국으로 보내기 - 260

제6장. 회원권 잔여금액을 미리 환급 받기 - 262
6-1. 일찍 준비를 하여야만

6-2. 스포츠센터 회원권 환급
6-3. 골프 회원권 환급
6-4. 민영 의료보험료 환급
6-5. 병원 치료이력을 확보하라

제7장. 업무용 차량의 반납 - 265
7-1. 별도로 반납의 필요성은 없다
7-2. 차량매각시에 손실폭이 누적된다
7-3. 차량 보험증명을 확보하라

제8장. 최종 귀국전에 한국출장을 반드시 다녀와라 - 267

제9장. 한국에서 주택 구하기 - 267

제10장. 귀국전에 송별회 모임은 미리 준비하자 - 268
10-1. 비밀은 없다
10-2. 지인과의 식사약속은
10-3. 이별의 선물은

제11장. 귀국후에 필요한 서류를 사전에 확인받기 - 270

제12장. 한국으로 귀국하기 일주일전부터는 - 271
12-1. 한번 도 가고 싶은 여행지에
12-2. Remind쇼핑을 한번 더
12-3. 한국에 있는 지인들 선물은 꼭 준비하라

제13장. 귀국 당일은 심리적으로 바쁘다 - 274
13-1. 너무나 바쁜 하루 일정
12-2. 가까운 친지에게 신세를

제14장. 한국 도착 후, 이제 새로운 출발이 - 275

14-1. 개인휴가를 사용하면서
14-2. 사는 곳을 안정시키기
14-3. 연결을 위하여

맺음 말   - 277

들어가는 말

이 책은 국내 최초로 해외주재원 출신이 직접 경험한 해외 생활을 생활백서의 형태로 설명한 책이다. 약 12년간의 해외 생활 중 터키, 멕시코, 이집트에서의 10년간의 해외 주재생활, 미국에서의 2년간의 MBA 유학생활을 하면서 행복한 순간도 많았지만 힘든 시기도 많았다. 어려움을 함께 한 아내와 아들 현석, 민재에게 감사한다.

해외 이민을 소개하는 책자들은 많지만, 해외에서 몇년간 거주하고 다시 귀국하는 이들에 대한 해외 주재생활 안내서는 찾기 어렵다. 이민 생활 책자들은 한국에서의 생활을 완전히 정리하고 떠나는 것을 전제로 하기에, 몇 년 후에 다시 한국으로 돌아와야만 하는 이들에게 현실적인 공감을 주기는 어렵다. 최근에는 해외주재원을 주제로 한 책자가 많이 소개되고 있지만 대부분이 주재생활을 직접 체험한 주재원 출신이 직접 쓴 글이 아니다. 해외에 단기 근무한 경험 또는 컨설팅이나 HR회사의 전문가가 해외 조직과 인재육성에 대하여 서술한 글이어서 아쉬움이 남는다.

막상 해외 발령을 받고 나면 한국에서의 사전 준비, 현지에서 필요한 사항, 그리고 귀국시에 필요한 전체적인 정보를 찾기가 쉽지 않다. 해외 주재 생활에 관련된 단편적인 정보는 찾을 수 있지만, 주재 생활을 위한 전체적인 Process를 파악하기도 어렵다. 대부분이 특정 지역에서 주재 생활을 경험한 전문가의 지역별 관점에 특화되어 있는 것이 사실이다.

개인적으로 30대 초반에 해외로 발령을 받고 첫 임지에 도착하였을 때를 떠올리면 아직도 막막하고 가족에게 미안한 마음이 크다. 이집트, 멕시코, 터키에서의 해외 주재 생활, 회사를 그만두고, 살고 있는 아파트를 팔고 자비로 미국 MBA유학 생활을 하면서 몇 번의 해외 출국과 이사를 경험하였다. 당시의 힘들었던 경험을 공유하게 되면 해외에 처음 나가서 겪게 되는 어려움을 줄일 수 있지 않을까 하는 마음에서 준비하였다. 귀국 후에 바로 해외주재 생활을 소개하는 글을 쓰고자 하였지만 나의 게으름으로 시기를 놓쳤고, 이제 와서 조그마한 도움이라도 되었으면 하는 마음이다.

이 글은 발령부터 현지 주재 생활, 귀국까지의 전체 흐름을 기준하여 서술하였다. 해외 발령을 받고 준비하는 파견 주재원만 아니라, 공무로 1년 이상의 체류를 하거나, 가족을 동반한 장기 해외유학생 및 공무원 단기 파견자들도 참고를 할 수 있을 것 같다. 물론 해외에서 몇 달 살아 보기를 시도하는 이에게도 도움이 될 수 있을 것 같다.

흔히들 학습이 경험을 대체할 수 없다고 한다. 경험이 인생을 살아가는데 중요하다는 의미이다. 그러나 경험에 기반한 체험은 개인의 추억에 편중되어 있어 다른 이의 인생에 동일하게 적용할 수 없다는 한계가 있다.

다양한 경험을 한꺼번에 떠올리게 되면, 마치 Buffet식당에서 한 접시에 너무 많은 음식을 올려 놓는 것처럼, 경험의 기억을 잃어버릴 수 있다. 이 글 전부가 필요한 내용이지만, 주재 생활에 기반하여 도움이 될 수 있도록 노력하였고, 책을 구매한 독자들에게도 실질적인 가치를 드릴 수 있도록 준비하였다.

막상 정리하고 보니 정보를 공유하자는 측면이 강해서 독자들과 "아~그렇구나"하는 정서적인 공감과 울림을 가지기에는 어려운 글이 되어 버렸다. 해외 생활의 기억의 편린들을 조금씩 잃어버릴 것 같은 아쉬움으로 기록을 남긴다고 변명하면서 독자들의 양해를 구한다.

2019년 봄
이 동고 드림

제 1부 한국에서의 준비는?

1장. 갑작스러운 발령, 사전 준비가 필요하다

1-1. 해외 근무에 대한 본인만의 준비가 필요하다

대부분의 회사는 해외 발령을 3~6개월전에 미리 알려 주고 있다. 그러나, 일부 회사는 연말에 촉박하게 발령을 내서 해외로 부임하는 이가 당황하는 경우가 많다. 회사 경영상의 사유나 전임자의 건강문제로 갑작스럽게 해외 발령 통보를 받으면, 부임을 준비하는 이의 마음이 바쁘다.

해외에서는 주재원들이 갑자기 귀임하는 것을 많이 보게 되는데, 중년 나이의 주재원들이 그러하다. 주로 건강상의 문제이다. 한국과는 달리 정기적인 건강 검진과 정밀 검진 등의 후속 건강 Check-up이 쉽지 않은 것이 원인이다. 본사 출장자 중심의 빈번한 음주 접대가 누적되고 정기적으로 운동을 하지 않으면, 본인도 모르게 건강을 해칠 우려가 있다. 해외에 근무하면 건강을 스스로 챙기면서 과도한 음주와 흡연은 자제할 필요가 있다.

일부 회사는 해외 근무가 가능한 인원을 대상으로 "해외 인재 Pool"과 같은 Program을 운용하기도 한다. 그러나 수시 파견의 형태가 많기에 해외 근무 가능성을 항상 열어 두고 사전에 배우자와 상의하는 것이 좋다. 요즘은 맞벌이 가족도 많기에, 본인의 커리어도 중요하지만 배우자의 커리어 관리도 상당히 중요하다. 갑작스럽게 배우자에게 해외 근무를 논의하다 보면 오히려 새로운 가정 불화의 원인이 될 수도 있다.

1-2. 주재원 파견 시에 판단하는 회사의 기준들

해외 주재원을 파견하는 회사는 엄격한 기준을 가지고 있다. 해당 지역에서 구사 가능한 어학 실력, 본인의 대학 전공, 과거 3년간의 인사 고과 평균을 참조한다. 그러나 자세히 보면 윤리 의식, 업무 수행 능력, 이문화 이해, 해외 비즈니스 경험을 종합적으로 판단하고 있기에, 선정 기준을 객관화하기는 어렵다. 종합적으로 정리하자면 "본사에서 파견하는 주재원이 본사와 정확히 눈높이를 맞추면서, 고객과의 원만한 관계 수립이 가능한가?"라는 점을 고려하는 것 같다.

공식적으로는 해외 파견시의 어학 점수는 평균적인 영어 토익(TOEIC) 점수만 확보되면 문제가 없다고 한다. 그러나 평균보다는 높은 점수가 있어야만 해외 파견 우선권을 가질 수 있다. 현실적으로는 토익은 Spec일 뿐이고, 현지인과 Communication이 가능한 수준이 되어야 현지 정착이 쉬워진다. 현지에서 자유로운 언어 구사가 가능하면 Best이나, 어려운 경우 영어 Speaking만이라도 우선적으로 필요하다. 그래야만 가족의 현지 생활에 도움을 줄 수 있고, 자녀 학교 문제로 학교 면담 시에도 명확한 자녀교육의 협의가 가능하다. 부끄러운 얘기지만, 해외에서 만나는 필리핀이나 태국 출신 가사 도우미들이 우리보다 영어를 능숙하게 구사하여 자존심이 상하는 경우가 가끔 있다.

일반 지역의 파견 시에는 대학 전공은 크게 문제가 되지 않으며,

이공계나 문과에 대한 차별도 없다. 그러나 특수 지역은 해당 지역의 언어 구사 능력이 우선시된다. 영어가 통용되기 어려워 현지 언어의 구사가 보다 집중적으로 요구되는 중국, 일본, 중남미, 중동지역은 더욱 그러하다. 이들 지역은 언어적인 측면만 아니라 해당 지역의 어학전공 출신 선후배 간의 끈끈한 유대 관계도 현지 주재 생활에 상당한 영향을 미친다.

과거 3년간의 인사 고과 평균도 중요한 Factor이다. 대부분의 대기업은 평균 이상의 인사 고과를 요구하고 있으며, 업무 역량과 Communication능력을 포괄하는 인사 고과를 중요한 파견 기준으로 하기도 한다.

1-3. 국제화 감각이란?

국제화 감각은 다소 추상적인 개념이다. 회사 입장에서 파견 대상자들이 국제화 경험을 가지고 있다고 판단하는 근거는 다음과 같다. 입사전에 청소년기를 해외에서 보낸 경우나, 입사 전 또는 재직중에 해외 주재 경험이 있는 경우이다. 별도로 해외에서 대학을 졸업한 경우에도 본인이 스스로 해외 생활을 하였다는 점을 고려하여 국제화 경험을 인정하고 있다. 단순히 대학 재학 중에 어학 연수 1년의 단기 경력은 차별화가 되지 않는다.

다양한 요소들을 Matrix로 평가를 하는데, 해당 인사권자가 보기에 해외 주재원으로서의 독립적인 업무 수행이 가능하고, 해당 조직을 잘 이끌어갈 수 있는가를 보고 있다. 해외 지사장이나 법인장의 경우는 조직 책임자로의 업무 역량 및 윤리 의식을 주로 보고 있기에, 가능한 본사의 중견 관리자 급 이상의 파견을 선호한다.

결론적으로 해외 사업경험이 있는 회사들은 지원자의 Spec만으로는 파견 대상자를 선정하지 않는다. 단순한 자격증, 해외 여행 경험만으로 appeal하기에는 어렵다. 본인의 현장 실전 경험을 쌓는 것이 해외 근무에 보다 가까이 갈 수 있는 방법이다.

1-4. 해외 주재원의 일반적인 처우에 대하여

해외에 부임하면 다른 한국 회사의 주재원들을 자주 만나게 되고, 회사별로 상이한 복리 후생 기준을 가지고 있음을 알게 된다. 한국에 근무 시에는 본인 회사를 중심으로 판단하지만, 해외에서는 보다 더 객관적인 시각으로 여러 한국 기업들을 바라볼 수 있게 된다.

뒤돌아보면 특정 대기업의 해외 주재원 처우가 일방적으로 좋다고 하기는 어렵다. 회사별로 해외 주재원 급여는 A회사, 자녀 교육비는 B회사, 해외 전출입시의 전임비용은 C회사가 유리한 것으로 나누어져 있어 회사별로 장단점이 있다. 그러나 아직도 대기업과 중소기업의 해외 주재원 처우는 평균적인 수준에서 차이가 있고, 대기업과 협력업체의 동반 진출시에도 회사별로 상당한 차이가 발생한다.

한국 대기업의 해외 현지 진출이 본격화된 시점은 80년대초이고

이 시점부터 수많은 시행 착오를 거치면서 주재원 복리 후생의 근본적인 Frame이 확정되었다. 일본 종합상사들의 해외진출이 우리보다 빨라서, 한국회사들은 일본 주재원 지원규정을 차용하면서 변화하였고, 객관적인 지표를 확보하기 위하여 미국 국무성의 생계비 지수를 보조 지표로 활용하기도 하였다.

90년대초에 해외주재원을 근무하신 분들은 국내 급여 100%에 추가하여 해외에서 별도로 주재 수당을 받게 되는 경우가 많았다. 그러기에 해외에서의 4~5년 근무 후에는 주택을 구매하는 경우가 많았다. 당시에는 자녀 교육상의 이점과 경제적인 측면을 고려하여, 선진국 지역의 주재원 신청자가 많았다. 특히 해외주재 근무는 해외 생활의 이점과 개인 재테크의 이점을 동시에 누릴 수 있는 것으로 간주되었다. 그러나 IMF이후에는 이러한 Merit가 사라지고 맞벌이 부부가 많아지면서 상황이 바뀌게 되었다.

1-5. 해외 근무, 순환적인 성격의 미학

대기업의 해외 주재원들은 해외 한 바퀴, 해외 두 바퀴 등으로 해외 근무의 횟수를 가지고 얘기하는 것을 많이 볼 수 있다. 해외 근무의 순환이 3~4번 이상 일어나게 되면, 해외 주재원이 귀임하여 본사에 근무하게 되고, 본사 근무자가 다시 해외 근무를 하는 순환 구조가 되게 된다. 해외 주재원과 본사 근무자가 동일한 시각을 가지게 되면, 보다 더 Global시각으로 Business를 수행할 수 있다. 동일한 과정이 몇 번 반복이 되어야 진정한 Global Company가 가능한 회사가 된다.

요즘은 KOTRA나 중소 기업 진흥회 등에서도 예비 해외 주재원을 대상으로 교육을 실시하고 있어 보다 체계적인 교육이 될 수 있을 것 같다. 예전에 저자가 근무한 직장에서 해외로 진출한 대기업에게 해외진출 성공사례에 대한 강의 요청을 하는 경우가 있었다. 그러나 답변은 "해외 사업 전문가 대부분이 아직도 해외 주재중이고, 국내에는 전문가가 없어서 강의가 어렵다"라는 연락을 많이 받았다. 아직도 한국기업 대부분은 제대로 된 해외 사업에 대한 운영 매뉴얼이 없기에, 해외 글로벌화는 일찍 경험을 한 선배들을 통하여만 Man-to-Man으로 이루어지는 것이 안타까운 현실이다.

1-6. 해외주재원 급여는 상이하다

해외 주재원 처우의 기본은 "Origin of Hiring"원칙, "No Loss No Gain"의 원칙으로, 주재원 처우 기준이 Shift되고 있다. 해외에 있어도 한국에서 근무하는 직원과 동일한 수준의 처우를 보장하고, 해외 파견에 대한 경제적인 Premium은 없는 것이 특징이다. 다시 말하면, 국내 거주와 비교하여 해외 거주에 따르는 추가적인 비용이 발생하는 부분만 회사가 보상한다는 원칙이다.

이러한 배경하에서 국내 생계비와 해외 생계비를 나누게 되고, 해외 생계비는 해외 주택비, 해외 의료비, 자녀 학자금, 차량 지원의 4가지를 기준하여, 거주 비용을 지원하게 된다,

국내 생계비는 한국에서의 미거주에 따른 국내 생활비의 차감을 원칙으로 한다. 즉, 해외 부임 시에는 해외 주택비를 회사에서 지원하기에, 이에 상응하는 한국 주택비를 차감하는 형식이다. 한국 주택비의 산정은 순수한 주택비에 수도 전기료, 통신비등의 평균적인 생활비 수준을 포함하여 산정하게 된다.

1-7. 전임 준비금으로 충분할까?

전임 준비금은 "현지 정착비용"이라고 부르기도 하는데, 해외 거주지 이동에 따른 비용을 일괄적으로 지원하는 형식이다. 통상 한국 기본급 기준 100%~200%를 회사가 지원하게 된다. 한국 대기업은 기본급 급여가 실질적인 통상급여의 60%수준이기에, 회사 지원 전임 준비금은 통상적인 월급여의 60% ~ 120% 수준으로 보면 된다.

한국에서 해외로 가게 되면 기존의 주택 계약기간 미준수에 따른 중개 수수료 추가 부담도 있고, 차량 매각에 따른 개인적인 손실, 현지 생활에 필요한 세간살이의 구입에 소요되는 비용들이 추가적으로 소요된다. 보통 회사에서 지급하는 전임준비금만으로는 이동에 따른 준비가 부족하고, 통상 월급여의 200% ~ 300% 수준의 준비가 필요한 것이 현실이다.

해외에서 한국으로 귀임하는 경우에도 전임 준비금을 지급받는다. 해외에서 발생하는 현지 이동 비용은 회사에서 부담하지만, 국내에 들어와서 필요한 이사 및 주택 마련에 들어가는 비용은 개인이 부담하여야 한다. 정식 귀임하기전에 가족이 일시 귀국하여 살 집을 먼저 마련하여야 하고, 자녀 교육을 준비하여야 하기에 회사가 지급하는 전임준비금 만으로 부족한 경우가 많다.

1-8. 출국 전 어학 교육의 어려움

어학 교육은 출국 전에 해당지역의 언어를 공부하는 비용을 지원하거나, 현지 부임 후 초기에 3~6개월내에 지원하는 방식으로 이루어진다. 영어가 통용되지 않는 지역은 현지 언어에 대한 기초적인 학습이 필요한데, 사전에 "생활에 필요한 언어"라도 습득할 필요가 있다. 한국의 일반 어학원에서 배우기 힘든 특수언어는 일정한 상한금액 범위내에서 개인 교습도 허용하여 주고 있다.

요즘은 주재원 본인이나 배우자의 영어구사능력에 문제가 없지만, 예전에는 어려움이 많았다. 현지 언어도 중요하지만 영어부터 우선적으로 습득하여 현지에서의 생활이나 외국인 학교에서의 상담에 대비할 필요가 있다.

출국전에 어학 교육이 어려운 경우를 대비하여, 현지 부임 후 3개월 정도까지 가족들 포함 어학 교육을 지원하는 회사도 있다. 현지에서 교육을 받게 되면 주재원 본인은 업무 시작전에 회사에서 학습하는 경우가 있는데, 부임 초기에 업무 파악 및 어학교육을 병행하기가 어려워 중도에 포기하는 경우가 많다. 배우자는 어학교육을 지원받은 기간을 최대한 활용하여, 현지 생활에 최소한 필요한 현지언어는 미리 배우는 것이 좋다.

1-9. 개인적인 선호도의 고려가 필요하다

개인적으로 해외 근무를 선호하지 않는 이도 많다. 예전과는 달리 대학 시절에 어학 연수로 1년 정도의 해외 거주 경험이 있고, 해외 생활에 대한 환상이 없어서, 현실적으로 본인의 향후 진로와 Align이 되는지를 고려하게 된다. 더구나 요즘은 해외 근무의 최소 임기를 보장하여 주지 않는다. 자칫하면 2년이내에 귀국할 수도 있어 배우자의 직장, 부임 및 귀임시의 정착 및 이전 비용을 고려하면 Merit가 없다고 판단하는 것이다,

미혼의 경우에는 발령 전에 본인의 결혼 문제를 심각하게 고민하여야 한다. 일부 회사는 미혼자는 발령을 내지 않거나 또는 출국 전까지 결혼을 전제로 발령을 내기도 한다. 대부분은 업무적인 필요성이 우선하기에 결혼 여부와 관계없이 미혼 직원의 발령을 내기도 한다. 통상 대리나 과장급 이상의 직원은 파견시점에 35세 이상이 되는 경우가 많고, 귀임 후에는 40세 이상이 되어서 결혼 적령기를 놓치게 된다. 경험적으로 해외에 미혼으로 부임한 주재원은 시기적인 어려움으로 대부분 미혼으로 귀임을 하게 된다. 일부는 본사 출장 시에 예상 배우자와의 긴박한 맞선을 통하여 어렵게 결혼을 하게 되는 경우가 있으나, 현실적으로 어려운 일이다.

예전과는 달리 해외 주재원은 신혼의 배우자로서 선호도가

떨어지는 경우가 많고, 한국 근무자보다는 결혼이 더 어려워질 수도 있다. 대안으로 현지 교민사회에서 배우자를 찾을 수도 있으나, 대부분의 해외 지역은 교민 수가 많지 않아서 본인에게 맞는 배우자를 찾기도 어렵다. 회사에서 개인사의 부분까지는 세밀한 고려가 어렵기에, 본인이 스스로 미래의 인생 Plan을 수립하여야 한다. 결혼문제는 "각자도생"의 영역이다.

1-10. 가족과의 동반 부임? 아니면 혼자만 먼저 출국할까?

발령이 나면 본인, 배우자, 자녀의 장기적인 life plan을 다시 수립하여야 한다. 사전에 장래에 대한 밑그림을 그려 놓지 않으면 다시 한국에 돌아올 때 큰 어려움이 있을 수 있다. 유치원이나 초등학교 자녀가 있는 경우에는 중고등학생의 부모보다 상대적으로 부담감이 덜하다.

고등학교나 대학교에 진학하는 청소년 부모들은 자녀의 교육 일정에 깊은 고심을 하게 된다. 중학생 자녀가 있는 가정은 한국에서의 대학 특례 입학에 대한 고민이 있고, 고등학생 자녀를 둔 가정은 대학 진학 문제로 인하여 동반 거주 여부를 고민하게 된다.

배우자가 한국에 직장이 있는 경우에는 다시 한국으로 귀국 시에 복직 가능 여부도 고민하여야 한다. 예전에 외벌이 가정이 대부분이었을 때는 문제가 없었으나, 배우자가 직장이 있는 경우에는 경제적인 측면도 고려하여야 한다. 맞벌이 가정은 해외 근무로 수입이 감소하며, 경력 단절로 인한 손실, 향후에 복직의 어려움으로 해외 근무를 기피하게 된다. 배우자가 교사나 공무원인 경우에는 장기 휴직 이후에 복직이 가능한 경우도 있어, 사기업에 비하여 상대적으로 유리하다.

1-11. 단신 부임도 고민하여 보아야

일본은 가족없이 단신 부임을 하는 경우가 많다. 회사에서 주재비용을 가족 동반 또는 비동반을 고려하지 않고, 일괄적으로 지급하기에 비용을 아낄 목적으로 단신으로 부임하는 경우도 많다.

한국 기업의 경우에도 일본이나 동남아 등의 가까운 지역은 단신 부임을 원칙으로 하기도 한다. 단신 주재원으로 부임을 하면서 월 1~2회 본사 출장을 겸하여 이동 시에 왕복 항공료를 지원하기도 하고, 아니면 배우자 현지 방문 시의 항공료를 부담하기도 한다. 회사 입장에서는 단신부임을 통하여 주재 대상자 인원 확보의 Flexibility, 단신 부임에 따른 주택 임차비용 감소, 교육비 절감, 가족 의료비 절감의 비용 절감 효과를 기대할 수 있다. 하지만 개인 입장에서는 가족이 떨어져 생활하게 되면서 야기되는 가족의 유대감 약화나 배우자와의 소원한 관계가 우려되고, 청소년기 자녀와의 대면 교류가 약해질 수 있는 우려가 있다. 결국 기혼자의 단신 부임은 해외 유학을 위하여 자녀와 배우자와 떨어지게 되는 역 기러기 가족의 형태가 될 수 있다.

1-12. 가족을 동반하는 부임은?

상대적으로 한국과는 거리가 떨어져 있는 유럽이나 미주 지역은 아직도 가족 동반 부임이 원칙이다. 차장이나 부장급 이상 주재원은 배우자의 Career 단절을 감수하면서도 자녀의 해외 유학을 고려한 가족 동반 부임을 선호하는 경우도 있다. 특히 공교육 수준이 높고 향후 현지 대학에 유학도 가능한 지역은 해외 가족 동반 주재의 선호도가 높은 편이다.

가족을 동반하는 부임의 경우에도 출국시의 초기 정착 형태는 다양하다. 본인이 먼저 부임하고 가족이 나중에 합류하는 방식이거나, 아니면 가족과 동일한 시점에 동반 부임하는 방식도 있다. 본인이 먼저 부임하면 주택 계약, 차량 확보, 학교 선정을 준비후에 가족이 합류하게 되어, 가족들의 현지정착에 도움이 된다.

가족과 동시에 현지로 출국하는 경우도 있으며, 요즈음 많이 선호하는 형태이다. 동반 부임을 하게 되면 한국과 현지의 두 집 살림에 따른 생활비의 이중 지출을 줄일 수 있고, 가족의 해외 생활에 대한 초기 이해도를 높일 수 있는 이점이 있다. 직장인 가장들은 신규 주택을 물색 시에 전문가가 아니기에 사전에 중요한 사항의 확인이 어렵고 실수할 가능성이 높다. 해외에 거주하게 되면 배우자가 주택에서 생활하는 시간이 상대적으로 많기에 배우자의 선호도가 특히 중요하다. 현지에서 주택 임차 시에는 반드시 부부가 같이 알아보는 것이 좋다.

부임 후에 최초로 계약한 주택에 만족하지 못하여 1년후 다시 이사를 가는 경우도 많다. 다시 이사를 가면 주택 중개료, 이사 비용, 이사 후 주택에 필요한 집기의 추가 구매로 상당한 비용부담이 될 수 있다. 또한 업무 중에 주택을 찾아야 하기에 새로운 주택 물색에 따른 시간적인 Loss도 상당하다.

주택을 물색 시에는 부동산 중개업체와의 사전 약속이 필요한데 우선은 방문 약속을 잡기가 쉽지 않다. 특히 해외에서는 대상 주택에 입주자가 있는 경우에는 개인 Privacy문제로 인하여 주택을 타인에게 보여주는 것에 부정적이다. 해외에서의 임차인은 계약기간 동안은 자신이 해당 주택의 권리자라는 생각이 강하다. 그러면서 의도적 또는 비의도적으로 주택 임차인과의 약속이 어긋나서 주택 방문이 무산되는 경우도 많다.

가족이 같이 부임하여 유리한 점은 현지 거주에 필요한 Residence Permit(거주 허가)의 발급 기간과 비용을 단축할 수 있다는 점이다. 일부 국가의 경우 거주 허가를 발급받는데 약 3개월 이상이 소요되고, 거주 허가가 있어야만 은행 구좌 개설이나 신용 카드 등의 정상적인 경제 활동이 가능하다.

제 2장 해외에서 병원 이용하기

2-1. 해외에서 받는 의료는 너무나 중요하다!

해외에서 아프면 많이 힘들다. 의료비 부담으로 제대로 된 의료 서비스를 받지 못하면 더 속상하다. 그러기에 회사에서 지원하는 의료비는 해외 주재원 및 가족에게는 매우 민감한 분야이다.

해외 의료비 지원은 회사에서 지급하는 현지 의료비 보조의 성격인데 회사별로 1) 연간 상한선내에서 의료비 실비를 지원하거나 2) 현지 민간 의료보험으로 의료비를 지원하는 형식(별도 의료비 지원 없이)으로 나누어진다.

2-2. 의료비 실비 지원의 불편함에 대하여

의료비 실비 지원은 본인 및 가족을 대상으로 연간 상한선 총액범위로 운영되는데, 회사 지원 항목은 한국 의료보험과 비슷한 범위에서 지원한다. 단, 미용상의 목적으로 인한 치과나 안과 치료는 회사가 지원하지 않는다.

의료비 실비 지원은 개인 비용으로 먼저 지출을 하고, 증빙을 확보하여 본사로 보내야 하는데 그 절차가 번거롭다. 회사에서 비용 증빙만 아니라, 진료확인서 성격의 내용에 대한 증명도 추가 요구를 하는 경우가 많다. 한꺼번에 모아서 제출하는 경우에 월말에 Paper working작업만으로도 상당한 시간이 소요된다. 더구나 영어권이 아닌 현지 언어권의 의료시설은 증빙 또한 현지 언어이어서, 영어나 한국어로 다시 직접 번역을 하여야 하는 어려움이 있다.

가족이 아프면 간호를 하여야 하는 어려움에 행정적인 절차까지, 처음 해외로 부임하는 주재원들은 힘들다. 월말에 의료비 증빙을 A4용지에 첨부하는 행위를 일명 "풀칠한다" 하고 하는데, 매월 말 풀칠하느라 바쁘다고 하면, 주재원 사회에서는 다들 이해를 한다.

2-3. 민영 의료보험은 한국과는 다르다

의료 보험은 납부하는 보험료에 따라서 적용 받는 Coverage가 상이한데, 개인 부담 Zero%, 10%, 20%, 30%까지로 다양하게 운영하고 있다. 일부 의료 보험은 안과의 안경이나 Contact lens를 지원하기도 하고, 치과 계통도 추가적인 보험료만 납부하면 일정 범위까지는 치료가 가능한 경우도 있다. 일부 회사의 경우 해외 의료비에 추가하여, 현지에서 불가능한 긴박한 수술도 별도로 지원을 하기도 한다.

한국처럼 의료보험이 완벽한 나라에 사는 것은 축복이다. 대부분의 국가에서는 공공 의료가 부족하여 민영 의료보험이 있어야만 제대로 된 의료 혜택을 받을 수 있다. 민영 의료보험도 계약된 병원에서만 이용이 가능한 경우가 많다. 현지에서 고가의 민영 의료보험은 고급 의료시설만 이용 가능하고, 중가 의료보험은 중급 의료시설만 이용 가능하다. 빈익빈 부익부의 의료시장이다.

필자는 한국의 인당 GDP가 1만불인 시점에 GDP 1천불의 국가에서 근무를 한 바 있다. 4년동안의 첫 주재생활에서 열악한 의료수준을 직접 경험하였다. 현지 병원에서 수술을 하게 되면 마취 수준을 믿지 못하고(혹자는 수술 후 다시 깨어날 확률이 불투명하다고 한다) 의료사고의 우려도 높다. 그러기에 개발도상국의 나라에서는 현지에서 수술이 어려워, 수술이 필요한 경우에는 한국으로 이동하여야 한다. 개발도상국의 일반 의료시설은 한국과 비교하여 많이 낙후되어 있다. 그나마 민영 의료보험을 통한 외국인 전문 병원 시설이 나은 편이다. 해외에서 거주하면 불편함 점이 여러가지로 많다.

2-4. 한국 실손 보험은 출국전에 반드시 가입하라

한국에서 가입한 실손 보험이 있으면, 해외 부임시에도 절대로 해지를 하면 안된다. 실손 보험은 한번 해지하면, 다시 가입하기가 거의 불가능한 보험이다. 그동안의 병원 이력에 보험금 청구실적이 보험사 데이터베이스에 있기에(정확하게는 보험개발원 통합정보 시스템에 있다), 다시 가입하면 그동안의 치료받은 이력으로 인하여 가입을 거부하는 경우가 많다.

반드시 본인 및 가족을 위한 실손 보험을 사전에 가입하고 출국 하는 것이 좋다. 실손 보험 가입 신청에서 승인까지 받는 절차가 최장 한달까지 소요될 수도 있어, 가입 수속을 미리 하는 것이 좋다.

해외 체류 기간 동안은 실손 보험료의 납부 유예가 가능하다. 해외 출국후에 출입국 확인서를 보험회사에 제출하면 기 납부한 보험료를 환급 받을 수 있다. 참고로 실손 보험은 국내 의료기관 치료시에만 적용되며, 해외에서는 적용이 되지 않는 순수 국내용 보험이다.

2-5. 일시적인 출장에는 해외여행자 보험이 필요하다

해외 여행 또는 출장시에 현지에서 의료혜택을 받고자 하면, 출국 전에 "해외여행자 보험"에 가입하여야 한다. 해외여행자보험은 일회성 보험으로, 보험료가 1만원~4만원대까지 다양하다. 1만원 상당의 여행사 패키지상품의 저가 보험은 현지에서 의료문제 발생시에 대응이 어렵다.

현지에서 병원 응급실 사용이 장기화되면 치료비용이 기하급수적으로 올라간다 또한 현지에서 수술이 어려우면 한국으로 후송하여야 하는데 대응이 어렵다. 보험료 3만원 상당의 여행자 보험은 현지 질병시에 3천만원 이상의 보험금 지급이 가능하고, 특별비용(한국 후송시에 항공비용 및 진료의사 1인 동반비용)까지 Cover가 가능하다. 한국으로 후송시에는 항공기의 Economy 6개 좌석위에 의료용 침대를 설치하여 의사 1인을 동반하여 이동하는데, 그 비용이 상당하다.

2-6. 해외 유학생은 다른 보험 준비가 필요하다

해외 유학생을 위한 보험상품도 별도로 있다. 본인 및 가족을 위하여 출국전에 보험에 가입하고 떠나는 것이 반드시 필요하다. 유학이 대부분 선진국에 집중되어 있어, 현지의 의료비 수준은 상당히 높다. 유학생 의료보험(여행자 보험)은 1년 단위로 연장이 가능하다. 현지 에서는 대학에서 추천하는 유학생 보험과 비교하여 한국에서 가입한 개인보험의 유지 여부를 결정하면 된다.

부모님을 동반하는 해외주재는 부모님의 의료보험을 회사에서 지원하지 않는다. 그런 경우에도 해외 보험에 가입하는 것이 좋다.

필자는 2000년초 가족과 함께 미국 중서부 위스콘신-메디슨에서 MBA유학생활을 한 바 있다. 학교 의료보험에 가입이 되어있지 않은 상태에서 주말에 긴박하게 병원 응급실을 이용한바 있었다. 약 30분 정도의 치료에(치료보다는 주로 의사와의 대화 후 밴드를 붙이는 간단한 처치) 약 $600정도의 치료비를 지급하였다. 유학생 신분에서 상당한 부담이 되는 금액이었다. 한국은 병원에서 환자 1인당 통상 5분정도만 할애를 하는데, 미국은 환자 당 약 30분 정도이지만 환자를 위한 투입시간이 다시 의료비용으로 청구된다는 점을 고려할 필요가 있다.

제 3장 자녀의 학교문제

3-1. 한국의 학교, 정리하고 떠나기

출국 전에 자녀의 학교를 정리하고 떠나야 한다. 연초에 발령이 나면 1~2월경에 현지에 부임하게 되어 한국의 해당 학년을 마치는데 큰 어려움은 없으나, 현지의 9월 학기와는 일정이 맞지 않는다. 그러나 7월 발령의 경우에는 8~9월에 부임을 하기에 한국 학년을 마치지 못하고 현지에 부임하게 되지만 현지의 9월 학기와는 일정이 맞아서 유리한 측면도 있다. Global Trend를 감안하여 한국의 학기도 유럽이나 미주와 유사한 9월 학기로 변경하는 것이 필요하리라 판단한다. 해외 유학은 한국의 학기와 상이하여 시간 및 비용 측면상 관리에 어려움이 많다.

해외 주재원 자녀의 어려움은 한국에서의 동문 네트워크 학보의 어려움이다. 해외에서 학교를 다니면 한국학교의 졸업장이 없어 한국에서의 사회 생활 시에 동문 Network이 약하다. 혹자는 향후에는 Global시대여서 한국의 학력이 중요치 않고 해외 동문 모임도 큰 도움이 된다고 한다. 그러나 해외 동문 모임은 성격상 한국내에서 동문 Network가 넓지 않고, 한국과 같은 끈끈한 영향력을 가지기 어렵다. 해외발령후에 자녀가 한국의 학교에 졸업 학년이면 한국에서 졸업식을 마치고 해외로 가는 것이 장기적인 자녀의 Career에 도움이 된다.

출국 전에는 현지 학교의 편입에 필요한 서류를 미리 발급받아야 한다. 학교에서 요구하는 서류들은 졸업 및 재학 증명서, 성적 증명서, 예방 접종을 포함한 건강 증명서, 가족 증명서, 여권 사본이다. 해외 유학이 활성화되어 있어 학교에서 영문으로도 서류를 발급받을 수 있다.

출국 전에는 현지에서 입학이 가능한 학교를 확인하고, 해당 학교의 web-site에 접속, 학교 편입에 필요한 절차 및 서류를 사전에 확인하는 것이 필요하다. 그리고 해당 학교에 e-mail을 발송하여 해당 학교에 Slot(입학가능한 인원 여유)이 있는지도 확인이 필요하다.

3-2. 자녀 학자금 지원 범위는

유치원부터 학자금 지원을 하거나 초등학교부터 지원을 하는 회사가 많다. 각 기업체마다 지원 상한선 범위를 명시하여 지원하는 경우가 일반적이다. 일부 대기업은 일정한 범위내에서 현지 대학 학자금까지 비용을 지원하기도 한다.

학자금의 지원은 기업마다 상한선의 범위 또는 지원 형태가 너무나 달라서, 일반적으로 설명하기 어려운 측면이 있다. 학자금도 입학금, 스쿨버스 통학비, 현장체험비, 졸업여행비등으로 다양하게 구성되어 있고, 회사별로 지원가능한 항목을 특정하여 지원하는 회사도 있다.

3-3. Pre-school과 유치원은?

유치원 이전의 Pre-school은 회사 지원이 되지 않는 것이 일반적이다. 주재원 개인 비용으로 자녀를 보내야 하는데, 현지의 Private school은 비용이 상당히 높다. Pre-school과 대학 학비는 보통 비슷한 금액 수준이라고 한다.

유치원은 초등학교 취학 전 1년전 또는 2년전으로 세분화가 되어 있고, 100% 나 80% 지원 등으로 다시 나누어 지기도 한다. 한국 과는 달리, 현지의 외국인 학교는 유치원부터 초,중,고가 함께 있는 경우가 많다. 형태는 American/ British/ International으로 나누어지는데, 현지 국가마다 한국인들이 선호하는 학교 형태가 다르다.

유치원 통학은 주로 School 버스로 이루어지는데, School버스 비용도 1인당 월 $500이상 되는 경우가 많다. 자녀가 2인이면 월 $1,000이상이 되어서 부담이 된다, 통학 버스비용을 지원하여 주는 회사도 있지만, 지원이 불가능한 경우에는 유치원 인근에 거주하면서 부모가 직접 Riding을 하여 주는 경우도 많다. 그러한 경우에는 학교의 선택기준이 주택과의 근접성에 있어 사전에 미리 고민을 하여야 한다. 주재원이 차량을 매일 이용하는 경우에는 배우자를 위한 별도의 소형 Second Car가 필요하며, 차량 유지에 따른 추가적인 비용이 부담이 되기도 한다

3-4. 중고등학교 선택은?

중고등학교의 비용 지원은 미주나 유럽은 현지 공립학교 기준 수업료, 기타 지역은 International School학교 기준으로 지원한다. 회사마다 100%, 80%, 70% 지원 등 지원 범위가 다양하다. 자녀 학자금은 주재원 가족에게는 민감한 사항이기에, 다른 회사의 지원 사항도 구체적으로 알 수 있을 정도로 정보 공유가 잘 되어 있다.

중고등학교는 American/British/International형태로 나누어지는데, 현지마다 한국인들이 선호하는 학교 형태가 다르다. 회사에서 중간 관리자이고, 자녀의 나이가 2~4살 차이가 나면 동일한 학교에 진학하는 것이 편리하다. 자녀의 통학을 위한 Ride, 학기초나 학기말의 선생님 면담, 학교의 부모 초청 행사를 한번에 해결할 수 있다. 외국 학교의 경우 학교발전을 위한 기부금을 요청하는 경우가 많아서, 동일한 학교에 자녀가 다니면 학교 기부시에도 편리하다.

한국인들이 선호하는 외국인 학교가 동일한 경우가 많아서 외국인 학교의 동일 Class내에서 한국학생들이 많은 경우도 있다. 그러한 경우에는 현지화가 어렵고, 언어 습득에도 큰 도움이 되지 않는다. Class 편성만이라도 다양한 국적의 학생들과 어울릴 수 있도록 요청하는 것이 필요하다.

3-5. 대학 진학은?

자녀의 대학진학은 두가지 경우를 고려하여야 한다.

첫째는 현지에서 외국인 고등학교를 졸업후에 현지 대학에 입학하는 경우이다. 회사에서 현지 대학의 학자금을 한도 범위내에서 전액 지원하는 경우가 많다. 아니면 현지에서 중고등학교를 졸업 후 주재국가 이외의 대학에 진학하는 경우이다. 주재국외의 대학은 주재하는 지역의 대학의 상한금액 기준으로 적용하거나, 한국의 동일한 전공을 기준하여 최고 상한액내 지원하기도 한다.

둘째는 한국에서 고등학교를 졸업 후 현지의 대학 또는 주재국 이외의 대학에 진학하는 경우이다. 이러한 경우에도 주재하는 지역의 현지 대학 진학시의 상한금액 기준으로 적용하거나, 한국의 대학 전공 기준 최고 상한금액 범위내에서 지원하여 주기도 한다. 어학능력이 부족하여 랭귀지 코스를 다니게 되면 지원이 되지 않는 경우도 있고, 랭귀지 코스를 포함하여 4년 한도내에서 학자금 지원을 하는 회사도 있다

한국 귀임시에 본인만 귀국하고 자녀들은 현지 학교에 다니게 되면 해당학교의 졸업때까지 학자금을 지원한다. 그러나 본인 귀임후에는 자녀의 현지생활비는 지원이 되지 않기에 추가적인 비용 부담이 된다. 일반적으로 현지 학교내에 숙식이 가능한 Boarding School을 많이 이용하게 된다.

제4장 차량 이용시에는

4-1. 업무용 차량 지원

업무용 사용에 따른 차량 비용을 지원하는 성격이다. 해외 주재원의 차량은 평일에는 고객 업무용이나 출장자 Care용으로 사용하기에, 차량 운용 비용의 80%를 지원하는 회사가 많다.

차량 운영 비용은 월 Rent비용, 차량 보험료, 차량 수리비, 유류

비를 지원하게 된다. 개인 비용 20%는 주말에 개인사용분을 고려하여 산정하였는데, 정확히는 예전에 토요일 오전 근무를 고려한 주 5.5일 근무를 기준하여 회사 부담 80%를 기준 한 것이다. 그러면서 주 5일 근무로 전환 후에도 이전의 80% 지원 규정을 적용하고 있는 곳이 많다.

업무용 차량 지원 규정은 시기별로 변화해왔다. 해외진출 초기와 중기, 최근 시점으로 나뉘어 진다. 해외진출 초기에는(IMF이전에는) 회사가 약 $10,000~$20,000정도의 차량 구입 대금을 무이자로 개인에게 빌려주고, 주재 기간 중 분할 상환하는 방식이었다. 그러나 이는 신규 차량 구매 후 중고 자동차로 매각시에 차액분을 개인이 부담하게 되면서 경제적으로 불편한 상황이 많았다. 해외진출 중기에는(주로 IMF이후에는) 매각 차이의 50%를 회사가 지원하는 방식으로 바뀌었다.

최근에는 차량을 구매하지 않고 장기 Lease하는 방식으로 바뀌었다. 회사 입장에서 차량 구매에 따른 일시적인 자금 문제가 해소되고, 회사가 보유한 자산으로 관리하는 부담에서 자유로워졌다. 장기 리스를 하기에 주재원 개인 입장에서 큰 부담이 없다. 그러나 차량 리스의 최소 약정 기간이 있어서, 전임자의 차량을 이용하여야 하는 불편함은 여전히 있다.

4-2. 한국차량 매각, 한국 운전면허는 사전에 발급받고 출국하라!

해외 발령을 받으면 경제적으로 손실이 큰 부분은 한국에서 사용하던 자동차 매각이다. 기존 차량을 중고로 판매를 하여야 하는데, 새 차를 구입한지 얼마 되지 않았다면 손실 폭이 크다. 한국 중고차 판매 후 받은 대금으로 현지에서는 자동차를 구입하여야 하는데, 필요한 차액 분은 개인 현금으로 지출하여야 한다. 현지에서 중고 자동차를 사는 것도 방법이나, 정보 입수가 어려워 오히려 불완전 구매를 할 가능성이 높다.

한국 운전면허는 필요하다

한국 운전 면허가 없다면 미리 발급을 받고 출국하는 것이 좋다. 한국운전 면허의 취득도 운전교습 비용과 몇번의 시행착오가 필요하기에 쉬운 작업은 아니다. 그러나, 한국 면허 없이 해외에서 면허를 발급받으려면 절차가 상당히 번거로운데, 시간과 비용 측면에서 엄청난 Stress를 받게 된다.

한국에 있을 때는 한국 공공기관의 slow한 업무 처리를 많이 탓하게 된다. 그러나 해외에서의 관공서 업무는 우리가 상상한 이상으로 Speed가 느리다. 개인적인 판단이지만, "빨리-빨리 문화"에 기반한 Speedy를 가지고 있으면서, 동시에 업무 정확성을 가지고 있는 나라는 한국이 유일한 것 같다.

4-3. 국제운전면허를 발급받아야 한다

한국 면허를 받았으면, 1년 유효기간의 국제 운전 면허를 가지고 출국하는 것이 좋다. 국제 면허는 한국에서는 1만원 이하의 발급 수수료만 납부하면 가능하다. 그러나 현지에서 국제 면허 발급 시에는 비용만 몇 십만원인 나라도 있다. 한국 면허와 국제 면허를 같이 가지고 있으면 현지에서의 운전면허증 발급이 수월하다.

현지에 도착하면 국제 면허가 만료되기 전에 주재 지역에서 운전 가능한 면허로 교체할 필요가 있다. 국제 운전 면허는 유효 기간이 1년이어서 한국 출장 시마다 다시 받아야 한다. 국제 운전 면허는 자동 연장의 개념은 없고 매번 다시 발급받아야 하는 불편함이 있다.

4-4. 현지에서 운전 면허를 받는 방법

현지에서 운전 면허를 발급받기 위해서는 주재국 정부에 한국 면허를 제출하여야 한다. 제출 이후에는 간단한 현지 운전면허 시험을 보는 경우가 있다. 일부 국가에서는 한국 면허를 현지어로 번역 후, 한국 공관에서 확인을 받고, 신체 검사 Test후에야 현지 면허를 발급받는 경우도 있다.

현지 면허 없이 국제 면허로만 운전 하다가 교통 경찰에 적발이 되면, 단속을 피할 수 있다고는 하나 큰 도움이 되지는 않는다. 현지에서 운전시에도 범칙금 sticker를 발급받는데, 범칙금은 차량에 대하여 부과되는 관계로, 운전 면허 소지 여부와는 관련성이 없다.

단, 국제 운전 면허만 있고 "언어적인 소통이 불가능하다고 교통경찰이 판단하는 경우"에는 운이 좋으면 한번쯤 묵과해주는 경우도 있다. 주재국 내에서 현지 운전 면허는 별도 여권없이 공인 신분증 대용이 되기에 빨리 발급받는 것이 좋다.

4-5. 인근 국가로 육로로 국경을 넘는 방법

본인 자동차로 인근 국가로 운전시에는 국제 운전 면허가 필수이다. 또한 인근 국가에서의 운전 사고시에 대응이 가능한 차량 보험 License도 필요하다. 현지에 보유하고 있는 차량이 Lease인 경우에는 보험 가입 절차를 Lease회사를 통하여 밟아야 한다. 신청절차도 약 3~4일이 소요되고, 비용도 매번 $1,000 이상을 부담하여야 한다. 유럽 지역 주재원은 EU지역에서는 절차가 필요 없기에, 다른 지역보다는 편리하게 EU내에서 여행이 가능하다.

필자가 터키 주재시에 인근 국가인 그리스 여행을 위하여 차량으로 이동한 적이 있었다. 필요한 보험 서류를 가지고 국경을 넘은 적이 있었는데, 이동시에 국경검문소에 차량이 많으면 장시간 기다려야하는 불편이 있었다. 차량의 트렁크를 검문하기에 기다리면서 필요서류를 확인 받는 절차가 번거롭다. 차량으로 국경을 이동시에는 국경을 통과하는 시간대도 사전에 고려가 필요하다.

제 5장 해외로 이삿짐 보내기

5-1. 이삿짐 업체 선정하기

해외 이삿짐 업체의 선정 시에는 역 발상이 필요하다. 한국 기준으로는 회사에서 선정한 업체들의 수준이 상당하여 업체별로 품질이 그리 차이가 나지 않는다. 특히 회사가 엄선하여 선정하는 3~4개의 업체들은 상당히 신뢰도가 높은 업체들이다.

그러나 현지 물류 업체들의 서비스는 차이가 있다. 그러기에 현지의 경험 있는 이사 업체를 우선적으로 선정 후에 동 업체와 한국 내에 계약관계에 있는 업체를 역으로 선정하는 것이 필요하다.

5-2. 해외로 가져갈 수 있는 이삿짐의 규모는?

한국 회사들은 20" 컨테이너 기준으로 Door to Door로 실비운임을 지원하고 있다. 예외적으로 일부 한국회사는 단신 부임과 가족동반 부임시에 컨테이너 Size를 분리하고, 자녀가 셋 이상이면 추가로 Space를 허용하기도 한다. 이는 매우 합리적인 지원이다. 회사 직급구분이 아닌 가족 구성원에 따른 이삿짐 용적 부여가 현실감이 있다.

한국에서 해외로 이주 시에는 컨테이너 용적이 큰 문제는 되지 않으나, 다시 귀국 시에는 사전에 용적을 확인하지 않으면 초과할 가능성이 높다. 나무로 되어있는 가구들은 현지로 가져가는 것이 좋다. 해외에서 Ikea등의 DIY Shop이 있지 않으면 가구가격은 한국보다 비싸다. 현지에도 가구 전문 할인 매장이 있으나 정가 판매가 아닌 경우가 많아서 외국인 입장에서는 구매가 어렵다.

해상 운송 보험에 가입을

이삿짐을 보낼 때 "운송화물 해상보험"의 가입도 고려하여야 한다.

대기업은 계열사의 보험회사를 많이 이용하는데, 가족당 $20,000 정도의 보험에 가입하게 된다. 이삿짐을 포장할 때 파손이 예상되는 물품은 사전에 사진을 찍어 두고, 운송장 리스트에 상세히 기재를 하여야 한다.

현지에 짐이 도착하면, 이삿짐을 세심하게 확인하여야 한다. 일정시간이 경과한 후에 보험사에 연락을 하게 되면, 보상에 상당한 시간이 소요된다. 일단 파손된 물품은 사진을 찍어 두고 해당 보험사에 청구를 하여야 한다. 참고로 이삿짐이 선적된 배가 완전히 물에 빠지는 경우에, 즉 컨테이너가 완전히 전수된 경우에도, 보험금 보상은 제한이 있다. 보상금이 보통 $20,000수준이면, 결국 2천만원 정도인데, 개인이 필요한 최소한의 세간살이는 그 정도의 금액으로 준비가 된다는 이야기이다.

5-3. 가전제품은?

가전 제품의 경우는 문제가 된다. TV등의 Brown Good제품은 100v~240v의 Free Voltage이기에 현지 사용에 문제가 없으나, 냉장고 등의 백색 가전은 상황이 다르다. 50hz, 60Hz에 따라서 현지 사용시에 고장의 우려가 있으며 110v/220v의 차이도 문제가 된다. 주 원인은 Compressor의 구동이 Hz에 영향을 미치기 때문이다. 백색 가전제품은 현지에서 구매 후 귀국시에 재판매를 하거나, 김치냉장고의 경우에 필히 현지 판매를 추천한다. 김치 냉장고는 현지에서는 수입하는 업체가 거의 없기에, 교민들이 가장 선호하는 제품이다. 필자도 개인적으로 현지에서 판매를 하고 한국으로 귀국하였는데, 판매 가격대가 만족스러웠다.

5-4. 책의 소중함

취학 연령의 자녀가 있으면 이삿짐에 어린이 도서나 청소년 권장 도서를 반드시 포함하는 것이 필요하다. 초등 학생은 전래 동화나 어린이 권장 도서가 필요하고, 중고등학생은 국어나 논술에 대비한 책자가 필요하다.

책은 무게로 인하여 반드시 배편으로 이사 짐에 보내는 것이 좋다. 한국에서 항공으로 발송시에는 책의 무게로 인하여 다른 생필품의 발송을 포기하여야 하는 현실적인 어려움이 있다.

5-5. 이삿짐의 운송기간을 고려하여야

이삿짐의 Packing에서 출항까지 통상 1주일이상이 소요되고, 현지 도착을 고려하면 미주나 유럽지역은 총 60일이상을 예상하여야 한다. 출항하는 해운 선사의 이동 Route를 반드시 확인할 필요가 있다. 한국에서 현지까지의 Direct선편이 아닌 Trans-shipment(환적)의 경우에는 직항대비 약 10일 이상이 소요된다. 중간 경유지에서 컨테이너가 장기간 체류할 우려가 있기 때문이다.

개인적으로는 한국에서 터키 이스탄불로 이삿짐을 보냈는데, 약 3개월 이상이 소요되었다. 당시에 이집트 민주화로 Egypt Portsaid 항구에서 파업이 발생하여 화물의 환적이 되지 않아 항구에서 Container가 계속 방치되었기 때문이다. 다른 국가의 민주화가 개인 생활에 깊이 연관될 수도 있다는 그때 깨달았다.

5-6. 이삿짐 발송시의 Tip

해외로 이삿짐을 발송 시에는 한국 짐 전부를 발송하면 안된다. 이삿짐의 3/2만 발송하고 1/3은 한국 내의 친가에 맡겨 두거나, 저렴한 가격으로 개인화물을 장기 보관하는 서비스 업체를 이용하는 것이 좋다. 보관하는 업체는 이사 짐 업체에 문의하면 소개하여 주기도 한다. 개인적으로 아끼는 명품 가구가 있으면 해외로 보내지 말고 한국에 보관하는 것이 좋다. 현지 운송 중에 파손될 우려가 있고, 일단 파손이 되면 동일한 제품을 구하기 어렵다.

해외 주택이 한국보다 공간이 넓은 경우에는 조금씩 물건들이 많아지게 된다. 현지에서 생활하다 보면 세간살이가 많아져서, 다시 귀국 시에는 20" Container를 초과하는 경우가 대부분이다.

한국에 남겨둔 짐들은 귀임 이삿짐이 한국에 도착하기 1~2개월 전에 요긴하게 사용할 수 있다.

제 6장 떠나기 전에 준비하여야 할 사항은

6-1. 한국을 떠나기 전에 준비하여야 할 것은?

이민가방을 먼저 구매하여야

이삿짐이 도착하기 전 현지 생활에 필요한 생필품을 Hand carry하여야 한다. 약 3개월 정도의 현지 생활을 고려하여 개인 짐이나 한국 부식 등을 미리 준비하여야 한다. 사전에 남대문 시장에서 이민 가방을 구입하여야 한다. 구입한 이민 가방은 향후 한국 출장 시나 귀국 시에도 유용하게 사용되기에 가격이 다소 비싸더라도 품질이 높은 제품을 고르는 것이 좋다. 이민 가방은 바퀴가 튼튼하고 소비자 경험 후기상 에 품질 신뢰도가 높은 가방이 좋다. 구매하고자 하는 Brand는 해외 유학생 모임 등의 공동 구매 Site상의 제품을 확인하여 보면 적당한 제품을 고를 수 있다.

이민 가방은 외관상은 거의 차이가 없으나 장기간 사용하다 보면 차이가 많이 난다. 바퀴의 움직임과 편리성, 낙하 강도, 손잡이 부분의 편리성을 세밀히 살펴봐야 한다. 출장시에 이민가방을 몇 번 사용하여 보면 외관은 비슷하지만, 그 품질은 많이 차이가 난다는 것을 느낀다. 가성비를 고려한다면, 동종 제품 스펙보다 약간 높은 가격의 이민 가방을 구매하는 것을 추천한다.

이민가방에 챙겨야하는 물품은

이민 가방 내에 준비하여야 할 물품들은 다양한데 자세히 보면 초기 신혼 이사 짐의 축소 형태이다. 소형 밥솥, 프라이팬, 전기 담요, 수저 등의 자질구레한 물품이 필요한데, 체크리스트를 작성하다 보면 가져가야 할 품목들이 많아진다. 또한 사전에 한국과 현지의 전압이 동일한지의 여부도 확인하여야 하는데 정격 전압(헤르츠/Hz)이 상이하면 사용시에 잦은 고장의 원인이 된다.

소형 전자제품의 액세서리는 미리 준비하여야

소형 전기, 전자 Accessory종류도 한국에서 구매가 필요하다. 현지에서의 전자제품 Accessory류는 한국보다 비싸며, 대형 가전 Shop에서도 종류는 다양하지만 별도제품으로 판매한다. 한국은 용산 전자 상가나 편의점에서 제품을 쉽게 구매할 수 있고, 온라인으로도 판매하는 제품이 많아서, 가격이 저렴한 편이다.

전원 Cable이나 TV와 pc를 연결하는 HDMI Cable, Internet 랜Cable, Battery종류등도 한국보다 비싸기에 한국에서 구매하여 가져가는 것이 좋다. Voltage가 다르거나 한국의 일본산 전기 제품을 가지고 있는 경우에는 변압기 2대와 부품을 미리 구입하는 것이 좋다. 보통 Kw로 분류하며 1kw~5kw까지 다양하다. 해외에서 구입시에는 한국보다 2배 이상의 가격으로 구매하여야 하기에 선박 이삿짐에 포함시키는 것이 좋다.

6-2. 한국 집을 정리하고 떠나기

한국에서 살고 있는 집을 정리하고 떠나야 하는데, 거주하는 집이 본인 명의가 아닌 전세나 월세이면 집 주인과 사전에 협의를 하여야 한다. 계약기간이 아직 남아 있으면 세입자를 찾기 위한 기간도 필요한데, 본인 귀책이면 전세금을 돌려받는데도 장기간이 소요되며, 부동산 소개비용도 본인이 부담하여야 한다.

회사에서 해외 발령 시에는 전임 준비금이라고 하여 정착금 형식의 용도로 월 통상 급여의 100%~150%를 지급한다. 지급받은 금액의 일부는 부동산 중개료 등으로 지출하여야 하기에 목돈이 지출되기도 한다. 해외 발령이 나면 이런 저런 용도로 지출하는 금액이 많아지게 되니, 사전에 계획을 가지고 준비하는 것이 좋다.

6-3. 한국에 집을 사두고 나가는 것이

현재 전세나 월세로 거주하고 있으면 출국 전에 주택 구입을 하고 가는 것이 좋다. 주택 구입은 중요한 사항이기에 사전에 배우자와 협의할 필요가 있다. 향후 4~5년내에 집값이 올라가거나 떨어질 가능성을 고려하여 결정하여야 하지만, 일단 본인 명의의 주택이 없으면 구입하는 것을 추천한다. 출국 후에 해외에서 한국 주택을 구매하기는 현실적으로 어렵다. 한국 사정에 어두워 재테크에 대한 감이 떨어지고, 본인이 한국에 없으면 구매에 따른 법적인 절차가 복잡하기 때문이다.

부임 전에 주택 구입이 필요한 이유는 다양하다. 부동산 가격 변동의 위험보다는 귀임 후 주택 구입시에 대출금 상환의 어려움이 있다. 귀국 후 조기 퇴직의 가능성도 있기에 대출금 상환을 해외근무 초기시점부터 서두를 필요성이 있다. 귀국후에 월세로 집을 구하게 되면 퇴직후에 고정비용의 부담이 문제가 된다, 급여 생활자로서 정기적인 급여가 지급되는 동안에 집을 사는 것을 권하고 싶다.

해외 주재는 한국보다 경제적으로 여유가 있기에 부임 초기부터 대출 상환을 일찍 시작하는 것이 좋다. 외화로 주재 수당을 지급받게 되고 원화로 환산하면 상당한 금액이 되기에 해외에서의 상환은 현실적으로 큰 부담이 없다.

그러나 한국 귀국 후 주택 대출 상환을 시작하면 어려움이 많아진다. 주택 대출 상환은 15년 이상의 기간으로 설정하게 되는데, 나이가 들수록 자녀 교육비등의 지출로 상환액이 부담으로 작용한다. 해외에서 상환하게 되면 잔여기간도 축소되고 경제적 및 심리적으로 편안하다.

주택 대출 상환 시에는 본인의 근무 가능 기간도 고려하여야 한다. 직장인 퇴직을 평균 55세정도로 본다면 역산하여 대출 상환은 40세에 시작하여야 하는데 퇴직 후에도 대출 상환을 하게 되면 경제적으로 부담이 된다. 평균적으로 40대에 해외로 나가서 4~5년후에 귀국하는 것을 고려한다면, 주택 대출의 상환은 빠를수록 좋다.

또한 출국 전에 주택을 구입하여야 하는 이유는 주택 가격의 변동성 때문이다. 주택 구매 후에 가격이 떨어지면 동일한 주택에 stay가 가능하다. 그러나 주택을 미 구매한 상황에서 가격이 올라가면 주택 구입의 여력이 없어지고 2년마다 월세 조건으로 주택을 찾아봐야 한다.

본인 명의의 주택이 있으면 출국 전에 주택 가격이 높은 지역에 구매하거나, 동일 지역에 보다 큰 평수의 주택을 사 두고 가는 것도 방안이다. 은행 대출을 받아서 주택을 구매하고, 4~5년 동안 월세수입의 형태로 현금 흐름을 만들어서 대출 상환을 한다면 가능한 일이다. 해외 근무는 높은 가격의 주택을 마련할 수 있는 최적의 기회이다.

월세 임차를 하는 경우에도 퇴직 후에는 월세 지급의 여력이 없기에 근무 시점에 주택을 구매하는 것을 권하고 싶다. 한국도 선진국형으로 가게 되면 노후에 주택연금으로 사는 인구가 증가하게 되는데, 주택 상환 후 은퇴 후에는 역 모기지론을 활용하여 주택 연금을 받는 것도 방안이다. IMF이전에 해외 주재원 생활은 상당한 여유가 있었는데 당시에는 국내 급여 100%외 별도로 해외 주재수당이 지급되어 귀국 후에는 바로 주택을 구매하는 분들이 많았다. 그러나 IMF이후에는 한국 주거 비용을 차감한 후에 현지물가 수준에 연동한 해외 주재수당을 지급하기에 예전과 같은 경제적인 이점은 없다. 그러나 한국 주택의 유지비용은 발생하지 않기에, 비용절감 금액은 고정적으로 저축이 가능하다.

6-4. 현지 언어를 미리 습득하기

현지에서 필요한 언어는 출국 3개월전부터 미리 배우는 것이 좋다. 영어 구사가 어려운 곳이 많고 현지 언어를 구사하지 않으면 생활이 불편한 곳이 상당히 많다. 특히 배우자들의 경우 접촉 대상자들이 주로 일반 현지인이어서 영어가 거의 통하지 않는 경우가 많다. 일부 국가의 공립 학교에서는 영어 교육을 주당 2시간정도만 하는 경우도 많아서, 사립 학교를 다닌 중상류층 이상이 아니면 영어 구사가 어려운 곳이 많다.

출국 전에 현지 언어를 개인교습 받으려면 서울이나 지방에 소재한 외국어 대학의 해당 언어학과에 문의하면 된다. 추천을 받게 되면 개인 교습 형식으로 1:1 학습으로 진행되며, 시간당으로 수업료를 계산하게 된다. 회사마다 교습료 상한선 범위 내에서 어학비를 지원하여 주는 곳도 있고, 자비로 교육을 받아야 하는 곳도 있다. 1:1 교육의 특성상 교습 장소가 마땅치 않은 경우가 많은데, Fast food점이나 커피숍에서 하게 되면 외부 소음으로 교육에 집중하기는 어렵다. 부득이 이런 경우에는 시간대라도 아침 시간으로 하여, 최대한 어학에 집중할 수 있는 환경을 만드는 것이 좋다.

현지언어 습득을 위한 한국인 강사

출국 전 언어 습득이 어려우면 현지에 도착하여 바로 시작하는 것이 좋다. 어학 강사는 국적에 따라 나뉘어지는데, 한국인 강사는 교민중에서 현지에서 공부한 경험이 있는 분들이 주로 강의를 하게 된다. 현지에 생활하면서 외국인으로서 어려움을 경험한 분들이어서, 언어 외에도 현지 정착에 필요한 Tip도 같이 배울 수 있는 이점이 있다.

단점은 교습비가 현지인에 비하여 높으며, 선생님과 Communication이 너무 잘 되어서(?) 숙제 관리를 Tight하게 하지 않고, 교육이 느슨해 질 가능성이 있다. 주로 주재원 배우자끼리 그룹을 만들어 많이 하는 경유도 있는데, 자녀 학교 일정으로 인하여 일정을 맞추기가 어려운 측면이 있다.

현지인 강사

현지인 강사의 경우는 회사에서 업무시간 전에 하게 된다. 회사에서 어학 교습비가 지원되는 주재원들이 주로 이용하는데, 정해진 Homework을 주고 반드시 숙제를 하게 된다. 현지인 어학 교습비용은 강사의 수준에 따라서 교습 비의 차이가 있다. 이와는 별도로 현지의 권위 있는 어학 기관에서 주말에 집중적으로 실시하는 어학 교습 과정도 있다. Language Course이며 level별로 진도 관리 및 평가를 하게 되어 평가에 미흡 시에는 상위 level로의 진입이 어렵다. 통상 3개월, 6개월, 1년의 과정이 있으며 동 과정을 이수하면 외부적으로도 공인된 어학 실력을 가지게 된다.

지역 전문가 과정

일부 한국 회사는 주재 발령 전에 1년 정도의 기간으로 현지 어학기관에서 학습할 기회를 제공하는데 요즈음 드문 경우이다. 예전에는 "지역 전문가 과정"이라고 하여 현지 문화 습득의 목적으로 진행하면서, 현지 언어 학습을 1년정도 실시하였다. 한국 대기업들이 해외의 특수지역에 진출하기 위하여 파견 전 선결과정으로 많이 실시한 과정인데, 요즈음 이런 과정이 거의 없다.

지역전문가 과정을 통하여 한국인 조직책임자의 현지인과의 Communication이 가능하게 된다. 한국 직원의 운용을 최소화하면서 조기 안착이 가능한 이점도 있다. 요즈음은 회사도 개인의 장기 투자에 따른 관용(Tolerance)이 없어서, 현지 언어를 배우기 위해서는 본인이 부단한 노력을 하여야 한다.

제 7장 한국 지인과의 관계

7-1. 해외에서도 항상 연결이 되어야

해외 발령 소식을 지인들에게 전하면 지인들의 반응은 대체로 비슷하다. 몇 년 정도 살다가 다시 돌아오느냐 하는 것을 물어본다. 그리고 대부분은 주재 기간 중에 한번 해당 지역으로 해외여행을 오겠다고 약속을 한다. 하지만 지인들의 바쁜 일정으로 주재 기간 중에 현지로 오는 이들은 거의 없다. 한국 생활의 고단함으로 장거리 여행을 할 만큼 시간이나 비용의 여유가 없어서 그럴 것이다. 주로 본가나 처가의 부모님이나 장인 장모님이 방문하시게 되는데, 연세가 많아지시면 장거리 여행으로 오시기 어렵다.

연락처는 사전에 공유하라

지인들과는 정기적으로 연락이 될 수 있도록 하여야 한다. 현지 연락처를 미리 공유하고 출국하는 것이 좋다. 요즘은 "카톡"으로 다들 연결이 되기에, 예전처럼 어색한 상황은 발생하지 않는 것 같다. 페이스북이나 인스타그램 등 SNS 활동도 지속적으로 하는 것이 좋다. 해외에서 전하는 소식들은 한국과는 달리 새로운 주제들이 많아서, 지인들도 관심있어 하기에, 더 자주 연결될 수 있는 기회가 많다.

소원한 인간관계를 극복하는 방법

중년 나이에 해외에서 바쁘게 살다 보면, 한국 귀임 후에 지인들을 다시 만나는 경우가 많다. 해외 주재 기간에 한국 출장 시에는 바쁜 회사 일정으로 지인들과 만나기 쉽지 않다. 한국 출장시에도 주중에는 회사 직원과의 저녁 식사를 하게 되고, 여유가 있는 주말에는 본가나 처가에서 시간을 보내게 된다.

해외 근무의 최대 단점은 한국 지인과의 관계가 소원해지면서 지인과의 깊이 있는 교류가 부족하게 된다는 점이다. 해외에서는 적극적으로 지인들의 경조사를 챙기기도 어렵고, 주재원 본인 가족의 경조사가 막상 닥쳐도 지인들에게 연락하기가 어려워진다. 뒤늦게 만나서 지인의 경조사에 애도를 표하기도 하지만, 시기적으로 늦은 시점이어서 공감을 가지기 어렵다. 한국에서 40대 이성의 중년들의 만남은 결혼식보다는 상가 집에서 이루어진다. 상가 집에서 모임이 이루어지고, 지방에 있는 지인과의 어려운 만남도 상가 집에서 이루어 진다.

현지 교민 사회와의 만남이 귀국 후에도 연결은 되지만, 주재원들의 삶의 기반은 한국이기에, 한국 지인과의 관계에 보다 무게 중심을 두어야 한다. 현지 교민중의 한 분은 한국에서의 부모님 상에 한국 지인들이 거의 오지 않아서 서러움을 많이 겪었다고 한다. 물론 본인이 한국 내 지인의 경조사를 챙기지 못한 측면이 있으나, 본인에게는 심리적인 상실감은 대단하였을 것이다.

해외에 있더라도 한국의 지인 경조사는 챙길 수 있도록 하는 것이 좋다. 직접 찾아 뵙지는 못하더라도, 경조사에 축의금이나 부의금은 최소한 전달이 되면 좋을 것 같다. 요즘은 카톡으로도 경조사비를 전달하는 것이 일반화되어 있어, 해외에서도 편리하다.

7-2. 070 인터넷 전화는 출국 전에 반드시 준비하라

해외에 살더라도 가족들의 한국 연락은 수시로 이루어지고 있으며, 070 인터넷 전화가 필수품이 되어가고 있다. 해외에서의 이동 통신을 이용할 경우 한국에 비해서 요금이 높은 수준이고 한국처럼 요금제가 다양하지 못하여 통화 시에는 경제적인 부담이 된다. 한국과 해외의 통신 요금을 비교하자면 한국 통신요금은 지불하는 만큼 거의 제한 없이 혜택을 받을 수 있는 반면에, 외국은 지불하는 만큼만의 혜택을 누린다고 봐야 한다.

요즈음 해외에서도 인터넷 사용에 제약이 없어서 대부분 무선 와이파이를 사용하여 070 공유기로 연결하면 통화가 가능하다. 070 전화는 우선적으로 2개 회선이 필요한데 1개 line은 본가, 1개 Line은 처가와 통화 용도이다. 자녀가 현지의 다른 국가의 학교에 재학중인 경우에는 070 전화용도로 3개 line이 필요하다. 070 전화도 기기에 다라 다양한 가격대가 있으나, 고정적으로 발생하는 비용임을 고려하여 Smart Phone 약정 기기 요금제가 아닌 Basic요금제 정도만 있어도 무리가 없다. 심지어는 해외에 거주하는 교민들도 현지에서 집 전화 없이 070 전화를 이용하여 통화하고 있는 경우도 많다.

터키에 거주할 때 가족이 약 3개월 여름방학동안 미국에 체류한적이 있었다. 당시 070 전화로 추가적인 통신 비용 부담 없이 터키와 미국을 매일 통화하였던 기억이 있다. 현지에서 한국 관련 개인 사업을 하시는 분들은 070 전화를 약 10대 정도까지 가지고 있는 이도 있다. 참고로 아직은 070 전화는 LG가 선두 회사여서 LG의 070을 이용하시는 분들이 많다. 070에서 한국의 이동 통신이나 한국의 집 전화 번호로 통화하는 경우에는 별도의 국제통화료를 납부하여야 하기에. 항상 주의를 하는 것이 좋다.

7-3. 출국 전에 필요한 개인사를 정리하여야

출국 신고

해외 거주에 따른 출국 신고는 한국의 거주지 동사무소에 하여야 한다. "비거주자"가 아닌 "거주자"의 신분으로 해외 출국을 한다는 점을 거주지 동사무소에 확실히 알려야 한다. 해외 주재원 출국 신고자가 많지 않기에, 동 사무소 직원 입장에서 업무처리가 익숙하지 않은 경우가 있다. 미리 신고를 하지 않으면 주민 등록이 말소될 수도 있는데, 일단 말소가 되면 회복하는데 절차가 복잡하다. 또한 회복에 따르는 비용도 개인이 부담하여야 하기에 다소 번거롭다.

본인 주택을 임대하고 출국 시에는 본인 주택에 주소지를 등재하고 출국하면 되지만, 전세나 월세로 거주한 경우에는 친지의 주택에 주민 등록을 등재하고 출국하여야 한다. 주민 등록을 이전하는 경우에는 동일한 주택에 친지 가족 외에 세대주를 분리하여 신고를 하여야만, 연말 정산이나 주택 자금 대출시에 문제가 없다. 세대주 분리 여부를 사전에 반드시 확인하여야 한다. 친지의 주택에 동거인으로 되어 있으면 친지의 대출 신청 시에 제약이 있어서, 다시 다른 주택으로 이전을 요청하는 경우도 있으니 이러한 부분도 사전에 주의하여야 한다,

국민건강보험(의료보험)

한국 내에 소득이 없으면 직장 가입자에서 지역 가입자로 자격이 자동 변경된다. 출국 전에 주소지의 건강 보험 공단에 해외 거주로 인한 건강 보험료 유예를 신청하여야 한다. 신고를 사전에 하지 않으면 보험료 체납자로 등재되어 우편물이 계속 쌓이게 된다.

해외 거주 기간에 가족이 한국에 단기 체류 시에는 체류 기간 동안만 건강 보험료를 납부하면 의료보험을 다시 이용할 수 있다. 해외에서 현지 "민영의료보험"을 가입한 상황이면 한국에서 치료받은 비용도 민영보험에서 신청이 가능하니, 사전에 필요한 서류의 확인이 필요하다.

실손 보험

실손 보험 관련 업무는 기존 계약을 유지하고 출국하는 것이
좋다. 건강 관련 보험은 나이상의 문제로 한번 해지하면 재가입도
어렵고 보험료도 기존 대비 인상되기에 현 계약을 반드시
유지하는 것이 좋다. 회사에서 해외 발생 의료비를 부담하지
않으면, 한국에서 해외 여행자 보험을 미리 가입하고 출국하는
것도 좋다. 의료 보험금 한도 기준 $10,000~$30,000까지
본인의 경제적인 상황이 따라서 지정할 수 있는데 1년 단위로
연장하게 된다. 해외 실손 보험은 보험사마다 상품명이 상이한데,
해외 실손 보험내에도 유학생 Plan, 교환 학생 Plan, 가족 Plan,
장기 출장자 Plan등으로 세분화되어 있다.

은행 업무

은행 업무는 서래하고 있는 모든 은행의 on-line거래를 해외에서
사용 가능하도록 미리 신청하고 출국하는 것이 좋다. 해외에서의
은행 거래는 본인이 아니면 처리가 어려운 경우가 많다. 위임장을
사용하여 거래 시에도 현지 공관의 확인 후 한국으로 서류
송부하여야 하는 번거로운 일이 많아서 필히 on-line거래가
가능하도록 미리 한국에서 준비할 필요가 있다.

국민 연금

개인적으로 국민 연금의 자동 이체 신청을 하거나, 회사가 대행
하면 이체를 요청하고 떠나는 것이 좋다. 한국에서 소득이
발생하지 않더라도 기존과 동일한 수준의 금액으로 이체를 하고

떠나는 것이 좋다. 매월 자동 이체로 설정하면 되나, 매년마다 일부 인상이 되기에 1년마다 자동 이체 금액을 조정하여야 한다.

국민 연금을 계속 유지하여야 하는 또 다른 목적은 현지에서도 도움이 되기 때문이다. 현지 법규에 의하여 사회 보장세를 납부 하여야 하는 경우가 있는데, 한국과의 면제 조약이 맺어져 있으면, 한국에서의 국민 연금 납부 확인으로도 납부 면제가 가능하기 때문이다.

여권 준비

여권은 유효기간이 1년 이내로 남아 있으면 재발급을 받고 출국하는 것이 좋다. 주재국에 거주를 위한 Visa신청시에 여권의 유효기간을 확인하는 국가들이 많으며, 충분한 기간이 확보된 여권 유효 기간이 필요하다. 현지에서 여권연장을 하면, 한국보다는 소요기간이 길다. 여권 발급에 따른 발급수수료는 가족까지 회사에서 비용을 부담하여 주는 회사가 많다.

중동국가로 떠나는 경우에는 이스라엘 출입국 stamp가 기재되지 않은 여권이 필요하다. 현지에 근무하더라도,이스라엘 여행시에는 여권 사증난이 아닌 별도의 용지에 stamp를 찍어 달라고 요청하여야 한다. 그래야만 다른 국가 여행시에 불편함이 없다.

자녀가 유아인 경우에는 엄마 여권에 같이 기재를 하는 경우도 많은데, 유아는 별도 여권을 발급받는 것이 좋다. 유아 동반은 출입국시에 여권상의 동반 가족 모두를 확인하는 경우가 있어서, 엄마 입장에서는 출입국 시에 상당히 번거롭다. 단, 별도여권은 추가적인 Visa수수료가 필요하다.

Visa는?

한국에 소재한 해당 국가의 대사관이나 영사관에 현지 거주 허가 절차를 사전에 확인하고 출국하는 것이 좋다. No Visa국가의 경우임에도 불구하고, 현지에서 거주 Visa나 Residence Permit 발급을 위해서는 사전에 본국에서 방문 Visa의 사전 발급을 요청하는 국가가 많다.

외국 공관 업무의 경우 근무시간이 한국 관공서 대비 짧다. 한국내 외국공관은 한국 공휴일 및 현지 본국정부이 공휴일 모두 다 쉬는 공관이 많아서 사전에 확인을 해보고 방문하여야 한다. 외국공관의 서류 접수는 오전에, 발급은 오후에 하는 경우도 있으니 일찍 서두르는 것이 좋다.

예비군 또는 민방위 훈련

한국의 예비군이나 민방위 훈련 대상자인 경우에는 사전에 직장이나 지역 예비군에 신고를 하여야 한다. 해외 주재 발령 사유로 간단한 신고만 하게 되면 해외 거주 기간 동안 유예가 된다.

한국의 병역 의무는 나이 기준이어서 해당기간을 넘겨서 해외 주재를 하고 오면 자연스럽게 예비군 훈련이 소멸된다. 필자도 만 30세에 첫 해외주재근무를 하면서 예비군 훈련을 거의 받지 않아서, 직장 민방위 훈련만 주로 받았던 경험이 있다.

회사에서 대출받은 것이 있으면

회사에서 받은 주택 대출금이 있으면 미리 상환을 하고 출국하여야 한다. 해외에 근무하면, 국내 급여가 없고 해외에서만 소득이 발생하기에 회사 입장에서의 해외 주재원 대출은 세무적으로 문제가 있어 미리 상환을 하여야 한다. 일시불로 대출 상환을 하여야 하기에 재정적으로 부담이 있는 것도 사실이지만, 대출금을 환급하여야 전임 준비금을 지급하여 주는 회사도 있다.

대출 상환은 부담스럽지만, 부채를 상환하고 새롭게 시작한다는 기분으로 해외 근무를 한다고 생각하는 것이 마음이 편하다.

종합 건강검진

사전에 한국병원에서 종합 건강검진을 미리 받고 나가는 것이 좋다. 해외에서는 일정도 번거롭고, 병원과의 Communication도 여의치 않아서 미리 한국에서 정기 건강 검진을 받는 것이 좋다. 정기 검진 후 치료가 필요한 부분이 있으면 한국에서 미리 치료를 받도록 한다.

해외에 부임하여도 매년 한국 출장 시에는 건강 검진을 받는 것이 좋다. 참고로 건강 검진은 특정 대형병원을 지정하여 매년 받는 것을 추천하는데, 병력 History의 추적과 치료 의뢰가 가능하다는 이점이 있다. 소규모의 중소형 병원이나 전문 건강 검진 센터는 이러한 서비스를 받기가 어렵다. 한국출장시에는 월요일 오전에 건강검진을 받는 것이 좋다. 주중에는 회사나 개인의 저녁식사 일정으로 음주가 동반되는 경우가 많고, 음주후에는 정상적인 검진이 어려울 수 있다. 월요일 검진시에는 일요일 저녁은 가볍게 식사를 하는 것이 좋다.

7-4. 출국하는 날 당일은?

해외로 출국하는 날은 분주하다. 친지들이 인천 공항에 미리 와서 출국 인사를 하기도 하고, 공항에서 식사를 같이 하는 경우도 있어서, 공항에는 3시간 이전에는 도착하는 것이 좋다. 해외 거주를 위하여 출국하는 경우에는 친지들과 장기간 떨어져 있어야 한다는 느낌이어서 마음이 편하지 않다.

출국 당일에는 가져가야 하는 짐이 많아서 집에서 공항까지 이동 시에도 다소 어려움이 따른다. 가까운 지인에게 부탁을 하기가 어려우면, 공항 버스를 주로 이용하는데, 공항 버스 시간대를 고려하면 서두르는 것이 좋다.

출국전에 티켓 발권업체에 요청하여 추가 Excess Luggage중량을 확보하는 것이 필요하다. 추가중량이 없는 경우에는 기껏해야

3kg정도만 무료 중량을 허용하기에, 유상으로 결제시에는 상당한 비용 부담이 된다. 추가 중량을 확보 시에는 인당 수하물이 큰 23kg가방 2개와 기내 수화물 12kg 1개까지 가능하기에 4인 가족이면 12개가 되어 상당한 규모가 된다.

제2부 현지에서 주재생활을 시작하면

제1장. 현지 도착 후 성공적인 해외생활을 위하여.

1-1. 현지에 도착한 당일에는.

선박으로 오는 이사짐이 현지에 도착하기전이면 준비할 사항이 많다. 몇 개월간의 생활을 위한 최소한의 짐이라도 4인가족 기준으로는 상당한 부피가 된다.

공항에 도착 후 임시 숙소까지의 이동에는 승용차 2대는 필요하며, 사전에 회사 직원에게 차량을 부탁하는 것이 좋다. 도착지의 날씨가 한국과 다르면 충분한 옷가지를 가져가야 하기에 짐이 많다. 필자의 경험으로 도착 후 현지 안정을 위하여는 이틀 정도의 자유로운 시간이 필요하다. 그러기에 현지에는 금요일 도착을 추천한다. 주말에는 개인적으로 짐을 정리할 시간이 필요하다.

도착 후 다음날은 직접 시내 운전을 하면서 길을 익히는 것이 필요한데 가까운 쇼핑몰이나 한식당, 자녀 학교까지의 지리를 파악하는 것이 좋다.

해외에 처음으로 부임하게 되면 배우자들이 더욱 심란해 한다. 신혼에 아기가 없는 가정은 낯선 곳에서의 초기 정착이 쉽지 않다. 도착 후 남편은 회사일로 분주하고 주중에는 거의 가족을 배려할 시간이 없다. 신혼에 아기가 있는 집의 육아에 대한 부담은 상상을 초월한다. 한국에 있으면 처가나 친척이 가까이에 있어 육아를 분담하여 주지만, 해외에서는 아기 엄마가 전적으로 육아를 책임져야 한다.

한국에서 노부모를 모시는 경우에는 현지에서 동반하여 같이 모시기도 한다. 주로 어머님이 홀로 계시면 동반 부임을 하게 되는데, 해외에서 한국 노인분을 모시는 것은 각별한 배려가 필요하다. 친구분들이 없어서 특히 많이 외로워 하실 수 있다. 노인 분들의 경우 병원에 갈 일이 많은데, 의사 소통의 문제로 인하여 병원에는 항상 같이 모시고 가야 한다.

부모님을 위하여 출국전에는 반드시 부모님을 위한 장기 "해외 여행자 보험"을 가입하여 만일의 사항에 대비하는 것이 필요하다.

1-2. 도착하면 제일 필요한 것은 차량

현지에 도착하면 제일 필요한 것이 자동차이다. 도착 초기에는 언어상의 문제로 대중교통을 이용하지 못하고, 택시를 주로 이용하게 된다. 외국인이 Metro(지하철)와 Bus를 연계하여 이동하여야 하는 것은 어렵기에, 자동차 이동이 주 교통 수단이 된다. Metro의 경우 주로 지하로 이동을 하기에 여자들은 신변 안전의 이유로 기피하는 경우가 많다. 도심에 거주하지 않으면 Metro station이 인적이 드문 곳에 있는 경우가 많아서 밤 시간대 이동은 불안하다. 지하로 내려가면 탑승하기까지 꽤 긴 거리를 도보로 걸어야 하며 차라리 Bus이용이 좋다.

해외에서 대중교통을 이용하다 보면 한국이 확실한 치안 안전국가라는 사실을 다시한번 느끼게 된다.

도착 후 임시 거주에 필요한 준비를 위하여도 차량이 필요하다. 전임자 또한 귀국 준비를 위하여 차량이 필요한 상황으로, 후임자용으로 별도 차량이 필요하다. 해외주재원 파견 경험이 많은 회사는 현실적인 어려움을 고려하여, 신규 부임자의 차량 Rent를 지원하도록 명문화하고 있다. 귀국이 얼마 남지 않은 전임자는 후임자가 오게 되면 귀국 전까지 섭섭한 감정이 많아질 수 있다. 그러기에 차량을 포함하여 사전에 각별한 배려가 필요하다.

1-3. Rent와 Lease의 차이는?

Rent와 Lease를 분리하기는 쉽지 않으며, 보통 단기간 차량 이용은 Rent, 중장기는 Lease라고 부른다. 현지에서 신규 차량을 Lease하면 3년을 기준으로 계약을 하며 매 3년 단위로 연장한다. Lease비용에는 대인, 대물 보험료와 타이어 정기 교체 횟수까지도 세세한 사항까지 계약에 포함되어 있다. 해외의 차량 렌트는 한국보다 조건들이 구체화되어 있어 차량 인수시에 제공되는 사항을 정확히 파악하는 것이 좋다. 차량을 가지고 해외로 이동하는 경우도 있어 해외 이동시의 조건도 미리 파악하여 두는 것이 좋다.

1-4. 차량을 구매하는 방식은?

현지에서 차량을 구매하는 방식은 두가지가 있다. 일반적인 소비자가격(Full Price)으로 구매하는 방식과 면세 차량(Tax Free)으로 구매하는 방식이다. 소비자 가격으로 구매하는 방식은 구입 시점에 가격이 부담스러운 측면이 있다. 면세차량은 세금을 제외하고 구매하기에 구매시에 큰 부담은 없다. 그러나 매각시에는 외국인에게만 판매하여야 하기에 실구매자의 확보가 어렵고, 구매자와 원하는 가격대의 합의가 쉽지 않다. 결국 구매시의 가격 장점이 매각시의 단점으로 나타나게 된다.

보통 회사의 업무용 차량으로는 직장 출퇴근 및 업무용으로 사용한다. 집이 외곽에 있거나 대중교통이 여의치 않으면 가족용으로 별도 차량이 필요하다. 택시를 이용할 수는 있으나 택시 요금이 한국의 2배 이상이다. 택시 기사와의 커뮤니케이션, 안전문제등으로 저녁시간에 택시를 이용하는 것은 약간 꺼려진다.

해외에 나가보면 아직도 한국은 OECD국가중에서 택시비용이 저렴한 국가이다. 택시는 외국 여성에 대하여 우발적인 범죄의 가능성도 있어 가급적이면 개인 차량의 구입을 추천한다.

본인 업무용 차량은 회사에서 Lease하여 사용하고, 개인용은 소비자 가격으로 차량을 구매하여 귀국 시에 다시 중고로 판매하는 것이 좋다. 한국과는 달리 해외에서는 중고 차량에 대한 선호도가 높다. 3~4년후 귀국시에 중고 판매를 걱정할 필요는 없다. 현지 체류 기간 동안의 택시비, 자녀 통학비용,

교통의 편의성을 고려하면 경제적인 이점이 있다. 개인차량을 구매한다면 현지 부임 초기부터 개인 차량을 운용하는 것을 추천한다.

1-5. 도착 후 Mobile Phone을 개통하기.

현지 도착 후 가장 시급한 사항은 가족용으로 Mobile Phone을 개통하는 일이다. 한국에서 핸드폰을 가지고 와서 현지에서 등록 후 사용하기도 하고, 현지에서 핸드폰 구매 후 현지 통신사 약정으로 별도로 계약하기도 한다.

외국은 한국과는 달리 통신사 보조금이나 단말기 할부 요금제가 복잡하지 않아서 쉽게 비교가 가능하다. 또한 가입자가 동일한 Promotion에 동일한 가격을 일괄적으로 적용 받기에 한국보다 그 구조가 훨씬 투명하다.

외국인의 경우 현지의 거주허가(Residence Permit)가 없으면 통신사 가입이 불가능한 경우가 많다. 그러기에 가족의 통신사 가입 시 회사 명의로 가입을 하고, 개인이 매월 통신 요금을 납부하는 형태로 운용하기도 한다.

현지 통신사의 약정 프로그램은 반드시 가입하는 것이 좋다. 약정이 없는 경우에는 엄청난 금액의 통신비를 납부할 가능성이 있다. 특히 Mobile Data의 경우 약정 없이 데이터를 이용 시에는 청구금액이 상상 이상이다. 그러나 현지의 통신사 약정 프로그램은 한국보다는 효용가치가 떨어진 것처럼 느낀다. 한국은 무제한 통신사 요금제이면 거의 제한 없이 통신사 서비스를 이용할 수 있는데, 외국은 한국과 같이 정교한 프로그램은 기대하기 어렵다.

현지에서 해외로 여행시에는 사전에 해외에 특화된 Roaming Program에 가입 후 출국하는 것이 좋다. 약정없이 여행지에서 데이터 로밍을 하면 $1,000 이상의 금액이 청구되기도 한다. 해외에서는 가능하면 와이파이가 가능한 지역에서 무선 인터넷을 사용하는 것이 좋으며, 장기 체류 시에는 한국의 070 인터넷 전화를 사용하는 것도 방법이다.

제 2장 도착 후 현지에서 살 집을 알아보기

2-1. 현지 부임 후 soft-landing기간에는

현지 주택은 본인의 선호도가 많이 좌우된다. 그러기에 현지 도착 후에는 다양한 거주 방식이 있다. 호텔에서 며칠간 숙박, Residence 호텔 투숙, 전임자의 아파트에 바로 입주, 완전히 새로운 주택을 찾는 방법이 있다. 일반 호텔이나 Residence에 있다가 정식 주택을 찾아서 들어가기도 하는데, 이사 짐의 도착 예상시점을 확인 후에 주거 형태를 결정하여야 한다.

유럽 지역은 한국에서 Door to Door로 이사 짐을 받는데 약 45일 정도가 소요된다. 실질적인 선박의 이동기간은 30일정도이지만, 한국에서 이삿짐 Packing후 국내 보세창고까지 이동 및 출항 대기 기간까지 포함하면 약 45일이 소요된다. 선박편의 경우에 직항이 아닌 중간에 화물 환적이 이루어지면, 2주정도가 추가로 소요된다. 그러기에 현지 도착 시점을 기준하여 이삿짐을 싸는 시점을 역산할 필요가 있다.

한국에서 일찍 짐을 싸는 경우에는 현지 주택으로 바로 입주하는 것이 가능하다. 그러나 이삿짐을 싸는 시점이 출국에 임박한 경우에는 이사 짐 도착 이전까지 Residence House를 구하여 1~2개월 거주할 것을 추천한다. Residence의 장점은 All-inclusive조건이다. 월간 Rent비용만 지급하면 전기세, 공통 관리비, 가스비등의 일반 관리비를 전혀 납부할 필요가 없다. 더구나 매일 집을 청소하여 주며, 일부 Residence는 아침 식사까지 제공하기도 한다. Residence의 아침 식사도 그리 나쁘지 않다. American/ Continental/ Local 메뉴에서 선택할 수 있고, 계란/주스 종류까지 선택도 가능하다. 더구나 내부에 세탁물 건조기까지 구비된 곳도 많아서 생활의 불편함은 없고 오히려 가족들이 편안해하기도 한다. 주택을 Rent하는 경우와 비교하면 경제적으로는 상당한 Merit가 있다. 단, 건물이 노후화되어 있으면, 주차장 공간이 충분치 않은 경우가 많아서 이를 미리 확인해볼 필요가 있다.

유럽의 경우, 이사 짐이 도착하기 전의 주택은 진짜 아무것도 없는 텅 비워 있는 집이다. 전등도 없어서 전선줄 2개만 천장에 달려있는 집도 있고, 전원 Plug에 전기줄만 달랑 나와 있는 집도 있다. 개인 짐이 없이 입주하면 침대를 포함한 세간을 모두 준비하여야 한다. 세간살이를 추가로 준비하는 비용도 만만치 않다. 그러지 않으려면, 같은 회사의 직원들이나 현지 교민에게 부탁을 하여야 하는데, 부임 초기부터 과도한 도움을 받으면 주재기간 내내 마음의 짐을 지게 된다.

2-2. 현지에서 집을 Rent할려면

주택을 Rent하는 형태는 한국과는 상이하다. Full Furniture(가구와 가전제품이 완비되어 있는 집)와 Semi-Furniture (최소한의 가구만 있는 집), 그리고 No-furniture(아무것도 없는 집)의 주택으로 구분된다. 일반적으로는 No-Furniture House 기준이다. Furniture 비치 여부에 따라서 가격이 많이 달라지는데, Full furniture 주택은 식기 그릇까지 완비되어 있는 주택도 있다.

주택 계약 시에는 주택 단지의 Club House내에 제반 편의 시설이 있는지를 확인하여야 한다. 수영장이나 Fitness center, 테니스장, Community하우스내에 식당들이 구비되어 있는지 여부도 확인하여야 한다. Community하우스내 식당은 휴일 아침에 식사가 가능하기에, 가족들이 좋아한다. 또한 시설의 이용료가 주택 관리비에 포함되어 있는지도 확인 필요하다. 단순 Rent비만 비교시에는 간과하기가 쉬운데, 관리비에 시설이용비가 포함되어 있는 주택이 상대적으로 유리하다.

2-3. 주택을 구매하는 것도 가능하다

현지에서 주택을 구매하는 이도 있다. 개발 도상국의 경우 지속적으로 주택 가격이 인상되는 경우가 많아서 구매 후 4~5년후에 상당한 매각 차이를 기대할 수 있다. 그러나 회사 규정에 따라 주택 임차료를 상한선 범위 내 실비를 지급하거나, 정액으로 임차료 수준에 관계없이 주택 Rent비를 일괄 지급하는 경우도 있다. 정액으로 주택 Rent비용을 일괄 지급하는 회사에서는 현지 주택을 구매하는 것이 큰 문제는 없다.

그러나 상한선내 주택 임차료를 실비로 지급하는 경우에는 본인 명의의 주택에 거주하는 것은 도덕성의 문제가 우려된다. 적정 임차료의 산정 기준이 문제가 되는데, 본인에게 유리하게 임차료를 결정할 가능성이 높기 때문이다.

현지에서 자녀의 학교문제로(특히 대학) 거주지와는 다른 도시의 학교에 자녀를 보내는 경우가 있다. 그런 경우에는 해당 도시의 적당한 아파트를 구매하여, 약 4년후에 다시 매각하는 방법도 가능하다. 관리비를 고려하더라도 자산가치가 상승할 가능성이 높다. 경제성장이 예상되는 개발도상국은 지속적으로 주택 가격이 오르는 곳이 많다. 한국의 80년대와 비슷한 상황을 상상하시면 된다.

2-4. 주택 중개인을 통한 주택 물색 시에는

주택 중개인을 이용 시에는 현지 전문 부동산 업체를 활용하거나
아니면 한국인이 운영하는 부동산 중개업체를 이용하는 방식이
있다. 각각 장단점이 있다.

현지 부동산 중개업소는 전국적인 네트워크가 잘 갖춰져 있어서
원하는 주택의 유형을 찾기가 편리하다. 그러나 현지인 임대인(집
주인) 중심으로 편중되어 임차인이 요구하는 제반 조건의 협의가
어려운 경우가 많다.

한국인이 운영하는 부동산 중개업소는 현지 업체와 연계하여만
원활한 거래가 가능하기에 보유하고 있는 주택이 한정되어 있다.
또한 중개업소가 1인 중심의 소규모 개인 자영업 형태가 많다.
한국 중개 업체는 한국인의 취향을 잘 알고 있기에 주택을
구하는 입장에서는 편리 할 수도 있다.

현지의 집 주인들은 대체적으로 현지 주재원에게 임대를 주고
싶어 한다. 현지 주민보다는 높은 임대료를 받을 수 있고, 임대료
지급의 안정성이 확보되기 때문이다. 외국인들은 불필요한 법적
소송을 하지 않기에 집주인들은 외국인에게 임대주는 것을 많이
선호한다.

2-5. 주택중개 수수료는?

주택 중개 수수료는 지급 방식이 나라마다 상이하다.
중개수수료의 지급주체는 국가마다 상이한데, 임대인이 중개료

전액을 부담하거나, 임차인이 중개료 전액을 부담하는 경우, 아니면 임대인과 임차인이 각각 50%씩 부담하기도 한다.

통상 1~2개월분의 임차료를 중개 수수료로 지급하는데, 계약 시에 2곳의 부동산 중개사가 연결되어 있으면 중개료를 반분하여 수령하게 된다. 제 3의 중개업체와 연결되어 있으면 1/3수준의 중개 수수료만 받기에, 중개 수수료가 만족스럽지 않을 수 있다. 그러기에 가격을 높인, (가구를 포함시킨 Full-Furniture조건의) 주택을 많이 소개하게 되고, 월 Rent비 가격을 높여서 적정 수수료를 확보하려고 한다.

어느 경우에나 외국인 신분인 임차인이 우월적인 위치를 점하기는 어렵고, 중개인과 오랫동안 사업 관계를 유지하고 있는 주택 임대인이 우위인 시장이다. 계약서는 임대인에게 유리한 조항으로 되어 있어 계약 시에는 꼼꼼히 조건을 살펴보아야 한다. 계약 시에는 외국인 신분을 고려하여 계약 주체를 회사 명의로 요구하거나, 임차료 지급 지연 시 회사가 지급하는 조건을 요구하기도 하는데 이는 수용하여 주는 것이 좋다. 수용에 대한 전제 조건으로 계약 기간 내라도 회사의 귀임 발령으로 인한 귀국 시에는 보증금 및 임차료의 환급을 명시할 수 있도록 요구하는 것이 좋다.

임대료 계약시에 지급시점은 보통 1개월, 3개월 또는 6개월, 1년단위의 장기 지급조건으로, 장기일 수록 추가적인 가격 협의도 가능하다.

2-6. 주택 보증금은?

주택 보증금은 주택 임차료의 1개월~2개월분을 요구한다. 향후 계약 만료 후 주택에 문제가 없고, 관리비 미납이 없는 경우에 전액을 돌려받는데 계약 만료 1~2개월 이후에 환급을 받을 수 있다. 입주 계약 시점부터 내부 집기의 파손 여부를 직접 확인하여야 향후에 발생할 수 있는 논란을 줄일 수 있다. 통상적인 주택의 마모 외에 부득이하게 주택 내부의 집기를 파손한 경우에는 임대인이나 중개업체에 동 내용을 설명하고, 주택 보증금에서 차감하는 범위를 협의하여야 한다. 그러지 않으면 향후에 집 주인의 의심을 사게 되어 보증금 환급 시 어려움이 있을 수 있다.

경험적으로 본다면 주택 보증금을 의도적으로 환급하지 않으려는 임대인은 없는 것 같다. 개발도상국의 경우도 외국인에게 임대를 하는 주택의 소유자이면 일정 수준의 경제력을 가지고 있고, 현지 사회에서 상류층이기에 충분히 대화로 해결을 할 수가 있다.

단, 본사 귀임 발령으로 인한 귀국 시에 계약 기간전이라도 보증금을 돌려준다는 계약서 조항이 있으면 다시 환급을 받을 수도 있다. 특수한 경우 주택 보증금의 이자도 지급하는 곳이 있다고 하나, 이는 예외적인 경우이다. 집 주인 입장에서 향후에 들어올 임차인 물색에 어려움이 있으니, 다른 한국인을 추천하게 되면 보증금 환급을 보다 부드럽게 받을 수 있다.

2-7. 주택 입주 후 가구 구입 시에는

주택에 입주하게 되면 우선적으로 필요한 사항이 각 방마다 필요한 가구의 구입이다. 한국과는 달리 현지에서 가구를 구입하면 고가여서 상당한 부담이 된다. 보통은 중고 가구를 구매하거나 아니면 Ikea등에서 조립용 가구를 구매하게 된다.

한국의 경우 DIY(Do It Yourself)가구가 대중화되어 있지 않아서, 현지에서 처음 가구를 구입하여 조립하는 것이 엄청난 Stress이다. 가구 조립을 위하여 공구를 추가로 구입하기도 한다. 가구가 조금만 복잡하면 조립에 거의 반나절이 소요되고, 휴일 하루가 소요되기도 한다. 조립 지연시마다 배우자의 날카로운 질책도 있어 긴장감이 극도로 고조된다. 추가 비용만 부담하면 가구 조립을 DIY업체에서 직접 하는 조건으로 구매를 하는 방법도 있으니 참조하기 바란다.

사용 후 향후 귀국 시에는 조립된 상태로 다시 가져오거나 현지에서 중고로 판매하고 오게 된다. 조립용 가구는 다시 분해가 되지 않는다는 점을 항상 기억하길 바란다. 현지에서 중고 가구로 판매 시에는 가격만 적정하다면 재판매에 문제가 없는데, 주로 한인 장터 Cafe에서 판매하게 된다. 특히 공부방 책장이나 장롱은 한인들이 많이 찾는 품목이다. DIY가구는 현지에서 판매하는 것을 추천한다.

제 3장 은행구좌 개설과 신용카드 신청하기.

3-1. 은행구좌 개설은?

한국과는 달리 은행 구좌 발급부터 신용 카드까지 험난한 여정이다. 구좌 개설을 위하여 외국인은 거주자 확인이 있어야 한다. 확인 후에도 구좌 개설에는 장시간이 소요되는데, 현지은행 직원과의 언어적인 Communication문제로 쉽지 않다. 현지 은행은 영어 구사자가 많지 않고, 외국어 구사가 가능한 것처럼 보이나 실질적으로 이해도가 낮은 경우도 많아서 놀라게 된다. 구좌 발급을 위해서는 현지 거주에 필요한 Residence Permit을 요구하는 은행들이 많다. 이러한 문제로 인하여 은행구좌 발급이전까지는 한국 구좌를 이용하여야 하고, 현지 부임 후에 약 3~4개월에 동안에 필요한 Cash를 준비하여야 한다.

현지에서의 구좌는 유로, 달러와 현지화의 3가지 형태의 구좌를 개설하여야 하며, 향후 신용 카드 결제 및 외화 송금 시 유리하다. 은행 구좌를 3가지로 운용하면서 잔고 관리를 수시로 하여야 하는데, 회사 업무를 하다 보면 쉽지 않다.

은행 구좌는 매월 또는 매 3개월 단위로 구좌 관리 비용을 납부하여야 한다. Account Maintenance fee라고 하는데 한국과는 상이한 System이다. 구좌를 유지하는데 관리 비용이 소용되는데 따른 비용인데, 논리적으로 합당한 얘기이다. 향후 귀국 시에는 귀국 시점에 구좌를 Close하거나, 현지인에게 부탁하여 약 3개월쯤 이후에는 폐쇄하는 것이 좋다. 구좌를 방치하게 되면 구좌 유지비가 누적되고, 향후에 구좌를 우연한 기회에 이용시에 연체되어 있는 구좌 관리비용을 한꺼번에 공제하게 된다.

3-2. 신용 카드의 발급은?

신용 카드의 발급은 구좌 개설보다도 더 험난하다. 신용 카드사 입장은 "신용을 공여하는 카드이기에, 신용이 없는 외국인은 보다 까다롭게 검토를 한다"라는 것이다. 신용 카드 발급에 장시간이 소요되고, 발급이 되더라도 카드 한도는 최소화하여 발급할 수밖에 없다고 한다. 논리적으로 합당한 언급인데, 한국의 신용 카드사가 비논리적으로 무차별적인 신용 카드를 발급하는 것으로 느껴진다. 신용 카드도 본인 카드와 가족 카드를 동시에 발급받을 수 있는데, 항공사와 연계한 Mileage카드를 발급받게 되면 카드 종류만 3가지 이상이 된다. 신용 카드는 그 종류를 최소화하는 것이 좋다. 신용 카드의 특성상 1개월 후에 비용이 청구되기에, 카드 청구액이 결제되면 저축할 수 있는 여력이 없어진다. Mileage누적보다는 저축이 우선이기에, 항상 저축 금액을 먼저 할당하는 것이 필요하다.

신용 카드의 발급이 어려우면 체크 카드를 발급받는 것이 가능하다. 그러나 체크 카드의 경우 온라인 결제에 제약이 있어 부득이 한국 신용 카드를 이용하여야 하는 경우도 있다. 해외에서는 한국보다 가처분 급여가 많아서 신용 카드를 더 많이 지출하게 되고, 적절히 관리하지 않으면 귀국시점에 저축 금액이 거의 없을 수도 있다. 해외에서는 연휴 기간이나 여름 휴가 시에 해외 여행을 가게 되는 경우가 많아서 은행 잔고가 마이너스로 지속되는 가정이 많다.

제 4장 현지에서 병원 이용하기.

4-1. 병원 이용의 중요성

현지에서 살면서 불편하게 느끼는 사항은 병원이다. 한국인에게 맞는 깨끗한 병원과 친절한 의사를 찾는 것이 힘들다. 현지 의사와의 대화가 쉽지 않아서 병원 이용 시에 어려움이 많다. 더구나 응급 상황이 발생하여 조치가 쉽지 않을 때에는 해외 근무를 후회하는 이가 많다. 응급상황에는 부득이 회사에 같이 근무하는 현지 직원의 도움을 받을 수밖에 없고 도움을 받게 되면 고마움을 오랫동안 간직하게 된다. 해외 주재원은 현지 의사와 영어로 Communication이 가능하나, 해외에서 처음 거주하게 되는 배우자는 매번 병원 이용은 당혹스러운 경험이다.

현지에서 한국인들이 이용하는 병원은 제한적이다. 주로 현지 교민이나 전임자를 통하여 입수한 2~3개의 병원 중심으로 이용하는데, 일반적인 추천이어서 실질적인 병원 이용 시에는 큰 도움이 되지 못한다. 더구나 치과의 경우에는 대형 병원을 이용하기도 어려워 지인 추천에 전적으로 의존한다. 해외에서의 치과 서비스는 한국과 비교하여 만족스러운 수준이 아니어서,

치과 치료는 반드시 한국에서만 받는 이도 많다.

현지 병원은 한국과는 시스템적으로도 상이하다. 수익성 위주의 병원 운영으로, 고가의 병원비를 지불한 환자만 양질의 의료 서비스를 받을 수 있도록 되어있다. "빈익빈 부익부"의 시장논리가 적용되는 곳이 외국의 병원 시스템이다.

4-2. 공공의료시설을 이용하기

의료비가 부담스러운 이는 공공 성격의 의료 서비스를 이용하기도 한다. 비용 측면은 저렴하나, 장시간 대기를 하여야하고 의료진의 수준에 확신을 가지기가 어렵다.

민간 병원이 제공하는 고급 서비스는 편리하고 친절하게 느껴진다. 익숙해지면 한국에 귀임 후 한국의료 서비스에 적응하기가 쉽지 않다. 일부 병원은 고급 호텔과 비슷하게 도착 후 발레 파킹 서비스도 제공하고, VIP실도 운영하기에 한국과는 큰 차이가 있다. 고급 병원은 별도의 영어 가능 통역이 있어 전담 Care 서비스를 하기도 하고, 예약후에는 별도의 대기 없이 진료를 받을 수 있어서 편리한 측면이 많다.

진찰 시에도 환자 1인당 20~30분 정도를 환자에게 할애하여, 과거 병력이나 가족력, 현재 질환의 경과를 다양하게 물어보고 최적의 진료를 하고자 한다. 1차 진료 후 경과를 살피기 위한 2차 진료 시에는 별도의 진료비를 청구하지 않는 병원도 많다.

외국인 환자에게는 내국인보다 더욱 세밀한 서비스를 하는
것으로 느껴진다.

외국에서 병원을 방문시에는 사전에 의사에게 질문이 필요한
사항을 미리 정리하여 가는 것이 좋다. 의사의 질문에만 답하다
보면, 본인의 의문사항을 놓치는 경우가 있다.

4-3. 처방전은

한국과 비슷한 system으로 운용된다. 개발도상국의 경우 병원의
처방전 약은 한국보다 가짓수도 많고 양도 많아서, 먹고 나면
배가 불러서 별도로 식욕이 없을 정도이다. 감기 몸살로 병원에
갔다가 처방을 받은 약의 크기가 "광복절 기념주화 크기의
야"이어서 몇 번 머다가 그만둔 적도 있다. 약품 종류도 복제약이
많아서 수입약품 가격이 그리 높은 편이 아니다.

처방전을 받은 약품은 해당 병원 인근에서 구매하는 것이 좋다.
한국과 비슷하게 병원에서 멀리 떨어질수록 약품 구하기가
어렵다. 일부 국가는 처방을 받은 약제비의 영수증을 수기로
작성한 증빙이 많아서 식별하기 어려운 경우도 있다.

4-4. 한국회사들의 의료비 지원 형태

현지 의료비 지원은 통상 3가지 형태로 진행된다. 상한선
범위내에서 현지 의료비를 실비 지원, 민영 의료 보험료 전액만

지원, 또는 민영 의료보험 전액을 지원하되 의료비 실비도 일정부분을 지원하는 방식이다. 민영 의료 보험내에서도 100% 병원 치료비를 보험회사가 지원하거나, 아니면 80%나 70%만 부담하는 경우도 있는데, 매월 보험 가입자가 지급하는 보험료의 차이에 기인한다.

가족당 보험을 가입하는 경우에는 남자와 여자의 차이가 있고, 특히 가임 기 연령의 여성이 포함되어 있으면 일반 보험료보다 많이 상승한다. 보험내에서도 치과 치료는 Cover가 되지 않는 경우가 많아서, 별도의 추가적인 보험료를 납부하여야만 치과 이용이 가능한 경우가 많다.

민영 의료보험은 회사별로 보험 상품의 종류에 따라서 다양하다. 일부 보험은 Contact lens나 안경도 보험이 가능한 경우도 있고, 년 1회 건강 검진도 가능한 보험도 있다. 민영 의료보험은 본인이 자주 이용하는 병원과 계약이 되어있어야만 편리하게 이용할 수 있으며, 사전에 반드시 확인하는 것이 필요하다.

의료보험 가입시의 장점은 소속 회사측에 가족의 병명을 별도 open할 필요가 없어서 개인의 Privacy가 보장될 수 있다는 점이다. 또한 응급 상황에서는 헬기로 환자 후송을 하는 것도 보험 Cover가 가능하여 어떠한 부분은 한국보다도 더 선진화되어 있는 것 같다. 단 예외적으로는 민영 의료 보험의 경우 보험 성격에 따라서 해당 주재국만 보험 Cover가 가능하고, 해외 여행이나 출장 시에는 보험 cover가 불가능한 경우도 있다.

4-5. 의료비 실비 지원

의료비 실비를 회사에서 지원하는 경우에는 병원을 가리지 않고 이용 가능한 것이 장점이다. 그러나 병원 치료 후에 실비 영수증을 모아서 회사에 청구하고 다시 환급 받는 절차가 불편하다. 의료비를 회사에 청구 후에도 대금 입수까지 장기간이 소요되어 개인별로 Cash Flow에 문제가 있을 수 있으며, 매건별 대금 입금 여부를 확인하는 과정이 번거롭다.

해외 주재원으로 근무하면 고객이나 회사의 출장자 일정으로 인하여 본인의 일정을 지키기 어려우며, 자칫하면 비용청구나 환급에 따르는 과정을 놓치기 마련이다.

4-6. 개인이 전액 부담하는 의료비 지원 방식도 있고

일부 회사는 의료비를 전혀 부담하지 않고 개인이 전액 부담하는 경우도 있다. 직원의 복리후생 지원을 전체 Package화하여 급여와 함께 지급하는 형태로 개별적인 복리 후생 지원이 없는 경우이다.

일본 기업도 개인별 복리 후생 지원을 평균하여 일괄 지원하는 경우가 많다. 그런 경우에는 부득이 한국에서 가입이 가능한 해외 장기 체류자용 "실손 의료보험"에 가입하는 것이 필요하다. 보험 Coverage에따라서 인당 기준 연간 부담액이 정해져 있으며, 선 개인비용으로 지급하고 차후에 보험 회사에서 Refund받는

Process가 번거롭다.

4-7. 사회보장 가입 국가에서는

일부 국가의 경우 의무적으로 사회 보장 가입을 요구하는 국가가 있다. 현지의 Residence Permit이나 Work Permit의 전제 조건으로 사회 보장 가입을 의무화하는 국가가 상당히 많다. 해외에 체류하는 외국인에게도 내국인과 동일한 의료 서비스를 제공한다는 취지이나. 제공되는 서비스의 질이 기대치에 미치지 못하여 아쉬운 경우가 많다.

주로 해당 국가의 국공립 병원을 이용하게 되는데 별도 개인 치료비 부담 없이 사회보장 보험만으로 가능한 경우도 있다. 단점은 병원 예약이 어렵고 병원에서 장기간 대기하여야 하는 점이다. 현실적으로 국공립 병원은 의료진들과 외국어소통이 불가능한 경우가 많아서 그리 추천할 만하지는 않다. 그리고 특정 지역 병원의 경우 응급실이 24시간 운영되지 않고, 저녁 10시이후에는 Close를 하는 경우가 많아서 응급 상황에서는 도심내의 큰 병원으로 가야 한다.

4-8. 해외의 민영의료보험은

해외에 근무하면 느끼는 점이지만 외국의 민영 의료보험은 한국의 실손 보험과는 상이한 보험이다. 한국의 실손 보험은 정부에서 실시하는 건강보험을 보완하는 개념이나, 해외의 민영 의료보험은 자체적으로 의료보험의 완전한 대체가 가능하다. 민영 보험은 치료목적이 확인되는 한 보험 청구액이나 횟수의 제한이 없는 경우가 많다. 또한 민영 의료보험은 병원에서 보험회사에 직접 청구하여 정산하는 방식으로 한국과는 상이하다. 해외에서 보험 가입자는 보험 회사와 Argue하는 경우가 거의 없고, 가입시의 약관이 그대로 지켜지면서 보험 혜택을 실질적으로 받는다고 느낀다.

한국의 실손 보험은 보험 가입 후 3년 이내에 병력이 있으면 문제가 된다. 과다 치료비의 청구 우려가 있으면 보험 회사 자체적으로 손해 사정인의 실사를 하게 되어 있어 계약자 입장에서 당혹스럽다. 보험 회사 입장에서는 보험 청약시에 고지 사항의 준수 여부를 재확인하고자 하는 목적이라고 한다. 그러나 보험 계약자 입장에서는 보험 가입시에 확인하여야 하는 사항을 병원비 청구 시점에 확인하고자 하는 의도를 의심하게 된다. 보험사 입장에서는 납입 보험료 대비 과도한 지출이 예상되어 보험 계약의 신의 성실성을 재점검하겠다는 목적이라고 하나, 보험회사의 자기 방어적인 업무 처리로 보여진다. 차체에 초기 보험 가입 시에 건강 상황을 확인하여, 보험 가입시의 자격 여부를 확인하는 것이 필요하다.

민영 의료 보험은 이용 가능한 병원이 지정되어 있어(계약이 되어 있지 않은 병원이 일부 있다) 치료 이후에 의료비 지급의 절차가 필요 없어서 여러 가지로 편리한 면은 있다. 그러나 처방전을 받고 다시 외부 약국에서 약을 처방을 받을 때는 보험사와의 계약 여부를 확인하여야 한다. 보험회사와 계약이 없는 약국은 일단 개인 비용으로 선 지급하고 보험회사에 약제 비용을 환급받아야 하며, 소액금액을 환급 받는 경우에는 절차가 번거롭다.

해외에서의 의료 보험은 Private insurance성격이어서 사전에 병원 예약이 필수이며, 응급실 이용이 아니라면 예약한 시간에 맞추어 병원 치료가 가능하다. 응급실이나 응급 의료차량의 경우도 연간 이용 횟수가 정해져 있는 경우가 많아서, 꼭 필요한 경우가 아니면 응급실을 이용하지 않는 것이 좋다. 한국에 귀국해서 종합 병원에서 치료를 받는 경우 거의 1시간 이상을 기다려서 3분정도 진료를 받게 되는데, 이에 비하여 해외에서의 치료는 보다 쾌적한 환경에서 가능하다.

4-9. 외국인 전용 병원의 이용

외국인들이 이용하는 병원은 병원비가 비싸고 환자가 상대적으로 적어서 편리한 측면이 있다. 해외에서의 병원 이용 시 어려운 점은 의사와의 communication이다. 영어권의 국가라면 큰 어려움은 없으나. 비 영어권의 경우 의사들 대부분이 영어가 원활치 못하여 정확한 증상의 설명 및 처치 관련 설명이 어렵다. 사전에 병원에 영어 가능한 통역을 요청하는 것이 필요하다.

해외의 대학 의무실도 의료 시설이 상당히 고급화되어 있고, 의료진의 구성도 잘되어 있는 것이다. 한국의 학교 의무실은 형식적으로 운용하는 곳이 많은데, 현지 대학의 의무실은 개인의원보다 질적으로 높은 서비스를 제공하는 곳이 많다.

우리가 체감하는 한국 의료진의 진료 수준은 최고라고 생각한다. 여름 방학 동안 가족이 한국에 체류시에는 한국 의료 보험을 다시 부활시키면 보험 수혜가 가능하다. 다만 한국 병원은 예약 시간에 가서도 장시간 기다려야 하는 문제가 있고, 의사를 면담하는 시간이 짧아서 자세한 설명을 하기에도 어려움이 있다.

제 5장 현지 학교에 보내기

5-1. 현지 학교에 편입하기

유럽이나 미국은 매년 9월에 신 학년이 시작되고, 한국의 3월 학기와는 상이하다. 그러기에 현지의 학교 편입학 일정을 맞추기가 어렵다. 현지 학교에 편입학 시에는 한국을 기준하여 한 학기를 낮추어 가거나, 다시 높여야 하는 어려움이 있다. 자녀의 편입은 가급적 한 학기를 높여서 가는 것을 추천한다. 도착 초기에는 외국 학기가 부담스러워 학기를 낮추어 편입하는 경우가 많지만, 학교를 다니다 보면 한 학기를 높이더라도 큰 부담이 없다는 의견이다.

한국도 국제화 추세 및 경제적인 측면을 고려하여 9월 학기로의 전환을 심각히 고려할 필요가 있다. 외국의 상급학교 진학 시에 졸업 후 약 6개월의 공백이 발생하며, 국가적으로도 낭비 요인이 되고 있다.

5-2. 외국인 학교의 형태는?

현지의 외국인 학교는 American, British, International School로 나뉘어진다. 보통 저학년 학부모들은 British를 선호하고, 고학년 학부모는 American이나 International을 선호한다. 저학년의 학부모들은 영국식의 엄격한 British교육이 학업을 시작하는 자녀에게 보다 적합하다는 판단을 하는 것 같다.

미국계 학교는 영국계에 비하여 교과과정이 자유로워 American학교를 선호하는 학부모들도 많다. International School은 현지인이 설립한 외국계 학교로, 학비가 높은 편이고 현지인의 비중도 높은 편이다. 외국인 학교는 외국인 국적만 편입학이 가능하나 이중 국적자가 많고, 부모 중에 한쪽이 현지인이 경우가 많다. 특히 일부 Class는 현지인 비중이 과도하게 높다. 학생끼리 현지어로 Communication하는 경우가 많아서 외국어 습득에 장애가 되고 있다.

해외의 외국인 학교를 가면 놀랍게도 현지인 외에도 동양인 비중이 특히 높은 편이다. 외국인은 자녀 학교에 있어 현지 학교를 다양하게 선택하고 있으나, 한국 Community의 경우 선호하는 학교가 제한적이어서 일종의 학교 쏠림 현상이 있는 것 같다.

5-3. 학비가 다르면 학교 선택의 폭도 달라지고

American School은 US\$로 수업료를 납부하고 British School은 Euro로 학비를 납부하기에, 통화가치로는 영국 학교가 미국 학교보다 학비가 높다. 학비는 매 학기 별로 납부하는 것이 일반적이나, 연간 학비를 일시불로 납부하거나, 자녀 2인이 동일 학교에 재학 시에는 D/C를 제공하는 학교도 있다. 연간 학비 기준 \$20,000 이상이며, 2인의 자녀를 동시에 보내면 연간 \$40,000 이상이어서 부담스럽다.

한국에서 단기 파견되는 공무원이나 정부 기관의 근무자는 유럽이나 미국 지역의 근무를 선호하는데, 정부에서 현지 공립학교 수준의 학자금을 지원하기 때문이다. 개발 도상국에 소재한 현지 공립학교는 외국인 학교와 비교하여 교육 수준이 낙후되어 있다, 부득이 외국인 학교에 자녀를 보내야 하는데, 개인 부담 학자금이 부담이 된다. 개인 사업자나 선교사는 높은 학비 부담으로 인하여 자녀를 현지의 공립 학교나 현지 사립 학교로 보내기도 한다.

5-4. 공립학교를 보내면

자녀를 미국의 공립학교에 보내게 되면 미국이 여러 가지로 Privacy를 존중하는 사회라는 것을 알게 된다. 소외 받는 계층에게는 보편적 복지가 아닌 선택적인 복지를 허용하되, 철저하게 수혜 받는 자녀의 익명성을 보장하기 때문이다. 미국 MBA 유학생 시절에 정기적인 월 소득이 없었기에, 자녀 점심을 미국 정부를 통하여 보조를 받은 일이 있었다. 정부 지원을 위한 서류를 학교에 제출하는 것이 아니라, 각 지역별 교육청에 직접 서류를 송부하게 되는데, 이는 해당 학교가 수혜 받는 학생을 인지하게 못하게 하려는 목적이다. 한국은 학교별로 대상자를 입수 후 교육청에서 다시 취합하는 과정을 거치기에, 학교가 해당 학생의 복지 혜택을 알게 되고 사전에 학생에 대한 선입관을 가질 수 있다.

미국의 교육행정 시스템은 독특하다. 미국 공립 학교의 교장은 순수한 행정 전문가이다. 교육 행정에만 전념하기에 보다 전문성을 가지고 학교 업무를 수행할 수 있다. 그러기에 공립 학교에 가면 20대 후반이나 30대 초반의 교장 선생님을 쉽게 볼 수 있고, 스스럼없이 교장과 학부모가 자녀 행정 관련 사항을 논의한다. 또한 미국 학교의 교사들은 매년 9월부터 익년 5월까지 9개월 기준으로 계약을 하고 급여도 동일 기준으로 지급받는다. 이는 방학 기간 중에 일을 하지 않기에 철저히 No Work, No Pay 원칙을 적용하기에 가능한 일이다. 그러기에 여름 방학 기간 중 교사의 경제적 활동은 철저히 본인 의사를 존중하고 제약을 두지는 않는다.

5-5. 랭귀지 코스 어학과정

현지 외국인 학교에 편입학 후 1년간은 랭귀지 코스를 병행하여 수업을 듣는 경우가 많다. 그러면서 주로 한국 학생이나 동양인 학생 중심으로 친구 관계를 형성한다. Language course는 1년

정도의 기간이 평균적이나, 언어적으로 improvement가 되지 않으면 장기화가 되기도 한다. 자녀의 어학 과정은 가급적이면 빨리 완료를 하는 것이 좋다. 랭귀지 코스는 정규 과정의 일부 Class를 대체하면서 수업을 하기에, 완전한 형태의 정규 Class수업은 아니다. 상대적으로 타 학생 대비 교육 Program의 구성상 불이익이 있다.

5-6. 다른 학교로 전학하기

현지 도착 후에 최초에 선택한 학교가 마음에 들지 않아서 다시 전학을 가는 경우도 많다. 최초에 학교 선정 시에는 지인들의 추천을 받지만, 교육의 선호도가 달라서 학교를 바꾸는 경우가 있기 때문이다. 자녀 통학이나 대학 진학 방향이 맞지 않으면 전학을 하는 경우도 많다. 자녀 통학이 아침에만 편도 1시간이 소요되며, 오후에는 Traffic을 감안하여 약 2시간이 소요되기도 하는데, 자녀의 Stress를 감안하여 학교를 옮기는 것이 좋다,

개인적으로도 자녀의 학교를 1년만에 옮긴 적이 있었다. 언어상의 문제로 편입한 학교에서 적응을 하지 못했지만, 새로운 학교에서는 외국인 친구가 갑자기 많아졌다. 한국 학생들은 언어 소통상의 문제로 인하여 학교 전입 후에도 한국 친구만 만나는 경우가 많으며, 고학년일수록 현지 학교에 적응이 어렵다.

외국인 학교에서는 학부모 대상의 학교 행사가 많으며, 학기초나 학기말에는 선생님과의 면담 시간이 예정되어 있다. 주재원

배우자는 언어상의 어려움으로 주재원들과 동반하여 선생님 면담을 하는 경우가 많다. 한국 가정은 현지 학교 모임의 참여도가 낮아서 학교에서는 동양인 학생 비중을 의도적으로 줄이려는 학교도 있다. 또한 학교의 기부에 있어서 한국 학부모들은 인색한 경우가 많아서, 기부 문화가 더욱 활발하였으면 한다. 학교의 선생님 면담 시는 간단한 선물을 준비하는 것이 좋다. 현금 선물은 받지 않지만, 스타벅스 커피 전문점의 소액(약 $20내외)의 Gift Card는 받는 경우가 많다. 별도로 한국을 기념할 만한 조그마한 공예품도 좋은 선물이 된다.

통학 시간만 아니라 School Bus 비용도 중요한 고려 사항이다. 통학 버스비로 1인당 월 $500의 비용이 평균적으로 나온다. 회사에서 전액을 지원해주거나 일부만 보조하여 주는 회사들도 많아서, 비용 절감을 위하여 개인용 차량을 구매하는 가족도 있다. 통학 버스는 여러 곳을 경유하여 가는 경우가 많아서, 자칫하면 30~40분이 추가적으로 소요되는 경우도 많다.

5-7. 자녀의 현지 대학 입학 시에는

자녀가 현지 대학에 입학하게 되면 고려사항이 많다. 유럽의 경우 국립대학이면 학비가 거의 없다. 교수진의 편차가 심하고, 강의도 주로 현지어로 진행된다. 사립 대학의 경우 강의는 영어로 진행되지만, 학비는 한국보다 상당히 높은 경우가 많다. 주재 기간 중에는 회사에서 학비를 지원하지만, 다시 한국으로 귀국한 이후에는 한국 대학의 동일 전공의 학비만 지원하게 된다.

기숙사비는 결국 개인 부담을 하여야하고 봉급 생활자들에게 있어 자녀 유학 비용은 상당한 부담이 된다. 개인적으로 큰애가 현지 대학에 입학 후 귀임 시에는 현지 대학에 두고 왔는데, 매 학기마다 학비와 기숙사비용을 보내야 하기에 상당한 부담이 되었던 적이 있다.

자녀의 대학 입학 시에는 장학금을 일부라도 받을 수 있는지 아니면 해당 국가의 외국인에 대한 장학금 지원이 있는지를 살펴볼 필요가 있다. 자녀를 현지에 두고 오면 식사문제가 제일 큰 어려움이다. 학교의 식당에서 매일 먹을 수는 있지만 현지 음식이 맞지 않아서 직접 한국 음식을 직접 취사하여 먹기도 한다. 한국 부식을 정기적으로 보내주어야 하는 어려움이 있다.

5-8. 자녀 사교육 시키기

유럽이나 미국, 중국의 대도시를 제외하고는 해외에서 한국 자녀에게 적합한 과외를 하기가 쉽지 않다. 한국인이 많이 거주하는 지역은 한국과 유사한 수준의 과외도 받을 수 있다고 하는데, 다른 국가에서의 과외는 현실적으로 쉽지 않다. 영어 과외는 현지인 강사의 과외는 쉽게 확보가 가능하나, 비교적 높은 수준의 High Quality의 영어 강사는 과외비가 높은 편이다. 국어나 수학은 제한적으로 한국인 강사만이 가능하기에 강사 선택의 자율성이 없다.

중고등학교 자녀를 둔 학부모가 해외에서 저축이 어려운 원인은 높은 사교육비 부담 때문이다. 통상적인 개인 교습은 과목당 한 시간에 $100~$150정도이며, 일주일에 3시간, 1개월에 총 12시간이면 $1,200~$1,800 이고, 두 과목 이상이면 $2,500이상이 과외 비용으로 지출된다. 예체능이나 SAT시험 준비는 추가 사교육비가 지출되어, 가정 경제의 심각한 재정적인 압박 요인이 되기도 한다.

한국에 귀임하기 1년쯤전에는 보다 강도 높은 한국 적응화 교육이 필요하며, 교육 비용이 추가 부담이 된다. 대부분의 주재원들이 여름 방학이면 자녀와 배우자를 한국에 보내서 약 3개월 정도의 과외 수업을 받게 한다. 여름방학에 한국에서 체류하는 임시 거처, 식대, 과외비를 포함하면 천 만원 이상이 되어 해외에서의 저축이 어려워진다. 예를 들어 서울 강남의 경우 방학이 되면 약 3개월 단위의 과외를 위한 임시 오피스텔 수요가 많아서 약 13평 정도의 오피스텔 월세가 월 1백5십만원 정도가 되기도 한다.

여름 방학이 되면 Temporary Single로 본인만 해외에 주재하는 분들이 주말을 골프장에서 보내는 경우가 많고, 휴일 식사도 Single끼리 같이 해결하는 경우가 많다. 여름에는 하루에 골프장 필드 18홀을 두 번씩 돌고 운동하는 사람도 있다.

사교육관련, 인터넷을 통한 강의를 많이 활용하기도 한다. 영어는 미국에 소재한 강사를 통하여 영어 과외수업이 가능한데, 과외 비용 측면에서도 유리하고 과외 비용도 현지의 외국인보다 경쟁력이 있어서 적극 추천한다. 단, 과외 강사의 선정은 인맥을 통하여 많이 하고 있으니, 연배가 비슷한 학부모는 정보 수집을 위한 정기적인 내부 인맥 관리가 필요하다.

제 6장 자녀의 학교 생활

6-1. 자녀의 현지 학교 생활

뇌 과학자의 의견으로는 인간의 뇌는 약 10세~12세가 되는 시점에 최적화된다고 한다. 유년 시절에 습득한 지적인 능력이 평생에 걸쳐서 영향을 미친다는 이야기이다. 유년 시절을 한국에서 보내게 되는 주재원의 자녀들은 한국에서 성장한 자녀와는 상이한 Path를 밟게 된다. 외국의 자유 분방한 교육 System하에서 성장한 자녀들이 한국에 귀국 후 직면하는 문화적인 충격은 다른 차원의 충격이다. 현지에 도착후부터 자녀에게는 지속적인 관심을 가지면서 장기적인 Career Path를 Monitoring하여야 한다.

자녀의 학교 재학 시 외국인 친구 관계도 세심한 Monitoring이 필요하다. 한국과는 달리 친구와의 방과 후 party문화가 많고, 이를 통하여 술이나 담배의 유혹에 쉽게 빠져들 우려가 있다. 외국인 친구들을 통하여 더 빨리 성인 문화에 노출될 가능성이 있다. 특히 친구 집에서 같이 하룻밤을 자게 되는 Overnight Party등은 조심할 필요가 있다.

자녀의 학교 친구와의 Party를 보면서 느꼈던 에피소드. 학생들 파티는 항상 주최하는 학생이 별도로 있는데, 철저히 비즈니스 관점에서 준비를 한다. 예상 참석인원을 산정 후, 파티 20일전에 입금시에는 15% 할인, 10일전에 10%할인등, 결제 시점에 따라서 가격을 달리 운영한다. 그러다가 파티가 임박하면, 정상 가격으로 운영한다. 청소년 시점부터 탄력적인 가격운영을 통한 비즈니스를 경험하는 것 같다.

6-2. 자녀의 이성 친구

영어 구사가 가능한 한국인 자녀들은 외국인 이성 친구도 사귀게 되는데, 한국인 부모들이 초기에는 많이 당황하게 된다. 청소년기의 이성 교제는 순수한 교제이며 결혼을 전제로 하는 것이 아니기에 예민하게 반응할 필요는 없다. 이성 교제가 건전한 관계가 될 수 있도록 유도하되, 가급적 부모들도 인지할 수 있는 범위내에서 허용하는 것이 좋다. 자녀의 이성 관계를 현실을 인정하면서 건전한 만남이 될 수 있도록 유도하는 것이 좋다.

국제화 시대에서 한국인 이성 친구만 고집하는 것은 시대적인 흐름에 맞지 않다. 이성 친구의 선택은 자녀 본인이 스스로 결정할 수 있도록 하는 것이 좋다. 국제간의 이성관계에 있어서 일본이 한국보다 많이 앞서가는 것 같다.

6-3. 자녀의 학교 외 생활

해외의 외국인 학교 학생들은 상당한 재력이 있는 가정의 자녀들이 많다. 일부 학생의 용돈은 봉급 생활자들의 지출범위를 넘어서는 학생들도 있다. 학교 통학 시에 고급 차량에 전용 운전 기사가 있는 가정도 있고, 주택을 여러 채 소유하여 별장에서 파티를 열기도 한다. 봉급 생활자 자녀와의 지출 규모와는 현실적인 괴리감이 있으며, 사전에 자녀에게 상황을 설명하는 것이 좋다.

자녀의 친구 관계는 현지 생활의 만족도에 있어서 중요한 부분이다. 부모가 관심을 가지고 자녀와 대화를 하여야 하며, 학교에서의 Feedback도 꼼꼼히 Monitoring을 하여야 한다. 자녀의 방과 후 생활도 중요하다. 보통은 One stop 서비스가 가능한 대형 쇼핑몰에서 친구들을 만나기도 하는데, 용돈 지출이 늘어날 가능성이 있어 사전에 조절할 수 있도록 알려주어야 한다.

6-4. 학교 행사에 참여하기

자녀의 다양한 학교 행사에도 참여를 하여야 한다. 매 학기마다 International Day라고 하여 기부 행사를 하는데, 판매 대금으로 학교 운영을 지원하는 자선 바자회가 있다. 학교 내 체육관에서 국가별로 Booth를 만들어 음식이나 전통 공예품을 판매한다. 아시아 국가들은 중국, 한국, 일본관으로 나뉘어지고, 유럽과 미주 지역은 각 국가별로 Booth를 만들기도 한다. 한국 학부모의 경우 잡채나 김밥, 불고기 음식을 하게 되는데, 외국인들에게 순위가 높은 음식은 김밥과 불고기이다. 일본식 김밥은 김밥에 작은 오이

한 조각만 넣어서 판매하는데 비하여, 한국 김밥은 5~6가지 정도의 재료를 풍성하게 사용하여 영양학적으로나 시각적으로도 호응도가 높다. 자녀의 외국인 친구가 집에 오면 한국 음식을 만들어 주는 것도 좋다.

또한 학기 별로 선생님과의 면담 일이 공식화되어 있어, 사전에 필요한 과목별 선생님과의 면담 시간을 확정하여야 한다. 외국인 학교는 면담 행사를 계획적으로 준비하는 학교가 많은데, 사전에 예약 sheet를 학생들 편에 배포하여 각 학부모의 일정을 먼저 입수한다. 주로 학교의 체육관 시설을 이용하여 진행을 하거나, 학교의 한 개 층을 사용하여 각 교실마다 면담을 하는 형식이다. 면담 일에는 오전 수업만 하고 오후에는 행사만 집중하게 되는데, 한국과는 달리 단체 면담 시 별도의 선물 준비는 필요 없다.

또한 상급 학교 진학을 위한 학교 설명회도 참석을 하여야 한다. 중학교에서 고등학교로 진학 시에는 동일 학교에 재학하는 경우가 많아서 큰 어려움이 없으나, 대학 진학은 대학 진학 자격 시험의 준비를 하여야 한다. 유럽의 대학과 미국의 대학은 자격 시험이 상이한 관계로 사전에 원하는 지역의 대학을 확정하여 준비할 필요가 있다.

제 7장 한국인 학교 또는 한인학교에 보내기

7-1. 한국 학교는?

해외에는 한국 학교와 한인 학교가 있다. 한국학교는 한국의 교육부에서 공식적으로 인정한, 한국에서 정식 교사가 파견된 학교를 말한다. 교사는 부부 중심으로 한국에서 파견되는 경우가 많다. 정부의 예산 제약으로 인하여 교민이 많은 미주나 유럽 지역이 아니면 현지에 한국 학교는 많지 않다. 한국 학교는 대부분 초등 학교 과정으로 운영되며, 중학교 이상은 외국인 학교로 전학하여 학업을 하여야 한다. 일본은 재정적으로는 한국보다 상황이 좋아서, 정식 교사가 파견되는 일본 중고등학교가 있는데 부러운 점이다. 그러기에 많은 일본주재원 자녀들이 일본 학교에 다니기도 하여, 일본 상사 회 명의로 체계적인 재정 지원을 하기도 한다.

7-2. 한인학교는

한인 학교는 주말에 1회 약 4시간으로 운영되고 있으며, 여름 및 겨울 방학도 있다. 한인 학교는 정식 학교는 아니며 한인회의 현지 기부 및 개별 학비를 받아서 운영하는 비 정규 과정이다. 주로 국어와 한국 역사를 중심으로 가르치고 있다. 학교 선생님들은 현지의 교민 또는 주재원 가족이며, 교육 자격증을 가지고 있거나 교육 경험이 있는 분들 중심으로 운영되고 있다. 토요일에 한인학교 School Bus도 별도로 운용되고 있어 이동 교통편은 큰 문제가 되지 않는다.

한인 학교는 정식 "한국학교"는 아니다. 과정은 유치원부터 고등학교까지 전 학년이 해당되며, 예산상의 제약으로 한국 회사들의 기자재와 운영비용의 지원이 필요하다. 시설이 협소하여 학생수가 많아지면 제약이 있고, 인근의 현지학교를 빌려서 사용하기도 한다. 현지 교민회와 한국 공관의 지속적인 노력과 현지 정부와의 협조가 필요한 사항이 많다.

많은 한국 회사들이 다양한 형태로 한인학교를 지원한다. 필자가 근무하였던 한국 가전 회사에서는 현지에서 상품전시회를 마치고 전시된 가전제품을 한인 학교에 기증하여 유용하게 활용하기도 한다.

제 8장 현지 사회와 함께하는 주재생활

8-1. 교민사회와 함께 하기

해외 주재원과 현지 교민은 서로 다른 인식을 가지고 있다. 다시 한국으로 돌아가야 하는 이와, 현지에 뿌리를 내리고 살아가야하는 이의 상황이 다른 것은 당연하다.

한국인들이 해외에서 정착하는 배경은 다양하지만, 보통은 몇가지로 나뉘어진다. 상사 주재원으로 파견되어 현지에서 개인 사업목적으로 체류, 해외 이민으로 현지에 정착, 친지의 요청으로 인한 현지 합류, 여행이나 한식당 관련 사업을 위한 이민, 선교 봉사를 위한 이민 등이다.

주재원 사회와 교민 사회는 서로의 거주지 차이로도 생활 방식이

다르다. 주재원 가족은 회사에서 주택 임차료, 의료비, 차량 유지비, 교육비등의 현지 체류비용을 지원하기에 상대적으로 여유 있는 생활을 하게 된다. 그러나 현지 교민들은 경제적인 상황이 다들 다르다.

현지에서의 조기 안정을 위하여는 현지에서 풍부한 경험을 가지고 있는 교민 사회의 도움을 받는 것이 좋다. 자연스럽게 동년배 부부 가족들과 정이 들게 되고, 친밀한 관계는 한국 귀국 후에도 연결이 된다.

한국 회사들의 퇴직 나이가 빨라지고 명예 퇴직이 많아지면서, 퇴직 후 본인이 근무한 해외 지역과 관련된 사업을 하시는 분도 많다. 본인이 주재한 지역으로의 이민도 고려하는 이들이 많다. 거주 경험이 있는 곳에서 이민 생활을 하게 된다면 현지에서 적응하는 기간을 단축할 수 있다. 동일한 지역에서 주재 생활을 두 번째 하시는 분들을 보면 초기 정착이 엄청 빠른 것을 알 수 있다.

8-2. 교민 사회에 깊이 들어가기

유럽, 미주, 중국, 일본을 제외하고는 교민 사회가 약 1천명~2천명 단위로 형성되어 있어 한국인 교민 사회는 상당히 좁은 편이다.

서로가 한인 가정과 학교나 교회로 연결되기에 서로 예의를 지키게 된다. 한인회장 선거에서 교민사회가 지지 성향에 따라서 반목하는 경우도 있다. 교민 사회 내에서 앙금이 오래가며, 단기 거주를 하는 주재 가족들은 중도적인 입장을 견지하는 것이 필요하다.

"한인회"는 교민들의 어려운 상황을 한국 공관에 전달하며, 민원 해결을 위한 공식 채널이기도 하다. 또한 매주 토요일에 열리는 한글 학교의 organizer이자 재정적인 sponsor이기도 하다. 매년 봄에는 한인 체육 대회, 연말에는 한인 송년회를 개최하면서 자연스럽게 교민 사회의 구심점이 된다. 한인회는 한국기업들의 sponsor와 한인 교민회의 광고비 협찬으로 운영되기에 항상 재정적인 압박을 받고 있다.

한인 골프회도 중요한 모임으로 자리를 잡아가고 있다. 매월 1회 토요일에 교민들을 대상으로 골프 대회를 열고 있으며, 한인 사회의 교류는 대부분 골프를 통하여 이루어진다. 4명 1팀으로 Rounding이 되기에, 자연스럽게 교민들과 한 팀이 되어 운동을 하고 Rounding 후에는 식사를 같이 하게 된다. 3개월에 1회 정도는 한국 회사들이 상품을 sponsor를 하게 되어 대회 참가율이 높아진다.

30대에 현지에 부임하게 되면, 골프를 시작하는 것이 좋다. 해외에서의 골프 레슨은 시간 및 비용 측면에서 상당히 부담스럽다. 출국 전에 가까운 골프 연습장에서 레슨을 받고 가능 것이 좋다. 골프채나 부속 장비들도 한국에서 구매하는 것이 상대적으로 저렴하니 미리 구매하는 것이 좋다. 골프 연습공도 한국에서 이사 짐을 보낼 때 같이 보내면 해외주재 기간 내내 사용할 수 있다.

제 9장 현지에서의 직장 생활은

9-1. 서로가 배려하면서

해외 조직에서 한국 파견 본사 직원은 일반적으로 5인 이하이다. 규모가 큰 현지 법인이 10인 이하이고, 지사나 지점 형태의 경우에는 3인 이하로 구성되어 있다. 사무실 출근 후 대부분의 시간을 한국인 직원들과 접촉하게 되고 이로 인한 Stress도 상당하다. 개인적으로 서로의 장점만 아니라 단점도 보이고, 업무적인 성격이나 스타일도 파악하게 된다. 서로가 조금씩 배려하면서 현지에서 직장 생활을 하여야 한다.

9-2. 현지 조직의 형태는

현지 조직은 지사와 지점, 법인으로 나뉘어진다. 지사는 영업활동을 하지 않고 단순한 업무 연락이나 시장 조사를 하게 되고, 지점이나 법인은 영업 활동이 가능한 형태이다. 지점은 영업활동이 가능한 외국 기업이고, 법인은 영업 활동이 가능한 현지 기업의 형태이다.

해외에서의 근무시 하루 생활을 들여다보면 한국과는 사뭇 다르다. 출퇴근 시간은 한국과는 달리 여유가 있다. 해외 Operation은 통상 아침 Start가 빠르다. 오전 8시에 출근하여 오후 5시경 퇴근하는 형태이다. 학교 수업이 일찍 시작하기에 현지 직원들도 조기 출근, 조기 퇴근을 선호한다. 해외에 있으면 퇴근 시간대도 비교적 여유가 있다. 본사의 출장자가 있거나 현지 고객과의 상담 시에만 퇴근이 늦어지는 경우도 많지만, 휴일에 업무를 하기도 한다.

해외 근무 일정은 주로 본사 출장자나 고객과의 업무 중심으로 운용된다. 여유가 있는 시간대에는 개인적인 일정을 보기도 한다. 평일에 가족의 병원이나 학교 업무가 있으면 일찍 퇴근을 하기도 한다.

회사내 주차는

차량 주차는 각자가 정해진 Space에 주차를 하고, 한번 자리가 정해지면 주재 기간 동안에 거의 변동이 없다. 한국 파견 본사직원은 주로 관리자이어서 주차 공간 확보에 큰 문제가 없다.

그러나 현지 직원은 주차 공간을 확보하기 어려워, 출근 시간대에 정시 도착이 문제가 된다. 회사입장에서는 비용 부담이 되지만, 현지 직원의 주차문제를 도와주는 것이 업무에 도움이 된다.

9-3. 회사에서의 식사는?

매일마다 점심 메뉴는 고민이다. 한국식당은 사무실에서 멀리 떨어져 있고, 현지식 대비하여 가격이 비싼 관계로 간단한 현지식 중심으로 식사를 하게 된다. 현지 음식은 소스나 식자재의 차이도 있고 익숙하지 않아서 장기간 계속 먹기 어렵다. 장기간이라 함은 3~4년을 의미한다. 사무실에서 간단한 샌드위치나 피자 배달 서비스를 이용하기도 한다. 오랫동안 먹게 되면 먹기 힘들어져서 식사를 Skip하기도 한다.

대안으로 한식 도시락을 주문하여 먹기도 한다. 한식 도시락을 전문적으로 배달하는 곳이 있고, 가격도 무난하여 자주 이용하기도 한다. 매일마다 도시락의 메뉴가 바뀌지만, 음식 맛을 내기 위해서 MSG사용이 지나친 경우가 많다. MSG를 사용하지 않는 가정은 음식에 상당한 부담감을 가질 수 있다. 또한 한식은 고유한 강한 음식향으로 인하여, 사무실에 냄새가 오래 배고 환기가 잘 되지 않아서 다른 현지 직원들의 눈치가 보인다.

현지 직원과 함께하는 공식적인 식사는 1개월에 1회정도가 적당하다. 저녁 식사는 개인 일정으로 일정 Fix가 쉽지 않고, 사무실 직원 중 Working Mom이 많아서 점심 식사를 선호하는 편이다. 직원들과 식사를 하게 되면 가급적 업무 관련 주제는 피하고, 가족이나 개인 신변 중심으로 얘기를 하는 것 좋다. 또한 점심 식당 선정이나 Menu등은 현지 직원 중심으로 결정하는 것이 좋다. 직원들에게 자율적으로 협의하여 결정할 수 있는 기회를 제공하여, 주도적으로 Luncheon을 한다는 생각을 가지게 하여야 한다. 이러한 경우에 현지 직원들이 예산대비 비싼 식당을 예약하여 다시 식사를 하기가 부담스러운 경우도 있다. 사전에 회사의 상황을 설명하고 가능한 예산 범위를 알려주어 눈높이를 맞추는 것이 필요하다.

9-4. 업무시간대는

오후 업무 시간은 4시간 정도인데 업무에 집중하기 좋다. 유럽은 한국과의 시차가 6시간에서 7시간정도 발생하기에, 오전에 본사와 협의를 하면 오후 시간대는 사무실이 조용한 편이다. 주로 고객과의 전화 상담, 내부 회의나 업무 협의가 이루어진다. 사무실에서 현지 직원과의 일정은 사전에 반드시 Scheduling이 필요하다. 직원의 개인 일정과 고객 상담 일정들이 있기에 반드시 사전에 일정을 fix하여야 한다. 한국식의 갑작스러운 일정약속이 이루어지면 계획적인 업무 처리가 어렵다.

본사 출장자나 외부 상담이 없으면 정해진 근무 시간대에 퇴근하도록 하는 것이 좋다. 그래야만 출근 시간대를 정확히 지키게 된다. 퇴근 시간대가 지켜지지 않으면 출근 시간의 준수도 어려워진다. 현지 직원과의 Communication은 논리적인 방식으로 접근하여야 한다.

일부 한국 회사는 출근과 퇴근 시간대를 관리하는 기기를 운용하기도 한다. 여담으로 출근 시간이 일정하지 않은 직원에게 출근 시간 준수를 언급한바 있었다. 해당 직원의 입장은 본인은 흡연을 하지 않기에 흡연을 하는 직원에 비하여 하루에 1시간

정도 추가 근무를 하고 있기에 Excuse가 가능하다는 입장이었다. 한국식 사고로 접근하기는 어렵고, 감정을 절제하고 논리적으로 판단할 수 있도록 항상 노력하여야 한다.

9-5. 같은 회사에 근무하는 주재원 가족과의 친교는

해외의 한인 사회는 비교적 좁다. 서로가 상처받기 쉽기에 항상 배려가 필요하다. 직장 상사의 배우자도 같은 회사 직원의 가족에게 보다 많은 배려가 필요하다. 직장 후배의 가족들이 현지에 도착 후 주재 생활을 안정적으로 경험할 수 있도록 도와주는 것이 좋다. 주재 경험이 많은 주재원 가족은 초기에 정착 어려움을 잘 알고 있다. 그러나 너무나 익숙하기에 망각하기 쉬운 측면도 있다. 항상 후배 가족에게 먼저 도움을 주는 것이 필요하다.

한국 회사의 현지 법인은 회사 내부적으로 "한국 부인회" 모임이 있다. 새로운 가족이 부임하거나 귀국 시에는 같이 식사를 하고 귀국 선물을 하면서 친목을 도모하기도 한다. 정기적인 만남의 인원이 많아지면 공동으로 하는 식사나 음료 비용이 부담이 되는데, 1/n로 각자가 비용 부담을 하기도 한다. 보통은 남편 직급이나 직책에 따라서 배우자 모임의 위치가 정리되는데, 배우자 모임 내부적으로도 학연이나 나이 차이로 인하여 갈등이 있기도 하다. 해결방안이 있는 것은 아니나 보통은 각 조직 대표자의 배우자의 중심으로 무리 없이 운영되고 있다.

9-6. 주재원 배우자 모임에서는

대기업 그룹내에 현지 대표자의 배우자 모임이 있어서 정기적으로 모임을 가지고 있다. 주로 한국의 4대 그룹 중심으로 모임이 활발한데, 1개월에 1회 정도 모임을 가지고 있다. 여름 방학 기간 3개월 동안은 한국에 들어가는 가정이 많아서 Skip하는 경우도 많다. 동일한 그룹 내에도 각 계열사별로 처우가 상이하여 배우자끼리 미묘한 긴장감이 조성되기도 한다. 배우자 모임을 통하여 다른 그룹의 상황 공유가 되기도 한다.

.

해외에 근무하는 조직 대표자와 주재원의 처한 상황이 다르듯이, 배우자들도 서로의 마음 가짐이 다르다. 해외 경험이 많은 이는 지사원과 지사장 법인장의 역할을 수행한바 있었지만, 일단 조직 대표자가 되면 주재원 시절의 힘들었던 기억들을 잊게 된다. 필자도 양쪽 상황을 둘 다 경험하였지만 현실적인 인식은 달랐다. 결론적으로 직장 상사의 가족이 직장 후배 가족에게 보다 많은 양보가 필요하다. 상대적으로 약자인 후배 주재원 가족 입장에서 섭섭한 점이 많을 수 있을 수 있다.

한국의 구정이나 추석 저녁에는 주재원 가족들이 함께 한국 식당에 모여서 명절을 보내기도 한다. 만날 때마다 같은 회사의 자녀들을 보게 되는데, 자녀의 성장 속도를 보면 시간이 빨리 지나가는 것을 느낀다.

제 10장 현지에서의 종교 생활은

종교 활동을 하지 않는 이들에게는 큰 도움이 되지 않는 내용이다. 본인들은 종교 활동을 하지 않지만 자녀들이 종교 활동을 하는 가정도 있다. 또한 한국에서는 종교활동을 하지는 않지만, 해외에서 종교활동을 하는 가정들도 많다. 해외에서는 외로움을 많이 느끼기에 한인사회에서 종교 활동의 필요성이 점차 높아지고 있다.

10-1. 불교

한국 교민이 많지 않으면 불교 사찰이 거의 없다. 미국의 불교 사찰은 일부 대도시에만 있는데, 미국 중소 도시에는 교민들이 자체적으로 모여서 불교 행사를 하는 경우도 있다. 미국의 주립 대학이 소재하는 지방 소도시는 학생들이 모여서 불교 학생회를 하는 정도이다. 교민이 2~3천명 정도의 한인 사회에는 불교와 관련된 종교 활동을 기대하기는 어렵다.

10-2. 기독교

대부분의 도시에서 최소한 2~3곳 이상의 한인교회가 있고, 전담하는 목사님도 있다. 한인 교회 역사가 오래된 곳이 많아서 별도 건물이나 교회 공간을 고정적으로 확보한 곳도 많다. 한인이 2~3천명 정도이면 한인 교회가 3곳 이상이다. 기존 한인교회에서 분리되어 나온 교회가 있기도 하고, 한인 교회끼리 민감한 문제가 많아서 특정 교회에 대한 언급은 자제하는 것이 좋다.

교회를 다니시는 분들의 주말 생활은 교회를 중심으로 이루어진다. 부임하는 초기에 교인들의 도움을 많이 받게 되고, 자연스럽게 교회와 함께 생활을 하게 된다. 한인 교회는 일요일 예배 후에는 점심 식사를 같이 하는 곳이 많아서 Single로 혼자 나와있는 분들은 쓸쓸한 해외 생활에 많은 도움이 된다. 특히 부활절과 크리스마스에 연말 분위기를 느낄 수 있다.

자녀들은 교회 내에 청소년부가 활성화가 되어 있어 매주 일요일은 교회에서 시간을 보내기도 한다. 부활절이나 크리스마스 기간에는 몇 주일 전부터 자녀들 중심으로 행사 준비를 하기도 한다. 한인 교회는 자체적인 행사도 많이 하는데 자선 바자회나 한인 학교의 재정적 지원, 한인 체육대회 지원 등 역할이 크다. 그러기에 대부분의 해외 한인 사회는 한인 교회가 중심이 되는 경우가 많다.

10-3. 카톨릭

일부 지역은 주일 미사가 가능한 곳이 있다. 교민이 많지 않으면, 한국에서 오신 신부님이 현지 성당을 빌려서 미사를 보는 곳도 있다. 한국 신부님은 현지에 수도회 등의 다른 목적으로 나와 계신 분들이 많다. 한인성당도 교인 규모가 어느 정도가 되어야 한국에서 정식으로 파견되는 신부님이 있다. 특이한 점은 각 지역별 한인 성당의 경우 한국에서 파견을 오시는 신부님의 교구가 항상 지정되어 있다는 점이다. 독일 어느 도시는 한국의 어느 교구, 터키 어느 도시는 어디 교구처럼 한국에서의 파견 교구가 상이하다는 점이다.

10-4. 이슬람

이슬람이 국교인 나라는 타 종교의 신앙 활동이 보장되지 않는 경우가 많다. 이슬람 일부 국가는 신앙의 자유는 있으나, 공공장소에서의 포교의 자유는 인정하지 않는다. 중동 국가에서의 외부 포교활동은 위험하며, 현지 극단주의자들의 주요 Target도 될 수 있다. 공공 장소에서의 다른 종교의 포교 활동이 다른 한국인의 신변까지도 위험 요인이 될 수 있다. 이슬람 국가에 소재한 한국 공관에서 포교 활동 자제를 요청하고 있으나, 이를 지키지 않아서 사회적 물의를 일으키는 경우도 있다.

제 11장. 현지에서 국내 여행 다니기

11-1. 사전에 계획을 하여야만

해외 여행은 미리 일정을 확정하고 예약을 하여야만 경비를 절약할 수 있다. 현지의 공휴일과 학교의 일정은 연초에 미리 확정이 된다. 현지의 연휴 기간에는 많은 인원들이 여행을 가기에 예약은 필수이다. 비행기 예약만 아니라 호텔 일정도 미리 예약을 하여야만 경제적인 여행이 가능하다.

혹시나 "한국 VIP의 갑작스러운 출장이 예상되어 일정 수립이 어렵다"라는 이가 있다면 이는 기우이다. 한국 VIP들의 현지방문은 현지 고객과의 만남이 우선이며, 시간적인 여유가 있으면 현지 법인이나 지사를 방문하는 수준이다. 그러기에 고객이 없는 현지 연휴 기간에 방문할 가능성은 거의 없다. 물론 예외는 항상 있지만.

11-2. 주재하는 국가내에서의 국내여행은

국내 여행은 항공과 차량 이동으로 나뉘어 진다.

항공편 이동은 3개월전, 빠르면 6개월전에 예약을 하는 것이 필요하다. 국내 항공편은 일자별로 가격이 상이하며, 동일한 일자 내에도 이른 새벽과 오전, 오후 시간대에 상이한 가격을 운영한다. 국내선은 편도 기준으로 가격이 제시되기에, 왕복 항공편을 구매하는 것이 큰 Merit가 없다. 임박하여 항공편을 예약 시에는 평상시 국제 항공편 요금 보다 비싼 가격의 Ticket을 구입하여야 한다. 일정이 촉박한 항공편은 예약 즉시 Ticket을 구매하여야 하고, 제약이 따른다. 가족 단위의 여행시에 개인별 추가 요금을 합산하면 상당한 비용 부담이 된다.

차량편으로 이동하는 여행은

차량으로 이동하는 여행은 일정 수립과 호텔 예약정도만 하여도 충분하다. 항공편에 비하여 준비가 간단하다. 유럽지역의 주재원들은 여행시에 차량으로 이동하기에, 다른 지역의 주재원보다는 이점을 가지고 있다. 물론 장거리 여행이기에 사전에 차량점검을 철저히 하고 여행을 가야 한다.

11-3. 여행시에 숙박은?

호텔은 Booking전문 site를 이용하여 예약을 하면 된다. 실질적인 호텔의 수준을 알지 못하기에, 사전에 해당 지역을 여행한 이로부터 여행 정보를 입수하는 것이 좋다. 출장을 자주 가게 되면 동일한 호텔 체인에 숙박하게 되고, 투숙 실적이 누적되면 해당 호텔에 VIP회원으로 무료 투숙권이 나오게 된다.

무료 투숙권을 활용하거나 무료 Upgrade 혜택을 활용하는 것도 방법이다. 한국과는 달리 무료 투숙권의 사용에 전혀 제약이 없으며, 오히려 VIP회원으로 우대하는 경우가 많다. 한국과는 상이한 서비스의 형태이다. 한국은 무료 혜택을 사용시에 제약도 많고 눈치가 보이기도 한다.

식사포함 조건도 상이하고

투숙 지역이 관광지이면 Option에 따라서 호텔 숙박비 가격이 상이하다. 아침 식사만 포함된 B&B(Bed &Breakfast), 점심까지 포함된 Half Board, 저녁 식사까지 포함된 Full Board가 있는데, B&B로 선정을 추천한다.

가격상으로는 Full Board가 포함된 코스가 장점이 있으나, 아침부터 저녁까지 메뉴가 거의 비슷하여 여행지에서의 새로운 식사의 설렘이 감소한다. 여행의 즐거움은 현지에서만 맛볼 수 있는 독특한 식당에서의 식사가 즐거움인데, 매 끼니마다 동일한 식사를 하면 행복 지수도 떨어진다.

현지식이나 양식이 입맛에 맞지 않을 때 추천하는 한가지 팁. 지방 여행시에 한국 식당이 없다면 한국 햇반을 가지고 가서 식당에서 야채 비빔밥을 만들어 먹는 것을 추천한다. 식당에 참치가 있으면 참치 야채비빔밥도 가능하다. 한국 항공사에서 구입할 수 있는 Tube용 고추장을 미리 가져가는 것이 필수이다.

11-4. 현지에서 해외로 여행 다니기

연휴에는 꼭 가족과 여행을

국가마다 며칠을 연속해서 쉴 수 있는 공휴일이 있다. 유럽은 기독교 종교 휴일이 많고, 중동 국가는 이슬람 종교 휴일이 많다. 해외에 살게 되면 현지의 공휴일에 맞추어서 쉬게 되고, 한국 공휴일에는 정상 근무를 하게 된다. 단, 예외적으로 해외에 있는 한국 공관은 현지 휴일과 한국의 4대 국경일(3.1절, 광복절, 개천절, 한글날)에 같이 쉰다.

현지에서 약 1주일 정도의 공휴일이 있으면 해외 여행을 많이 다니게 된다. 물론 주말에는 가까운 지역을 찾게 되지만, 장기 연휴에는 인근의 국가로 여행을 가게 된다. 한국에 있으면 연휴에 가족과 함께 여행가기 쉽지 않다. 모처럼의 기회를 적극 활용하여 가족과의 소중한 추억을 만드는 것을 적극 추천 드린다.

유럽 지역에 주재하고 있는 주재원들은 항공편없이 본인의 자동차로 국경을 쉽게 넘어갈 수 있다. 또한 주재국 현지에서 한국 부식을 구하는 것이 자유스럽다.

현지에서 해외여행을 선택하여야

현지에서 출발하는 해외여행은 가능한 옵션을 미리 선택하여야 한다. 도착 후에 한국 단체 투어그룹에 합류하여 같이 여행을 하거나 개별적으로 각 도시 별 가이드 여행을 선택하는 경우이다. 이내의 **눈총**을 받지 않고, 마음 편한 여행을 하고싶으면(별도로 스트레스를 받지 않으려면) 단체 투어가 좋다. 그러나 단체투어의 정형화된 여행 스케쥴은 감수하여야 한다.

단체 투어 패키지 여행은 편하지만

패키지여행은 출발하는 여행사에 따라 다른 것이 아니라, 현지에서 투어를 대행하는 Landing업체에 따라서 성격이 달라진다. 필자도 황당한 경험을 한 바 있다. 한국의 명품 투어와 저가 알뜰 투어의 가격이 다름에도 현지에서는 일정이 겹치는 경우가 많고, 심지어는 호텔과 식당이 동일한 경우가 있기 때문이다. 식당이 겹치는 불상사를 방지하기 위하여 의도적으로 식당 이용시간을 다르게 하는 경우도 있었다. 여행 가이드에게 차이를 문의하면 전문 가이드의 수준과 쇼핑 횟수의 차이라고 하는데, 납득이 가지 않는다.

단체 투어시에는 버스로 이동을 하기에 이동시에 쉬면서 휴식을 취할 수 있다. 문제는 투어가 너무나 획일적이고, 짧은 시간에 많은 관광지를 여행한다는 점이다. 그리고 불필요한 쇼핑을 매일마다 하여야 하고(하루에 한번 또는 두번까지), 저녁이면 반드시 가야 하는 옵션 관광도 가야만 한다. 용어상으로 옵션이지만 분위기상 강제적인 성격이 많고, 공연 비용은 개별적으로 가는 것보다 약 50%가 비싼 경우가 많다. 산출근거를 물어보면, 옵션 관광지까지의 버스 이동비용, 가이드 수고료, 버스 대기 비용을 총체적으로 계산하여 산정하는 것이라고 한다. 문제는 옵션을 신청하지않으면 식사를 하기도 어려워, 현실적으로 어려움이 따른다.

우리 나라의 단체 투어의 가격 산정방식은 개선이 필요하다. 한국 정부에서 유류할증료를 포함하여 가격을 공시하고, 반드시 참가하여야 하는 투어는 비용을 포함하는 것으로 개선을 한다고 한다.

개별 투어의 자유로움과 불편함

개별 투어는 준비할 것이 많아서 힘이 들지만, 해당 지역의 문화에 대한 이해도 및 집중도가 높아지는 장점이 있다. 물론 패키지 투어에 비하여 약 30%정도 가격이 올라간다. 두가지 투어를 동일조건(Apple to Apple)으로 비교를 하면, 식사비와 숙박비에서 차이가 나는 것 같다.

여행시의 식사는 전문여행 블로그를 참조하여 현지의 오래된 맛집을 가게 되는 경우가 많다. 숙박 형태는 차이가 많이 나는데, 현지에서 한국인이 경영하는 콘도 형식의 민박을 추천한다. 4인 가족이 호텔에 투숙하게 되면 호텔 방 2개를 예약하여야 하고, 가족끼리 함께 있는 것에 제약이 있다, 그러나 가족형 콘도는 제약이 없고, 간단한 라면 종류도 먹을 수 있어 편리하다.

현지 콘도의 시설을 빌려서 한국인이 운영하는 민박 현태가 유럽 관광지에는 많이 있다. 4인 가족이 동일한 콘도에 숙박할 수 있고, 아침 식사도 한식으로 제공되어 한국 음식에 대한 향수를 조금이라도 달랠 수 있다. 그러나 순수한 형태의 주택을 빌려서 하는 한국 민박은 화장실이 공용이어서 샤워할 때 불편함이 있다. 아침에 한식으로 식사를 먹을 수 있기에 편리한 측면은 있다.

해외로 여행을 가게 되면 가족 단위의 투어가 많다. 현지 가이드의 얘기로는 어머니와 딸, 어머니와 아들의 여행은 있으나, 아버지와 아들의 여행은 거의 없다고 한다. 부자간의 여행시에도 대화가 거의 없고, 아들입장에서는 이러한 유형의 여행을 다음에는 원하지 않는다는 의견이 많다고 한다. 한국 가정의 아버지는 보다 더 적극적으로 아들과 대화를 하는 것이 좋을 것 같다.

11-5. 항공사 이용시의 ABC.

항공사 Mileage를 활용하기 위해서는 현지에 부임하는 시점부터 현지 주요 항공사 한 곳을 선정하여 마일리지를 관리할 필요가 있다. 국적 항공사보다는 해당 국가의 현지 Major항공사를 이용하고, 항공사와 연계된 신용카드를 활용하는 것이 유리하다. 신용 카드를 통하여 Mileage를 적립하는 방식은 다양한데, 해외에서는 자녀의 학교 School 버스비용, 가족의 의료비용, 개인 항공권 결제도 신용카드 결제를 하면 마일리지 적립이 가능하다.

Mileage가 누적되면 Free Ticket 혜택도 가능한데, 국내보다는 해외 여행시에 활용하면 효율적이다. 무료티켓 발권 시에도 현지의 Tax는 별도로 납부하여야 하며, 일부 국가는 소비자 가격의 20%~30% 정도의 Tax를 부담하여야 한다. Economy Class보다 넓은 좌석으로 upgrade시는 Mileage만 공제하면 된다.

Mileage누적으로 최고급 Grade인 Premium회원이 되면 회원 혜택이 상당히 많다. 항공사 Lounge를 가족을 동반하여 무료로 이용할 수 있다. Major항공사의 Lounge는 Space도 널찍하고, 음식도 식사가 가능할 만큼 준비되어 있어 만족도가 높은 편이다. 별도로 추가 수하물 허용, 공항 출입국시 Immigration Special gate이용등의 혜택도 있다. 예외적으로 Mileage 공제없이 1년에

1~2회의 Business Class로 Upgrade가 가능한 항공사도 있다. 귀국 후에는 마일리지의 사용 편리성이 문제인데, 항공사의 제휴 Alliance로 인하여 한국 국적 항공사와 연계한 사용이 가능하다.

11-6. 외국항공사의 완전히 다른 고객 응대 방식

외국 항공사를 이용하다 보면 한국 국적기와는 다른 형태의 서비스를 경험하게 된다. 국적 항공기는 고객에 대한 "친절"이 우선이지만, 외국 항공사는 "안전"이 최우선이다. 국적 항공사의 눈높이에 맞추어서 외국 항공사의 서비스를 기대하면 실망하게 된다. 기내에 수하물을 가지고 들어갈 때 외국 항공사는 수하물을 직접 위쪽의 짐칸에 올려주지는 않는다. 승객 본인이 알아서 하여야 하고, 짐을 넣을 만한 Space가 없는 경우에는 직접 부탁을 하여야만 한다.

Overbooking으로 인하여 좌석이 없는 경우에도 대응 방법에 차이가 있다. 외국 항공사는 보상은 하되, 사과는 하지 않는다. 항공사 직원 입장에서도 Overbooking이 직원 개인의 귀책은 아니라 회사의 귀책이기에, 개인적인 사과는 필요성이 없다고 판단한다. 금전적인 보상만으로 충분하다고 판단한다. 성실한 사과와 보상을 같이 하는 한국 국적 항공사의 고객 서비스 문화에 익숙한 이에게는 당혹스러운 일이다.

해외고객을 모시고 제주도로 같이 이동한적이 있다. 당시에 태풍으로 비행편이 취소가 된 적이 있었다. 한국 국적 항공사의 직원이 진심으로 사과하고, 다음날 후속 비행 편 예약을 arrange하는 것을 해외고객이 의아하게 생각 한 적이 있다. 외국인들의 시각에서는 천재지변은 항공사 귀책이 아니라고 판단한 것이다. 항공사의 귀책이 있는 경우에는 감정에 좌우되지 말고 논리적으로 보상을 요구할 필요가 있다. 일부 한국인 여행객들의 개인 수화물 분실 시에 항공사에 고성을 지르면서 항의를 하는 경우가 있는데, 오히려 문제를 더 복잡하게 할 수 있다. 수하물 분실 시에는 서면으로 확인서를 받아 놓고, 일반적인 분실 수화물 무게에 따른 보상에 추가하여 개인적인 손실도 보상을 요구할 필요성이 있다.

현지 항공사의 기내식은 현지 음식에 최적화한 식사를 제공하기에 가볍게 식사를 할 수 있다. 1시간 거리의 국내선 노선도 기내식으로 샌드위치를 무상으로 제공하는 곳도 있다. 물론 일부 저가 항공사는 생수까지도 유상으로 판매하는 곳이 있다.

11-7. 저가항공 이용시에는 항상 조심하여야

현지의 저가 항공사는 출장 시에는 이용하지 않는 것이 좋다. 가격 부분만 경쟁력이 있고, 수하물 중량 및 기내 수하물에 있어서도 제약이 있다. 특히 출장 시에는 결항 및 지연 시를 대비하여 Back-up 비행편의 확보가 필요한데, Major항공사만이 응급상황에 대비가 가능하다.

중소형 항공사는 문제 발생시 해결도 쉽지 않다. 고객을 응대하는 Call center도 통화하기 어려운 경우가 많다. 위기대응 능력은 항상 우려할 만한 사항이다.

제12장 해외에서 한국 명절 보내기

12-1. 명절, 그 쓸쓸함에 대하여

해외에서도 제사나 명절 차례를 지내시는 분들이 많다. 한국에서도 챙겨야 할 부분이 많은데, 해외에서의 차례나 제사는 어려운 부분이다.

한국 식자재의 부족으로 제사에 필요한 식자재를 구하기 어렵고, 제수용 '술' 종류도 구하기가 어렵다. 음식은 현지에서 구할 수 있는 것으로 준비하는데, 과일은 현지의 제철 과일, 생선도 한국과 비슷한 형태의 종류로 준비하면 된다. 도미 종류는 해외에서 구하기가 쉬워서 큰 어려움은 없었던 것 같다.

술은 현지에서 구매가 어려워 대체품을 사용하기도 한다. 처음 해외에 서 제사를 지낼 때 일본 식당에서 사케(Sake)를 사용했는데, 가격도 비싸고 양도 적어서 곡주인 현지 White와인으로 대체한바 있다. White와인을 몇 병 사 놓으면, 다양한 용도로 이용할 수 있어서 편리하다.

제사 당일에는 방문하는 친지도 없어서 가족만으로 지내는데,

그나마도 출장으로 인하여 배우자와 자녀만으로 단출하게 제사를 지내는 경우도 많다. 항상 제사를 지낼 때 고민이 되는 사항은 한국과의 시차문제이다. 유럽지역은 시간상으로는 당일 아침에 지내는 것이 맞으나, 직장과 학교를 고려하여 전일 저녁에 제사를 지내기도 한다. 현지 상황에 맞게 융통성 있게 지내는 것이 좋으리라 판단된다.

12-2. 가까운 지인과의 하루

해외에서 명절이나 추석을 맞게 되면 기분이 울적해진다. 해외에서도 한국과 같이 보름달이 뜬다. 특히 추석날 저녁에 보름달을 보면 한국이 많이 그리워진다. 한국에서는 명절 연휴가 시작되지만 해외에서는 당일에도 근무를 하게 된다. 해외 근무지에서는 현지의 공휴일을 따르기에 평소와 같이 출근하여 업무를 봐야 한다. 일부 회사는 구정이나 추석이 현지 기준 평일이면 오전만 근무하고, 오후에는 쉬는 경우도 있다. 한국 회사에 오랫동안 근무한 현지 직원들은 반나절의 유급 휴일을 위하여 애써 한국 일정을 챙기기도 한다.

명절 당일 저녁에는 회사의 한국 직원 가족과 함께 한식당에서 정을 나누게 된다. 한국 식당에서도 명절에 송편을 준비하거나 전이나 나물을 준비하기도 한다. 평균적으로 한국 회사 직원 가족들과는 1년에 2회 정도 같이 식사를 하게 된다.

제 13장. 정기적인 운동 모임

13-1. 골프, 해외에서는 운동 이상의 존재감일수도

해외에서 교민들이 함께하는 운동은 골프가 유일하다. 현지 교민 사회에서는 주재국 한국대사, 교민 회장, 상사(기업협의회)회장의 3부 요인에 추가하여 한인 골프 회장을 4부 요인으로 부르기도 한다. 한인 골프 회장의 영향력 때문이다. 한인 골프 회장이 되면 현지 교민 사회에서 인맥을 관리하는데 유리하다, 골프회장은 골프 대회시의 팀별 구성에 전권을 가지고 있기에, 항상 긴밀한 관계를 유지할 필요가 있다.

한인 골프회의 연간 회비는 골프대회 선물이나 식사 비용으로 충당되기에 반드시 납부하여야 한다. 3개월에 1회 정도는 한국 회사가 스폰서를 하여 대회를 개최하기도 하고, 현지인과의 골프회나 일본인 골프회와의 골프 대회를 정기적으로 개최하기도 한다.

다른 그룹과의 골프 대회는 사교 목적에도 도움이 된다. 겨울내 야외 체육 행사가 없다가 봄이 되면 매월 1회 정도 골프 대회가 개최된다. 명칭으로는 한인 골프 대회이지만, 참석 대상으로 보자면 "한인동포 체육대회"로 보여질 만큼 참석자가 많다.

별도로 마음 맞는 지인들과는 여름에 매주 1~2회 정도의 라운딩을 하게 되고, 토요일에는 18홀을 두 번 돌아서 36홀을

Play하는 경우가 있다. 여름 방학이 되면 가족이 한국에 들어가 있는 가정이 많다. 주말에는 혼자만 있는 주재원들을 골프장에서 만날 수 있다. 귀국 발령후에는 아쉬움에 하루 54홀(18홀을 세번 도는 것)을 라운딩 하시는 분도 있다.

골프장이 가까운 곳이면 문제가 없지만, 보통은 외곽으로 1시간 이상 차량으로 이동하여야 하는 곳이 많다. 골프 후에 오후에 다시 돌아올 때는 Traffic으로 인하여 2시간 이상이 소요되어, 골프는 거의 하루가 소요되는 운동이다. 터키에 있을 때 현지 재벌의 2세와 골프 라운딩을 한적이 있었는데, 차량이 워낙 막혀서 본인이 소유한 "헬리콥터"로 이동을 한다고 한다. 골프도 "빈익빈 부익부" 운동인 것 같다.

13-2. 골프장 회원권

골프는 회원권이 없으면 비용측면에서 부담이 되는 운동이다. 연간 회원권이 있으면 골프 라운딩 비용 측면에서는 큰 부담이 없다. 그러나 매년 연장하여야 하는 회원권은 부담이 되고, 지역마다 1년 유효 회원권 가격의 편차가 심하다. 일부지역은 6,000 Euro이상이 되는 지역도 있고, 유럽은 Euro 1,000~2,000지역도 많다. 미국은 골프장 숫자가 많아서 1년 회원권 없이도 1회에 $50정도로도 Play가 가능한 곳도 있고, 할인 쿠폰활용시 $15내외의 가격도 있다.

골프가 대중화되지 않은 국가들은 골프장 숫자가 제한적이다.

또한 회원권이 없으면, 골프장 사용에도 제약이 많다. 회원권이 없는 Player는 1년에 라운딩 할 수 있는 횟수를 제한하는 곳도 있고, 매번 $200정도의 Green fee를 납부를 요구하는 곳도 있다.

13-3. 골프, 전동 Cart없이도 가능한 운동

외국 골프장은 골프장내 이동 가능한 전동 카트나 캐디(Caddie)이용에 대한 강제 조항이 없다. 본인이 원한다면 수동 골프 카트를 직접 끌면서도 Play가 가능하다. 수동 카트도 가격대가 워낙 다양하여, 유럽이나 미국에 출장을 갈 때 구매하는 것이 저렴하다. 만약 주택이 골프장 인근의 Town House라면 중고 골프장용 "전동 카트"를 구매하는 것도 방법이다. 주택단지 내에서 슈퍼마켓의 장보기용으로 활용하다가 향후에 중고로 판매하여도 가능하다.

한국에는 카트 없이는 Play가 불가능 한 골프장이 대부분이다. 골프장 입장에서 신속한 이동을 위하여 요구를 하기에, 골프를 하면서 운동이 되는 느낌이 없는 것 같다. 해외 골프장에서는 본인의 수동 Cart를 끌고 다니면서 여름에 운동을 하면 쉽게 지치게 되는 어려움은 있다.

13-4. 캐디 사용이 강제조항은 아니고

해외 골프장의 캐디는 한국보다는 전문성이 떨어져서 선별적으로 도움을 받는 것이 좋다. 일부 국가는 전문 교육을 받지 않은 골프장 인근의 주민들을 활용하여 오히려 Stress를 받기도 한다. 심지어 일부 캐디의 경우 골프 플레이어의 공의 방향을 놓치는 경우가 있고, 공을 치는 플레이어가 직접 알려주기도 한다. 가을철에는 캐디가 숲 속에 들어가서 과일을 따먹기도 하여, 플레이어가 기다려야 하는 경우도 있다.

그러나 전문성을 확보한 캐디도 있다. 플레이들에게 선호도가 높은 캐디는 사전에 예약을 하여야 하며, 일반 비용보다 높은 금액을 지급하여야 한다. 전문 캐디는 플레이어에게 골프장 지형에 대하여 상세히 알려주기도 하고, 골프 드라이버나 우드 사용도 추천이 가능한 캐디도 있다.

13-5. 골프, 현지 교민사회 생활의 일부이다

골프는 교민 사회에서는 반드시 필요한 운동이다. 골프채를 사전에 구매하여 미리 이삿짐에 같이 선적하여야 한다. 이삿짐 도착 전에도 골프를 하는 경우가 있어, 부임 시에 Hand carry하는 경우도 있다.

골프채나 부속 장비들은 한국에서 구매하는 것이 유리하다. 한국은 온라인으로도 구매가 가능하여, 가격측면에서는 상당한 Merit가 있다. 한국은 겨울 비수기에 골프용품이 특히 저렴하다. 해외에 가면 골프 용품의 가격이 상당히 높고, 유럽지역은 소비자 가격을 Euro로 명시하여 한국보다 가격이 30% 이상은 비싸다. 귀국 시에는 성인 1인당 골프채 1 set까지 면세 통관이 가능하니,

부부 기준으로 보면 2 set까지 가능하다.

주재원 배우자들의 골프 모임도 활성화되어 있으며, 주중에는 배우자 그룹의 골프 대회가 있다. 골프장 이동시에는 차량이 있는 가정의 일정 중심으로 움직이는 것 같다. 주중에만 사용 가능한 회원권은 일반 회원권보다 가격이 저렴하다.

한국에서 골프를 시작하지 않은 이들은 현지에서 골프를 배울 수도 있다. 시간당 가격으로 레슨비를 지급하면 된다. 골프가 보편화 되어있지 않은 국가에서는 국가대표 출신의 코치가 레슨을 하여 주기도 한다. 코치에게 한국 출장시마다 간단한 선물도 하면서 유대관계를 가지게 되면, 많은 도움을 받게 된다. 해외에서는 한국의 골프 연습장 형태가 별도로 없다. 주로 실제 골프장에서 연습을 하게 되는데, 회원과 비회원의 골프 연습 비용이 다른 경우가 많다.

골프는 18홀 기준하여 장시간이 소요되는 운동이다. Rounding에 4인 기준 4시간 30분, 이동 시간에 약 2시간 30분을 기준하여 총 7시간이 소요된다. 특히 골프장이 도심에서 많이 떨어져 있고, 운동 후 돌아올 때 Traffic이 있으면 주말 하루가 소요되는 운동이다.

장시간의 시간을 고려하여 30대의 나이에는 골프를 선호하지 않는 이도 있다. 미국은 매년 골프 인구가 감소하고 있다고 한다. 차라리 12홀 기준으로 홀을 축소하여 약 3시간 정도의 운동으로 하는 것도 방법이 될 것 같다.

골프 하나에만 집중하면 현지 문화의 다양성을 접할 기회가 상실될 수 있다. 균형을 맞추어서 다른 운동을 시도할 필요가 있다.

골프가 다른 운동보다 불리한 점은 몇 가지가 있는데 첫째는 고가의 장비 구입에 따른 경제적 부담이다. 둘째는 골프 라운딩 비용 부담이다. 식사 비용까지 고려한다면 1회에 약 $200이상이 소요된다. 마지막으로 40대 초반까지는 골프가 운동에 큰 도움이 되지 않는다고 한다. 의사들은 골프는 50대 이후에 추천하는 운동이라고 한다.

13-6. 테니스, 조깅, 마라톤, 등산, 스키의 다양한 운동도 있고

골프 외에 테니스를 선호하시는 분들도 많다. 주택 단지 내의 헬스 클럽(Fitness Center)에 전용 테니스장이 보통 있기에, 주말에는 테니스장이 상당히 분주하다. 테니스장의 경우 최소 4팀 이상의 Play가 가능한 시설이 많고, 여름에는 저녁 늦게까지 Play가 가능한 테니스장도 많다.

테니스장은 레슨도 받을 수 있지만, 레슨 비용은 한국보다는 비싸다. 한국에서 미리 레슨을 받고 오는 것이 좋다. 외국인들은 골프보다는 테니스를 선호하며, 그들에게는 아직 골프가 주력 스포츠로 인식되지 않는 것 같다.

13-7. 조깅의 장점과 불편한 점

조깅도 추천하는 운동이나, 조깅 장소는 별도로 고려할 필요가 있다. 특히 아침에 야외에서 조깅을 하는 경우 길거리의 개를 조심하여야 한다. 길거리 개들은 지역마다 각자의 구역이 있고 낯선 인간이 해당 지역에 있으면 경계를 하는 습성이 있다. 이른 아침 시간에는 민감하여 날카로운 이빨로 짖으면서 위협을 하기에 조심하여야 한다. 외곽지역에 조깅시에는 신변 안전이 우려되는데, 길거리 개들이 뛰어들거나 계속 따라다니면서 위협을 하기도 한다. 가까운 교민 한 분은 아침 조깅 시에 개에게 물려서 병원 신세를 진 적도 있다.

현지인들이 개들에게는 상당히 호의적이어서, 공격적인 개들에게 대응하는 외국인을 비난하는 경우도 있어 난감한 경우도 있다. 개들을 너무 좋아하여, 아침마다 길거리 개들에게 먹이를 주는 분들도 많다. 일부 국가는 "외국인보다는 개를 더 우대하는 나라"라는 인식이 있을 정도로 과도하게 개나 고양이를 잘 대해주는 나라가 많다. 안전을 위하여, 조깅은 가급적 Fitness Center내의 실내에서 운동 기구로 하는 것이 좋다.

13-8. 마라톤을 좋아하는 마니아 층

해외에서 관심있게 지켜보는 운동은 마라톤이다. 의외로 마라톤을 좋아하시는 분들도 많다. 마라톤 대회시에는 현지에서 차량으로 접근이 불가능한 장소도 갈 수 있다. 마라톤 대회는 이벤트성의 행사가 많아서 대회 시에는 특정 지역을 개방을 하기에 색다른 경험을 할 수 있다. Full course 마라톤도 있고 이보다도 짧은 구간의 단축마라톤도 있어서 다양한 경험을 할 수 있다. 터키 이스탄불 주재시에는 동양과 서양을 연결하는 보스프러스 해협 다리를 마라톤으로 완주하는 행사가 열리기도 한다.

마라톤 동호회는 외국인 및 현지인의 참여율이 높아서, 현지인과 친분을 쌓는데 많은 도움이 되기도 한다. 제약은 한국에서 마라톤을 해본 경험이 있는 사람만이 가능하다는 점이다.

13-9. 현지에서의 등산 모임도

해외에서 등산은 어려운 일이다. 도심 인근에 산행이 가능한 산이 없어서, 차량으로 1시간 이상은 외부로 나가야 한다. 또한 산행 코스가 한국처럼 개발이 되어있지 않아서 어려움이 따른다. 개인적인 산행보다는 외국인이나 현지인의 산악 동호인 모임에 가입하는 것을 추천한다. 이러한 기회를 통하여 현지인과의 교류도 적극적으로 할 수 있다.

13-10. 스키도 가능하고

중동 지역이 아니면 겨울에는 스키도 가능하다. 대도시 주변에 높은 산이 있으면 가족 단위로 스키를 가기도 하는데, 인공 눈이 아닌 자연 눈이어서, 겨울 스키가 가능한 시기가 정해져 있다.

비용도 한국보다 비싼 경우가 많아서, 인근의 다른 국가로 스키 여행을 가기도 한다.

터키에서는 인근 국가인 불가리아가 스키 가격이 저렴하다고 해서, 겨울방학에는 몇 가족이 버스를 빌려서 함께 이동하기도 한다. 참고로 불가리아는 "불가리스"의 나라로 알려져 있지만, 장미 오일로도 유명한 나라이다. 터키 이스탄불에서 자동차로 약 3시간 정도이면 국경 통과가 가능하다,

스키 장비는 한국에서 미리 구매를 하여 이사짐에 넣어두는 것이 좋다. 스키는 가족단위의 스포츠여서, 그 부피가 꽤 많이 나간다.

13-11. 건강 관리는 항상 자신의 몫

해외에서는 출장자들도 많고, 저녁 식사 및 술 약속도 많다. 저녁 식사를 하게 되면 디저트를 포함한 Full Couse로 식사를 하는 경우가 많다. 해외 식당은 디저트 매출이 전체 음식 가격의 20%정도가 되어, 의식적으로 디저트를 권유하기도 한다. 저녁 식사가 누적되면 뱃살이 쉽게 나오게 된다.

작은 양을 식사하면서 Desert를 skip하는 것도 필요하다. 디저트는 단 맛 성분이 많아서 비만의 주요 원인이 된다. 디저트의 종류가 다양해서 유혹에 쉽게 빠지게 되고, 항상 절제하는 음식 습관을 가지는 것이 필요하다. 그러나 현실적으로는 쉽지 않다.

또한 자신만의 정기적인 운동을 하는 것이 좋다. 해외에서도 건강은 스스로 지켜야한다.

제 14장 학연이나 지연의 모임도 활발하다.

14-1. 활발한 학연 및 지연 모임

해외에 거주하면 학연이나 지연모임이 활발한 곳이 많다. 한국에서도 중요한 인맥을 "4연"이라고 하여 학연, 지연, 혈연, 그리고 흡연이라고 부른다. 흡연의 경우는 "생"은 다르지만 "사"를 같이하는 인연이어서 특히 각별하다고 한다.

해외에 있으면 사람에 대한 그리움으로 다양한 형태의 모임에 참석하게 된다. 만남의 반가움과 오해가 교차하면서 해외 생활을 하게 된다. 특히 해외에서는 배우자를 포함한 부부 동반 모임도 많아서, 배우자 간의 미묘한 관계도 조심하여야 할 부분이다.

14-2. 반가운 대학동문 모임

대학 동문 모임은 약 3개월에 한번 정기적으로 이루어진다. 비정기적인 모임은 신규 동문의 부임이나 동문의 귀국 시에 주로 이루어진다. 동문 모임은 중추적인 허리 역할을 하는 총무의 부지런함에 따라 활성화가 된다. 일단 실력을 인정받은 총무는 장기간 연임하는 경우가 많으며, 본인의 귀국 시점이 되어야 다른 인원으로 대체하게 된다. 동문 모임은 주로 한국 식당에서 소주 한잔하면서, 해외에서의 고단한 삶의 애환을 달래게 된다. 식사만으로 아쉬우면 인근의 한국 노래방에서 한잔을 더하는 경우도 있다. 가끔씩 축하할 만한 Event가 있으면 병개팅을 하기도 하는데, 병개팅은 주로 소규모 모임으로 이루어 진다.

해외에서의 모임은 건전한 모임이 대부분이다. 식사를 하면서 반주를 하게 되는데, 식사 후에 직접 운전을 하여야 하기에 무리하지 않는다. 가끔씩 동문의 집에서 부부 동반 초청모임이 있기도 하다. 통상 선배 학번의 동문 집에서 열리는데, 한국 부식 조달의 어려움을 고려하여 각 가정에서 한가지 요리를 준비하는 Potluck형식으로 이루어진다. 이런 모임을 통하여 동문 가족끼리 유대를 가질 수 있고, 마음이 맞는 동문끼리 귀국 후에도 연락을 히게 된다.

일부 한국회사는 해외에서의 주재원의 동문 모임을 금지하는 회사도 있다. 해외 주재원 파견의 목적이 회사 업무로 인한 것이고, 모임을 통하여 사업 편의를 봐줄 우려를 차단하고자 하는 의도이다. 장단점이 있지만 해외에서의 삶의 고단함을 달랠 수 있기에, 동문회 참석은 필요하다고 판단된다.

입학 학번 기준 동문회 서열

해외에서의 대학 동문회는 입학 학번을 기준으로 선후배가 가려진다. 물론 재수나 삼수 등이 있기는 하지만, 공식적으로는 입학 학번으로 서열화가 된다. 식사장소는 후배 기수들이 일찍 도착하여 선배를 기다리는 형식으로 이루어진다. 나이대가 비슷한 선후배 동문들이 많아져서 서로 존대어를 하면서 만나게 된다. 고등학교와는 달리 성인이 되어서 만나는 대학 동문이어서 조금씩 조심을 하게 된다.

참고로 미국 대학은 철저하게 졸업 학번 기준이다. 입학과 졸업의 시기가 워낙 상이하기에, 졸업식을 Commencement Day라고 하여 새로운 출발로 인식한다.

2차 노래방에서는

동문의 진급 축하모임이 있으면 2차로 한국 노래방에 가기도 한다. 미주나 유럽지역의 경우 한국인 여성 도우미가 노래방에 있다고 하나, 다른 지역들은 대부분 노래방 기계만 있는 건전 노래방이다. 상대적으로 실수를 할 가능성이 없어서 편안한 자리가 된다. 한인 교민 사회가 워낙 좁아서 여자 도우미가 있으면, 교민 사회 내부적으로 논란이 될 수 있다.

음주 후 다음날을 위하여

노래방에서 한 곡 부르는 교민들은 레퍼토리의 Upgrade가 되지 않는다. 현지 부임 시에 한번 부른 노래를 귀국 시까지 일관성 있게 계속 부른다. 매번 똑같은 노래를 불러도 동문들의 호응도가 높은 것은, 함께 어려운 시기를 살아가는 동문에 대한 깊은 배려심으로 판단된다.

보통 식사는 약 2시간 30분, 2차는 1시간 30분 정도로 진행되기에, 7시경에 시작한 모임은 11시경에는 끝마치게 된다. 해외에서의 음주는 무리하지 않는 범위에서 진행되기에, 다음날에는 정상 출근을 하게 된다. 숙취가 있어도 해장을 할 수가 없기에, 스스로가 해장하는 방법을 알고 있어야 한다.

동문 만남의 비용 분담

동문 만남 시에 소요되는 비용은 1/N로 하거나 정기 회비를 모아서 운영한다. 동문회 모임 초기에는 고참 선배들이 비용을 일괄 부담하다가, 보통은 공동 부담으로 많이 바뀌게 된다. 예외적으로 선후배의 진급 축하로 당사자가 식사 비용을 부담하기도 하는데, 뒤돌아보면 각자가 비용을 부담하는 것이 편안한 모임이 된다. 선배 동문들은 대부분 현지조직의 대표자가 많아서 비용 처리에 큰 어려움은 없으나, 사적인 비용과 엄격히 구분하는 것에 익숙하다. 공과 사를 엄격히 구별하는 것이 좋다.

14-3. 출신 지역 모임에 "동갑 띠" 모임까지

출신 지역에 기반한 모임도 활성화되어 있다. 한국과 유사하게 "지역 향우회" 모임도 있고 "해병대 전우회" 모임도 있다. 출신 도시 중심의 향우회 모임도 있는데, 주로 10명 내외의 소규모 모임으로 운영된다. 소규모 향우회는 인적 구성상 상당히 끈끈한 결속력을 가지고 있다. 별도로 같은 나이대의 "띠 모임"도 있다. 동갑이어서 편하게 만나게 되고, 휴가철에는 가족 동반 여행도 하게 되고, 귀국 후에도 모임을 지속하는 경우도 있다.

향후 우리의 자녀 세대는 해외에서 학교를 다니게 되어, 동문 모임도 조금씩 약해지지 않을까 하는 생각이다. 필자의 장남이 터키 수도인 앙카라에 소재한 현지 사립 대학을 다녔는데, 앞으로는 이러한 성격의 대학 동문 모임도 어려우리라 판단된다.

제 15장 한국 기업과의 친밀한 교류를 위하여

15-1. 한국기업협의회 또는 한국 상사협의회

비즈니스가 성장하는 지역은 한국 기업의 숫자도 해마다 증가하고 있다. 한국 기업의 분기별 모임에 가게 되면 서로 명함을 교환하는 것이 일상이 되기도 한다. 해외의 한국 회사 모임은 숫자가 작을 때는 "상사회"로 칭하다가, 규모가 커지면서 "한국기업 협의회"로 불리워진다. 매분기별로 1회 정도 한국식당에 모여서 식사를 하는데, 예전에는 주로 소주 한잔 하면서 해외 생활을 고단함을 나누는 자리였다. 그러나 모임의 규모가 커지면서 공식적인 조직의 성격을 가지게 되었다. 90년대 이전에 해외주재원을 하신 분들은 예전의 가족 같은 상사회를 많이 그리워한다.

매 분기별로 상사 협의회비를 각 회사별 인원수에 따라 납부를 하여야 한다. 상사 회비로는 식대와 한인 학교 찬조금, 한인 체육대회 기부, 공적인 기부 활동을 하기도 한다.

15-2. 같은 업종별 모임

한국 기업 협의회가 규모가 커지면서 단체 성격으로 바뀌고, 분과별 모임도 생겨나기 시작했다. 무역협회나 상공인 단체들의 해외지부도 많이 진출하여, 각 국가별로 모임도 많이 생기고 있다.

한국 종합 상사모임도 있어, 주요 상사들이 친분을 위하여 모이기도 한다. 철강, 화학, 섬유, 자동차 등의 업종별 회사들도 분과 별로 모인다. 일본회사들도 한국기업들과 유사하게 분과별로 모임이 활성화 되어있다. 일본기업의 해외진출이 한국보다 빨라서 모임의 원조는 일본계 기업이다.

한국기업협의회는 주로 한국 식당에서 모인다. 특정 한인 식당에 편중되지 않기 위하여, 분기별 모임은 다양한 한인식당을 번갈아 가면서 열리게 된다. 대부분의 대기업들도 현지 한국 식당과의 관계를 고려하여 다양한 한국식당을 이용한다.

15-3 한국 대기업 그룹내의 모임

대기업 그룹내의 계열회사가 모두 모이는 모임도 활성화되어 있다. 한국 대기업 그룹은 그룹별로 5~6개 회사가 나와 있고, 주재원을 모두 합치면 약 20~30명이 되기에 정기적인 식사 모임을 하고 있다. 현지에 생산 및 판매법인조직을 보유한 그룹은 50명 이상의 인원이 파견되어, 한국식당 전체를 빌려서 정기모임을 하기도 한다.

별도로 범 한국그룹 계열사들이 모두 모이는 모임도 있다. 분가한 범S그룹, 범H그룹, 범 L그룹등, 한국에서는 더 이상 같은 그룹이 아니지만, 예전 그룹의 계열사들이 모두 모이는 모임이다. 자체적으로 모임을 가지기에는 규모가 작기에, 공통점을 가진 그룹내 회사들이 하나가 되는 기회가 된다. 오랜 해외주재 경험을 가진 주재원들이 예전의 인연을 계속하려는 목적이다.

그룹 내 계열사 모임이어서 친밀감은 상당히 높고, 부임이나 귀임 시는 송별금을 전달하고 아쉬운 석별의 정을 나누게 된다. 모임을 구성하는 총무도 지정을 하여 회사별로 번갈아 가면서 맡게 된다. 골프를 겸한 체육 행사도 1년에 1~2회를 실시하며 총무의 부지런함에 따라서 모임의 활성화가 좌우된다.

제 16장 VIP 손님 접대 시에 식당 이용하기

16-1. 식당 선정이 손님 접대의 80%이다

대부분의 한국 회사 주재원 들은 도시 내에서 이용 가능한 식당 리스트를 가지고 있다. 전임자가 보유한 식당 List를 후임자가 인수 인계를 받는데, 전임자가 적극적인 대외활동을 하지 않으면 Update가 되지 않아 Old version의 리스트를 받게 된다. 한국

기업 협의회에 부지런한 총무가 있으면 리스트를 취합하여 공유하기도 하는데, 노력이 필요한 작업이다. 협의회의 총무도 소속 회사의 본업이 있어, 높은 수준의 서비스를 기대하기는 어렵다.

일본 기업 협의회 모임은 체계적인 관리가 되어 있다. 호텔, 식당, 교통편 등의 생활 편의정보 정리가 잘 되어있어 "기록과 Memo의 일본"이라는 생각이 많이 든다. 일본 기업 협의회는 격월로 자체적인 간행물도 발행하고 있어 일본 정보에 많은 도움을 받기도 한다.

한국 기업 협의회에서 만든 리스트를 보면, 식당을 한식, 일식, 중식, 현지식, 프랑스식, 이태리식 등으로 Grade별로 구분하여 관리하고 있다. 또한 본사 VIP의 이동 동선을 고려하여 공항 주변에서 식사가 가능한 식당 리스트도 있다. 한국 식당은 자주 방문하는 관계로 쉽게 파악이 되나, 현지 식당은 정기적인 관리를 하지 않으면 향후에 문제가 될 수 있다. 해당 식당의 주방장 변경으로 인하여 맛의 변화가 있거나, 식당 Layout의 변화를 사전에 감지하지 못하여 Protocol측면상 큰 실수를 할 수 있기 때문이다.

16-2. 유명도가 있는 식당 선정이 성공의 열쇠

현지 식당의 선정은 고객을 통하여 추천을 받는데, 본사 VIP의 입맛에 맞는 현지 식당을 찾는 것은 쉬운 일이 아니다. 식당

선정시의 Point는 해당 식당이 특별한 Storyline을 가지고 있어야 한다는 점이다.

예를 들면 3대째 동일한 family가 운영하는 식당, 현지의 맛집 기행의 책자에 선정된 집, 신선한 식자재만 사용하기에 식사인원이 한정되어 있는 식당, 해당 도시의 Top 3 Ranking에 항상 선정되는 식당, 예전에 궁전이었던 식당, 현지의 유명 스포츠 스타들이 친구와 자주 오는 식당 등이다.

Best로 선정할 수 있는 식당은 외국의 국가 수반이나 유럽 왕실의 국왕이 주로 찾는 식당이다. 손님들이 상류층과 자신을 동일화 할 수 있기에 강렬한 기억을 가지게 된다. 그러한 식당이 없다면 한국의 유명 인사가 방문한 식당도 Category에 포함될 수 있다.

터키 근무 시에 인상 깊은 식당은 Istanbul의 아시아 지역 해안가에 소재한 해산물 식당이다. 유럽에서 아시아로 넘어가는 교통 체증을 감안하여 식당 자체적으로 Ferry Boat를 운영하고, 유럽과 아시아 대륙을 Boat로 이동한다. 물론 식사 후에는 다시 유럽지역으로 모셔 주는데, Boat이용료는 무료이다. 음식 가격에 포함되어 있다고 하는 것이 정확한 표현이다. 음식 맛은 다른 식당과 크게 차별화는 되지 않지만 Bosporus바다를 배로 넘어가는 경험은 본사 VIP에게 강렬한 인상을 주게 된다.

대부분의 본사 VIP는 고가의 Hotel 숙박비에는 민감하지만, 의미

있는 식당에서의 식사는 가치가 있다고 판단한다. 해당 식당의 Manager와 친분을 가지고 있으면 여러 가지로 도움이 된다.

16-3. 지방에서 식당을 이용하기

고객과의 식사를 지방에서 하게 되면 식당 선정에 어려움이 따른다. 해당 지역에 소재한 고객에게 물어볼 수밖에 없는데, 사전에 추천을 받은 식당 몇 곳을 직접 확인을 할 필요가 있다. 사전 확인 없이 손님을 모시는 경우 문제가 될 수 있다. 예를 들어 사진과 달리 협소한 식사공간, 협소한 공간으로 인한 Tight한 좌석 배치, 이로 인한 내부소음, 식사 Table이 외부에 있으나 소음으로 인한 대화 어려움, 음식을 Serving하는 속도가 너무나 느려서 종료 예정 시간을 초과할 가능성 등이다.

식당까지의 이동 시간도 고려하여야 한다. 출퇴근 시간과 낮 시간대의 이동 시간이 상이한데, VIP의 이동 시간대에 맞는 예상 시간을 산정하여야 한다. Protocol에서 가장 어려운 부분은 VIP가 약속 시간보다 10~15분 일찍 식당에 도착하는 경우이다. 식당 주변에 시간을 보낼 수 있는 장소를 확보하여 두는 것이 좋다. 물론 식사전에 잠깐 둘러보는 지역에 대해서도 사전에 필요한 정보를 알고 있어야 한다.

16-4. 한국 식당을 효율적으로 이용하기

해외의 한국 식당은 소재한 지역이 관광지인지 여부에 따라서 성격이 달라진다. 관광지는 단체 관광객 전문 식당과 개인 가족 중심의 식당으로 나뉘어 진다. 단체 전문 식당은 Table 회전율을 기준하여 저녁시간에 식사 손님을 3~4회까지 받는다. 한국 단체 관광객은 식탁에 앉아서 식사를 마치기까지 평균적으로 17분이 소요되고, 이후에 Table Setting에 약 15분 정도여서 총 32분 정도가 소요된다고 한다. 이러한 성격의 단체 관광 팀을 저녁 식사 시간에 약 4팀 정도 예약을 받는다고 한다. 이를 고려한다면 한국인의 식사에 소요되는 시간이 세계에서 제일 짧지 않나 하는 생각이다.

다소 번잡한 단체 식당 분위기를 고려하여, 본사 VIP 손님이 있으면 개인 손님 전문 식당에 가게 된다. 한 곳만 집중적으로 이용하지 않고 몇 군데의 한국 식당을 이용하게 된다. 손님의 음식에 대한 취향, 한국 식당의 쉬는 휴일, 식당 내부 인테리어까지 고려하여 몇 곳의 식당을 골고루 이용하는 것이 좋다. 일부 식당은 내부에 별도의 독립적인 Room을 설치하여 소규모 Business그룹의 식사도 가능하기에 예전보다 많이 편리해진 것 같다.

16-5. 식당 Tip문화에 대하여

외국 식당은 한국과는 달리 팁(Tip) 문화가 있다. 강제성은 없지만 팁을 주지 않으면 적절한 서비스를 받지 못한다. 결론적으로 No tip, No Service라고 생각하는 것이 편하다. 식당에 고용된 이들의 주 수입원은 Tip이고, 우리에게 보여주는 친절은 Tip을 전제로 한 것이다. 쉽게 말하면 식당 종업원의 미소는 우리가 Tip을 줄 수 있을 만큼 충분히 매력적이기에 그런 것이다.

해외주재원들이 이용하는 식당은 한정되어 있고, 팁을 주지 않는 고객이라는 인식이 있으면 향후에 어려움에 처할 수 있다. Tip을 주지 않는 고객에게는 식당 예약의 우선권, 좌석의 배치, 음식의 Serving 순위 등 여러 측면에서 불이익을 받게 된다. Tip이 후한 고객이라는 인식이 되어 있으면, 식당 Manager가 예약 좌석 주변의 좌석을 Blocking도 하여 주기도 한다. 예를 들어 2층이 있는 식당에서 좌석을 예약하면서 Blocking을 요청하면 예약 시에 최대한 배려를 해주기도 한다. 결국 2층 공간을 독점적으로 사용하게 되었고, 고객이나 VIP손님만의 은밀한 식사 분위기를 마련할 수 있다.

Tip은 통상 음식 가격의 10%정도를 지불하는데, 15% 이상을 주는 고객들도 많다. 상류층의 경우 질적인 서비스 차질화를 기대하여 식대의 20%까지도 팁을 지급한다고 한다. 평균적인 Tip보다 높은 금액을 지불하게 되면 종업원들이 손님을 기억하게 된다. 통상적인 팁의 지급 방식은 음식요금에 10%를 더하여 신용카드로 지급하는데, 회사 접대비 로 처리하는데 무리가 없다.

16-6. Tip을 현금 결제하여야 하는 식당의 어려움

일부 식당은 세무상의 문제로 인하여 음식 가격만 카드 결제가 가능하고, Tip은 현금으로 요청하는 곳이 많다. 이러한 형태의 식당은 유명한 식당들이 많다. 한국은 회계 처리에 제약이 있어서, 관리 부서에서 Tip의 현금 지급을 인정하지 않는다. 음식 가격이 소액이면 Tip을 주재원 개인이 부담할 수 있으나, 식대가 고액이면 매번 지급하는 Tip도 부담이 된다. 개인적으로 지급한 Tip금액이 누적이 되어 월 평균 $300~$400수준이 되기도 한다. 현실적인 어려움이 있어 현지 직원들은 식당에서의 법인카드 결제를 기피하고, 결국은 최상위 조직 책임자가 항상 결재를 하게 된다.

대안으로 음식 영수증에 수기로 Tip을 명시하여 비용 처리를 하면 가능하나, 세무상의 어려움으로 처리가 어려워 결국은 Tip지출이 경제적인 부담이 되기도 한다. 해외 근무시의 어려운 점은 현실과 회사의 관리 방침이 일치하지 않는 경우이며, 회사에서 방안을 마련해주는 것이 필요하다. 회사 업무를 수행하면서 발생하는 비용은 적정성이 인정된다면 처리할 수 있는 방안을 찾는 것이 필요하다. 현지 직원들은 사고방식이 논리적이어서, 회사가 팁 비용을 인정하지 않는 상황에서는 비용 지출을 하지 않으려고 한다.

16-7. 가족 외식에 이용하는 식당들.

가족의 식사는 한국 식당에서 하는 경우가 많다. 유럽이나 미주지역 등 한인이 많은 지역이 아니면 현지의 한식당 내부 인테리어가 서울보다 10년 이상 뒤쳐져 있는 경우가 많다. 한국 식당 운영상의 어려움은 한국 식자재의 조달과 주방 인력의 확보

문제라고 한다.

한국 식자재의 조달이 어려워 비슷한 현지 식자재를 사용하게 되면서, 음식 맛이 한국과는 다르게 느껴진다. 일부 식당은 과도한 MSG사용으로 맛의 차별화가 되지 않고, 심지어는 "육개장"과 "짬봉"의 국물 맛이 같은 식당도 많다. 해외 한국 식당의 Menu가 너무나 많고, 1인용으로 주문을 하는 경우가 많아서, 깊은 맛을 내기가 어렵다는 점이다. 한국에서도 "짬봉"은 MSG 없이 순수한 해물 국물로 맛을 낸다면 2만 5천원 이상의 가격을 받아야만 가능하다고 한다. 결국은 현실과 이상의 Gap을 인정하는 것이 필요하다.

맛의 차이가 있음에도 불구하고 해외에서의 한식당 음식 가격은 한국에 비해서는 비싼 편이다. 평균적인 짜장면의 가격이 1만5천원 수준으로 한국의 3배 수준이고, 4인 가족의 외식 시에 탕수육 같은 요리를 추가하면 쉽게 10만원 이상이 나오기도 한다.

한국 식당의 주방장은 한국에서 직접 오신 분들이 많고, 단기 계약 기준이어서, 짧게는 6개월 길게는 1년정도만 계시는 분들이 많다. Work Permit없이 취업을 하는 형태여서, 불법 고용으로 적발되어서 현지 교민 사회 내에서 문제가 되기도 한다. 새로운 주방장의 손맛에 따라 음식 맛이 달라지기에, 몇 개월 만에 식당을 찾게 되면 식당의 대표 Menu도 바뀌어 있고 음식 맛도 바뀌어 있다.

추가로 아쉬운 점은 식당 사장님이 주방을 파악하지 못하는 점에 있다. 해외 식당 경영자중 일부는 한국에서의 식당 운영 경험이 전혀 없는 분도 많다. 음식 맛이나 운영 System의 안정에 상당한 시간이 소요된다. 해외 경험이 많은 주재원들은 한식당 이용 시에 사장님이 직접 주방을 책임지고 운영하는 곳을 선호한다. 그래야만 VIP의 방문 시에도 일정한 수준의 음식을 고객의 눈높이를 맞추어 맛볼 수 있다. 일부 한국식당은 반찬을 전문적으로 담당하는 찬모님이 있어 자주 찾게 된다.

16-8. 한식당과 친분 쌓기

자주 이용하는 한식당이 있으면 정기적으로 인맥 관리도 하여야 한다. 한국 회사는 연말에 해외로 달력이나 수첩을 보내주는데, 한국 식당이나 현지 식당에 매년마다 선물을 보내는 것도 좋다. 해외에 있으면 수첩이나 달력 등의 한국 인쇄물이 귀하다. 특히 개발 도상국은 인쇄물의 수준도 한국과는 차이가 있어, 본사에서 보내주는 수첩이 귀한 선물이 된다. 개인적으로 자주 가는 일본 식당에도 달력 및 수첩을 드린 적 있는데, 손님을 모시고 갈 때 환대는 상상 이상이다. 단발성이 아닌, 매년 정기적으로 하여야만 탄탄한 관계를 가질 수 있다.

한국 식당을 다니게 되면 선호하는 식당이 있게 마련이다. 위치상의 접근 편리성, 차량 주차, 청결, 메뉴의 다양성 등을 고려하여 선정하기 때문이다. 소규모 지인 모임 시에도 이용하는데, 식당 사장님께 별도로 특식을 부탁하는 경우도 있다.

개인적으로 한식당에 염소탕을 부탁하여 수육과 전골 Set메뉴을 먹은 기억이 있고, 홍어 삼합도 부탁하여 시식한 경험도 있다.

필자의 잊혀지지 않은 추억은 출장자에게 부탁하여 영종도의 횟집에서 회와 탕, 반찬을 포함한 전체 Set 메뉴를 공수해와서 함께 먹었던 기억이 있다. 출국 전에 선도 높은 회를 주문하였기에 신선한 상태로 공수를 하여 맛있게 먹었던 기억이 있다. 해외에서 먹기 힘든 음식은 돼지 족발과 순대이다. 닭발과 보쌈은 현지에서도 비슷하게 맛볼 수 있으나, 족발과 순대는 먹기 어려워 친분 있는 사장님께 부탁하여만 먹을 수 있다.

16-9. 해외에서는 일식당과도 친해져야

가족들과 일본식을 먹으러 가기도 한다. 해외에서 일본 음식은 한국 음식보다 한 단계 높은 음식으로 간주된다. 식당의 청결이나 내부 인텔리어가 고객을 초청할 수 있을 정도로 완벽하다. 가격도 현지의 고급 식당만큼 비싸고, 사시미에 사케(Sake)를 주문하는 현지인도 많다. 심지어 한국에서는 무료로 제공되는 반달 크기의 단무지(한국은 보름달 크기의 단무지인데!) 열점 정도를 U$4 정도에 판매하기도 한다.

외국인들은 일식당에서 젓가락을 능숙하게 사용하는 것만으로 국제적인 감각으로 인정을 받는다. 국제화에 대한 자부심으로 일식을 많이 선호하는 편이다. 외국인들이 한국 음식에 대하여 기껏 알고 있는 정도는 김치, 불고기, 소주 정도이나, 일식은 외국인 스스로 다양한 메뉴를 주문을 할 수 있는 정도이다. 현지 상류층 Madam의 친구들 모임을 일본 식당에서 할 정도이고, 유명한 현지의 일식당은 예약 없이는 갈 수 없을 정도로 붐비기도 한다.

일식당을 자세히 들여다보면 일본인 Chef(주방장)가 현지인 여성과 결혼 후 정착하여 개업을 하는 경우도 많다. 주방은 일본인 셰프, 홀의 안내는 현지인 부인이 serving을 하기에 현지인들의 방문 시에도 별다른 부담감이 없다. 자주 오는 한국 주재원들에게는 후식으로 커피를 무료로 Serving할만큼 감각도 있다. 일본인들의 국제결혼은 상당히 일반화 되어있다. 한국인들은 아직도 국제결혼에 불편함을 느끼는 이가 많다. 진정한 국제화는 결혼을 통한 이문화 이해가 되어야 함을 느낀다.

한국에서 VIP고객이 오시면 한식과 현지식만 계속 먹을 수는 없다. 메뉴의 다양성을 위하여 일본 식당도 한번은 가야 한다. 일식당과의 유대감을 위해서는 현지에 주재하는 일본회사의 지사장과 같이 식사를 하는 것도 좋다. 식당의 메뉴 선정도 도움을 받을 수 있고, 식자재에 대한 이해에도 도움이 된다. 현지의 식당과의 친밀감은 오랫동안 보여드린 호의만큼 다시 돌아오게 된다. 결국 인맥 구축은 노력과 관심의 결과이다.

16-10. 해외에서 술 마시기

집에서 마시는 편한 자리가 아니면, 음주운전은 항상 조심하여야 한다. 손님이 많아서 한두잔의 음주 후 운전을 하는 경우가 많다. 또한 술을 마시고 난후에는 손님을 호텔로 모시기도 한다.

대부분의 국가들은 한국처럼 음주운전 측정을 하지 않는다. 중동 국가들은 대부분 공공장소에서 음주가 금지되어 있어, 음주운전의 개념조차 없다. 그러나 차량사고가 나면 음주운전 여부를 엄격히 따지며, 귀책여부에 따라서 책임을 져야 한다. 음주운전으로 인한 인명사고가 발생시 외국인은 해결이 어렵고, 현지인들보다 더 큰 금액으로 보상 합의를 하여야 하는 경우가 많다.

가족모임의 경우에 음주를 하는 경우가 많은데, 사전에 배우자와 음주후에 누가 운전을 할 것인지를 명확히 정하는 것이 좋다.

한식당에서 1차로 식사를 하고 2차로 노래방에 가는 경우도 많다. 2차 장소로 이동시에는 상당한 음주가 이루어지고 난 후에 하는 경우가 많다. 직장동료와 1차로 식사를 하고, 이성 직원이 포함되어 있는 경우에는 식사만 하고 일찍 마치는 것이 좋다. 이성직원들과 2차를 가는 경우에 발생할 수 있는 불상사를 사전에 방지할 수 있다. 직원과의 불상사가 발생시에는 해당 조직의 책임자가 책임을 져야 한다.

한국 노래방에 관한 에피소드 하나. 한국인들은 2차를 가기 전에 출발 5분전에 노래방에 전화를 하고 바로 찾아간다고 한다. 그러나 일본인들은 한달전에 2차 노래방을 미리 예약하고 노래방의 가무를 위하여 필요한 장비들까지 준비를 한다고 한다. 일본인들의 철두철미한 준비 정신을 알 수 있는 에피소드이다.

제 17장. 비지니스 호텔 이용하기

17-1. 호텔과 친분 쌓기

몇개의 Five(5) 스타 호텔을 선정한후, 해당 호텔의 매니저나 총지배인과 돈독한 관계를 유지할 필요가 있다. 하나의 도시당 약 3개정도의 호텔이면 충분하다.

회사 력을 보내면서 친근감을 나타내는 방식도 좋다, 또한 와인을 선물하는 것도 가능하다. 특히 다른 국가에서만 구할 수 있는 와인을 선물하면 그 효과가 특별하다. 명품 초콜릿을 선물하는 것도 추천한다. 초콜릿 선물은 남녀와 국적, 종교를 불문하고 좋은 선물이다.

존재감을 표명한후에는 함께 식사를 하는 것도 방법이다. 인지도가 높은 기업의 글로벌 기업의 조직 책임자로 부임하게 되면, 호텔의 총지배인 입장에서도 인적인 네트워킹을 원하게 된다. 호텔 고위책임자와는 골프 모임을 활용하는 것도 방법이다. 가족동반 식사 초대도 유대관계를 가질 수 있다. 해외에서 집으로 손님을 초대하면 특별한 추억을 잊지 않는다.

호텔과 인적인 네트워크가 이루어지면 VIP손님의 출장시에 필요한 Special사항을 요청할 수 있다. 룸 세팅에서부터, 호텔내 식사 care, 룸 upgrade등 평소에 친분관계에 따라 많은 도움을 받을 수 있다. 호텔의 성수기에도 필요한 객실을 무리없이 확보할 수도 있다. 호텔의 고객 서비스는 Flexible한 점이 많기에, 그 관계가 귀국후에도 계속 이어질 수도 있다.

한국 그룹의 자매사들이 현지에 진출하는 경우에는 그룹 명의로 호텔과 계약을 체결하는 것도 추천한다. 년간 Minimum 객실 기준으로 계약시에 보다 유리하게 이용할 수 있다. 호텔 입장에서도 Global한 고객을 가지고 있다는 점을 홍보할 수도 있어 양쪽이 win-win할 수 있는 거래이다.

17-2. 지방도시의 호텔

출장을 자주가는 지방 도시의 호텔과도 돈독한 관계를 유지할 필요가 있다. 해당 지역의 호텔 렌터카를 통한 공항 픽업등 도움을 받는 경우가 많다. 주재하는 도시에서는 자체적으로 해결할 수 있지만, 지방 도시에는 호텔의 도움이 필요하다.

지방도시의 식당선정시에도 호텔 매니저의 도움이 필요하다. 유명한 맛집 외에 현지인들이 자주가는 식당을 알게 되면, 개인적으로도 큰 도움이 된다. 주말을 지방도시에 보내면 관광을 위한 투어 프로그램의 추천을 받을 수도 있다.

제 18장. 한국과의 커넥션을 지속적으로 유지하기.

18-1. 한국 지인의 경조사

해외에 장기간 떨어져 있으면 가까운 지인의 경조사를 챙기기 어렵다. 본국에 있는 지인 경조사에 직접 찾아가지 못하기에, 본인 부모님의 경조사가 있으면 지인들의 방문이 뜸하게 된다. 해외에 오랫동안 체류하였던 교민의 경우 부친상으로 한국에 급하게 들어갔지만, 지인과의 연락이 여의치 않아 홀로 빈소를 지켰다는 얘기를 듣는다.

해외에 나가 있는 주재원들도 동일한 상황에 직면할 가능성이 높다. 해외에서의 4~5년은 짧은 기간으로 느껴지지만, 자칫하면 중요한 경조사에 서로가 위로를 하는 시기를 놓치게 된다. 해외로 출국하기 전에 경조사에는 연락을 부탁하고, 경조사비도 전달이 될 수 있으면 좋다.

해외 교민사회에서는 서로가 경조사를 챙기기 어려워 부의금 전달을 하지 않는 경우가 많다. 해외 여기저기를 다니면서 서로 연락이 되지 않기 때문이다. 그러나 현지에서도 가까운 지인들에게는 직접 위로하고 경조사에 부의금을 전달하는 것이 좋다. 한국 귀국 후에도 관계가 연결되고, 그 관계는 오래가는 경우가 많다. 해외에서의 교민 관계는 가볍거나 많이 가까운 경우의 두 가지이다. 적당한 인간관계는 그리 큰 도움이 되지 않는다.

18-2. 현지인의 경조사 챙기기.

결혼식 참석

축하를 표하는 방식은 한국과는 상이하다. 결혼식은 간단한 선물을 하는 경우가 많은데, 일부 국가는 Gold coin등 환금성이 높은 선물을 하기도 한다.

결혼식은 저녁 식사를 겸한 파티도 동시에 이루어 지는데, 밤 늦게 시작되면서 자정을 넘기는 경우도 많다. 결혼식에는 자리에 맞는 정장과 파티용 Dress를 입고 참석하여야 한다. 결혼식 파티에서는 경쾌한 춤을 추기도 하는데, 너무 엄숙하게 있지는 말고 밝은 분위기를 유지하는 것이 좋다. 결혼식 파티는 4시간 이상이 소요되기도 하는데, 적당한 시간에는 조용히 빠져나가면 된다.

주의하여야 할 한가지 사항. 해외에서의 파티는 약간 늦게 가도 결례가 되지 않는다. 저녁 늦은 시간에 식사와 파티까지 연결되기에 정시에 맞추어 갈 필요가 없다. 고객의 파티에 갔을 때 한국인과 일본인들만 정시에 도착하여 허기를 참으면서 오랜 시간 기다렸던 배고픈 경험이 있다.

상가집에서는

현지인의 친지 초상에는 별도의 부의금은 없다. 직접 찾아 뵙고 조의를 표하는 수준이다. 일부 중동 국가는 사망 후 24시간내에 장례를 마쳐야 해서, 자칫하면 기회를 놓칠 수 있다. 부득이 상가에 참석을 못하면 차후에 심심한 조의를 표하는 것이 좋다.

고인의 초상에는 애틋한 마음이 전달되면 그것으로 충분하다. 한국처럼 부의금이 전달되어야 하는 초상문화가 외국에서는 없다.

제 19장 험난한 한국 부식 구하기

19-1. 한국 식자재, 그 독특함에 대하여

유럽이나 미국, 중국지역에 주재하면 한국 부식이 100% 조달이 가능하기에, 현지에서 부식을 구하는데 큰 어려움이 없다. 한국 식자재의 경우는 한국보다 가격이 싼 역조 현상도 있는데, 주로 현지에서 외국인들이 선호하지 않는 식자재가 그러하다. 그러나 대부분의 지역에서 한국 부식을 구하는 것은 어려운 일이다.

해외에서의 한국 부식도 IMF이전과 IMF이후로 나뉘어진다. IMF이전에는 근무가 힘든 오지 지역을 대상으로 필요한 부식을 6개월에 한번씩 본사에서 발송하여 주었다. 그러나 IMF이후에는 운송비 및 통관비의 절감을 위하여 부식 상당액의 금액을 현금 보상하는 것으로 방향이 바뀌었다. 지금도 중 장년의 주재원들은 해외 주재 생활을 "IMF 이전"과 "IMF 이후"로 구분하고 있는데, IMF를 기점으로 주재원 복리 후생에 참으로 많은 변화가 있었다.

현지에서 한국 부식을 구하기가 어려워 한국 출장을 가게 되면 이민 가방에 한국 부식을 담아오게 된다. 큰 이민 가방을 가지고 이동하느라 항상 출장 복귀시에는 부담이 되기도 한다. 사전에 한국 국적 항공사에 부탁하여 Excess Luggage의 확보를 하게 되는데, 번번히 부탁하는 것도 번거로운 일이다. 된장, 고추장이나 소금, 간장은 대용량으로 하여 이사 짐 컨테이너에 가져오지만, 다른 부식들은 장기 보관도 어렵기 때문이다.

한국 식자재의 독특함

한국 음식에 들어가는 식자재는 특이한 것이 많다. 독특한 식자재에 특이한 한국적인 맛으로 인하여, 일부 출장자들은 현지 도착 후 귀국까지 한국 식당만 선호하시는 분도 있다. 음식에 있어서는 한국인보다는 서양인들이 더욱 편안한 것 같다. 서양인들은 음식의 유사성으로 인하여, 여행 중에도 음식에 있어서는 큰 어려움을 겪지 않는 것 같다.

한국인이 세계에서 유일하게 먹는 식자재는 "깻잎" 과 "콩나물"이다. 깻잎은 그 특유의 향으로 서양인들이 기피하는 채소이고, 콩나물은 한국인만의 먹거리이다. 가까운 중국이나 일본인들도 숙주는 먹지만, 콩나물은 먹지 않는다. 해외에서 콩나물을 먹기 어려워, 콩나물을 직접 키우게 되면 그 성장 속도가 너무 빨라서, 가정내 식단의 모든 반찬이 콩나물 무침, 찜, 국, 밥으로 며칠이면 쉽게 지치게 된다. 그래도 음주 숙취 후

시원한 콩나물국은 한국인에게는 잊혀지지 않는 치유의 음식이다

19-2. 한국 라면의 추억

이삿짐에 가져오는 라면은 기간이 지나면 찌든 냄새가 나서, 한국산과 같은 신선한 맛을 내기 어렵다. 한국 라면은 내수용과 수출용의 2가지가 있으며, 한국 내수용 라면이 더욱 맛있게 느껴진다. 수출용은 장기 운송에 따른 보관 목적으로 방부제등을 사용한다고 하고, 일부 지역은 종교상의 이유로 재료에 돼지 고기성분을 제외한다는 얘기도 있다. 한국 출장시에는 출국 공항에서 한국 라면을 몇 박스 사서 가져오기도 한다. 그래서 한국 내수용 라면은 교민 사회에서는 값진 선물이 되기도 한다.

일부 국가에서는 라면을 구하기 어려워, 자녀들이 아플 때 비상약으로 먹이는 가정도 있다고 한다. 한국 라면에는 (건강상의 우려는 있지만) 오래된 양은 냄비에 끓여 먹는 라면이 제일 맛있는 것 같다. 한국인에게는 라면이 아직도 영혼을 치료할 수 있는 Soul Food이다.

한국 라면이 없어서 일본이나 중국 컵라면을 먹는 경우도 있다. 주로 인스턴트 라면이다. 한국인 입맛에는 중국 라면보다는 일본 라면을 추천한다. 현지의 대형 슈퍼마켓에는 한국, 일본, 중국의 라면들도 들어와 있고, 한국의 신라면도 들어와 있어 반가운 마음이다. 중동이나 유럽지역으로 수출하는 한국라면은 "돼지 고기" 성분이 빠져 있는 경우가 많아서, 한국에서 먹는 라면과는

맛의 차이가 있다.

현지에서 다른 나라로 여행을 가는 경우에는 컵라면의 부피가 항상 부담스럽다. 그런 경우에는 라면 속과 스프만 별도로 분리하여 가져가는 것도 추천한다.

19-3. 출장시에는 주재원을 위한 부식 선물을 준비하는 것이

본사 출장자중에서 현지 주재 경험이 있는 분들은 한국 부식을 선물로 가져오기도 한다. 그러나 대부분은 이에 대한 고려가 없이 현지에 출장을 와서 아쉬움이 많이 남는다. 출장 전에 필요한 부식이 없는지 미리 물어보는 sense도 필요하다. 한국 부식을 출장자가 가지고 갈려면 다소 번거롭다. 비즈니스 출장시에 휴대하는 가방들의 Size가 크지 않고, 일부 부식들은 냄새나는 물품들이 많아서, 엄두가 나지 않는다고 한다.

그러나 꼭 필요한 현지 부식을 가져오는 출장자는 개인적으로 더 환대를 받게 된다. 부식을 가져오겠다고 사전에 언급을 하고, 부피 때문에 공항에서 호텔로 이동이 여의치 않다고 얘기하면, 주재원 본인이 직접 공항 Pick-up을 가기도 한다. 서로 도움을 주고받는 것이 사람사는 모습이다.

삼겹살에 대한 그리움은

중동 국가에서는 돼지 고기의 구매가 어려워 본사 출장자에게 부탁을 하거나, 유럽 출장 시에 직접 Hand carry를 하기도 한다. 해외에서 삼겹살을 먹는 느낌은 또 다른 감동을 주게 된다.

터키 근무 시에 삼겹살을 사기 위하여 그리스 국경을 차량으로 넘어가서 당일에 다시 돌아온 기억이 있다. 그리스의 정육점에서 삼겹살 30kg를 구매하려고 하니 충분한 물량이 없어서 몇 군데 정육점을 찾아 다니면서 구입을 한 적도 있다. 유럽에서 삼겹살은 Bacon으로 부르며, 아침 식사 시에 몇 조각을 먹는 정도여서 다량의 삼겹살을 확보하고 있는 정육점은 찾기 어렵다. 터키와 그리스의 국경도시는 해안가에 있어서, 국경 통과후에 경치 좋은 해산물 식당에서 가족들과 함께한 시간은 또 다른 추억이다.

그리스에서 삼겹살을 가져와서 그 동안 신세를 진 현지 한국지인들에게 냉장 삼겹살을 선물한 적이 있었다. 현지에서 맛보는 삼겹살은 대부분이 냉동이기에, 냉장 삼겹살의 그 부드러움은 아직도 잊기 어렵다.

삼겹살 선물을 받는 이들이 너무나 좋아하여 그리스로 몇 번을 더 넘어간 적이 있었다. 한동안 작은 행복으로 몇 번 구매하다가, 국경 통과 시에 부가적인 비용이 인상되어 더 이상 넘어가지 못하였다.

19-4. 현지에서 한국슈퍼를 이용하기

한국 슈퍼에서 부식을 구입하려면 한국 가격의 두배정도를 지불하여야 한다. 한국 슈퍼에 가더라도 종류가 많지 않고, 가격이 비싸서 쉽게 구매를 하기도 어렵다. 한국슈퍼에서는 유효기간이 지난 부식도 판매하는 경우도 있고, 부식 통관이 어려운 국가는 부식을 구하지 못하고 한참을 기다려야 하는 경우도 있다.

한국 슈퍼를 운영하시는 사장님께 문의를 드리면, 현지에서 식품 통관시의 높은 관세 및 부대 비용으로 인하여 채산성이 맞지 않아서 다양한 종류의 부식을 가져오기 어렵다는 설명이다. 일부 국가는 식품통관 시에 품목별 등록제를 실시하고 있어서, 같은 회사의 제품이지만 모델명이 다르면 별도의 추가적인 비용을 납부하여야 하는 경우도 있다고 한다.

필자 개인적으로 독일 출장 시에 필요한 부식을 많이 구입하였는데, 독일 출장 가서 올 때마다 거의 이민 가방 수준이었다. 한국식품의 유럽내 물류는 독일이 Hub역할을 하여, 거의 대부분의 한국식품을 종류별로 구매할 수 있다. 더구나 독일은 주요 도시마다 한국 교민들이 많아서, 출장 도시마다 한국 부식을 구하기 쉽다.

공항에서 본사 출장 후 현지로 복귀하는 해외 주재원의 가방 size를봐도 대충 어떤 지역에 거주하는 지를 쉽게 판단할 수 있다.

19-5. 현지에서는 소고기를 많이 드시기를

해외에서는 소고기가 한국보다 가격이 저렴하고 품질도 좋아서 자주 먹게 된다. 우리가 한국에서 먹게 되는 수입 쇠고기는 대부분이 "냉동육"이어서 소고기 특유의 신선한 맛을 느끼기 어렵다. 그러나 현지에서 맛보는 냉장 쇠고기는 한국과 비슷하거나 오히려 더 맛있는 경우도 있다. 미국만 하더라도 현지에서 먹는 소고기는 한국보다 더 맛있게 느껴지게 된다. 한국에 들어오는 수입 소고기는 저가의 냉동육이 많으며, 그래야만 한국 시장에서 "한우"와 가격 경쟁이 가능하기 때문이다.

한우와 현지에서의 냉장 소고기 품질을 비교하여도 큰 차이가 없다. 특히 유럽에서는 소고기에 "마블링"이 있는 부분은 지방질이 많다고 하여 스테이크용으로 선호하지 않는다. 스테이크용으로는 살코기가 많은 부분을 선호하는데, 상대적으로 한국인은 지방이 많은 소고기를 선호하게 된다. 현지에서 소고기 전문 정육점은 한인들에게 추천을 받는데, 오히려 현지인에게 추천을 받는 것도 좋다. 고기를 주식으로 먹는 현지인들이 한국인보다는 그 맛의 미세한 차이를 더 느낀다.

몇 년간의 주재 생활 후 귀국을 하게 되면 한국 생활비 부담으로 경제적으로 어려워지고 소고기를 자주 먹기도 어렵다. 해외에서는 거의 제한 없이 소고기를 먹었던 시절을 많이 그리워한다.

제 20장 한국 드라마를 매일 시청하면서

20-1. TV시청만 하면서 보내는 시간들

한국 TV 방송 프로그램 시청이 생활의 중심이 되는 가정들이 많다. 주중의 퇴근 후나 주말 대부분 시간을 한국 드라마에 집중하면, 황금 같은 주말이 덧없이 가버린다. 예전의 해외 생활은 가까운 한국 슈퍼마켓에서 "대장금" VHS 테이프를 기다려서 빌려보는 수준이었는데, 요즈음은 PC로 다운로드를 받기 시작하면서 프로그램이 다양하여 졌다. 지상파 채널만 아니라 종합 편성 채널(종편)에서도 예능 Program을 하게 되면서 볼만한 프로그램이 많아졌다. 시청하여야 하는 정기 프로그램이 너무 많아졌다는 표현이 보다 정확하다.

해외에서는 한국 드라마를 실시간으로 방영하는 전문 업체가 있고, 월 시청 비용도 큰 부담이 없다. 한국에서는 부모가 자녀에게 TV시청을 자제하라고 하지만, 해외에서는 자녀가 오히려 부모에게 한국 TV시청을 자제하여 달라고 말한다.

한국 드라마나 예능 프로그램에 익숙해지다 보면 부작용이 많다. 현지의 다양한 문화를 경험할 수 있는 기회가 사라지고, 외국어 습득 기회도 놓칠 수 있다. 한국 드라마에 집중하다 보면 휴일에 가까운 지역의 여행도 자제하게 되고, 심지어는 지인과의 운동도 등한시하게 된다. 특히 가족이 없고 주재원 본인만 있는 여름 방학에는 퇴근 후 일과를 거의 한국 TV시청만 하는 이도 있다.

결국 육체는 해외에 있지만, 정신은 한국에 있는 이상한 주재 생활이 되어 버린다.

일시적인 쾌락의 끝은 아쉬움인가?

20-2. 해외에서의 한류 열풍에 대하여

한류 열풍의 대부분은 중국이나 일본, 동남아가 중심이었다. 유럽이나 미주 지역은 소수의 한류 Mania층만이 한류를 이끌어왔고, 대부분은 한국에 대해서 무관심하였다. 외국인들의 한국에 대한 이미지는 한국 전쟁, 북한, 놀라운 경제발전 속도 정도이며, 남한과 북한을 구분하지 않고 Korea라는 하나의 이미지로 투영되어 있다. 삼성이나 현재 자동차, LG의 가전판매를 통하여 한국을 인식하는 외국인 도 일부 있지만, 아직도 한국 Global Brand와 Korea의 직접적인 Link는 약하다.

최근에 K팝의 팬덤으로 인하여 방탄소년단(BTS)이 온라인상으로 글로벌 파워를 가지는 것은 이례적이다. 긍정적인 측면은 조금씩 한류 Mania들의 층이 두터워지고 있다는 점이다. 한국 드라마의 해외에서의 성공으로 한국에 대한 이미지가 친숙하게 다가오고 있다. 외국의 한류 Mania에게는 한국의 10대 청소년들이 "한국 idol스타"와 동일한 이미지를 가지고 있어, 현지 여행시에 10대 자녀들과 같이 사진 촬영을 하자는 제안을 많이 받기도 한다.

문화행사의 협업의 주체가 누구인지?

해외에서 문화교류의 일환으로 한국과 현지의 문화 Event를 하기도 하는데, 필자의 개인적인 경험을 공유하고자 한다.

2013년 여름에 터키 이스탄불에서 경주-이스탄불 문화 교류 행사가 있었고, 동일 시점에 한국 방송사의 음악show 프로그램을 공연한 적이 있었다. 당시 한국의 Idol 연예인 그룹 5~6팀이 터키를 방문하였고, 한국 기업들의 협찬으로 성대하게 행사가 진행되었다. 현지의 대형 실내 체육관을 빌려서 공연을 하였는데, 예상보다 좌석의 판매가 되지 않아 협찬한 한국 업체에 무상 티켓을 배포한바 있었다.

통상 비용을 협찬한 업체에게는 지원액에 따라서 사전에 VIP 무상 티켓을 제공하는 것이 관례인데, 공연이 임박한 시점에 무료 티켓을 협찬 업체에 나눠주는 것은 결례이다. 그것도 VIP나 A급의 좌석이 아닌 판매가 잘 되지 않는 일반 좌석표 중심으로 무료 티켓을 배포하여, 현지 교민 사회에서 issue가 된 적이 있었다.

놀라운 점은 VIP좌석의 대부분은 행사 참석을 위하여 부부 동반으로 방문한 한국의 고위직 인사에게 우선적으로 할당되었다는 점이다. 아직도 한국이 "관 주도의 문화"이고 기업에 대한 배려가 없음은 너무나 아쉬운 일이다. 한국의 TV방송에는 현지인들이 열성적으로 참석한 것으로 보여 졌는데,

실질적으로는 한국인들도 많이 참석하여 자리를 채운 바 있어, 사실 전체 공연장이 모두 외국인들로 채워진 것은 아니다.

"싸이"에게 고마움을 전하고 싶어요

2013년 문화 행사 이전에, 한국 가수 "싸이"도 터키 주류 업체와 제휴로 방문하면서 한국의 이미지를 고양시킨 바 있다. 해외에서 느끼는 것이지만 아마도 "싸이"는 세계 무대에서 두각을 나타낸 가장 최초의 한국인이 될 것 같다. 당시 "싸이"의 Performance에 고객의 반응도 뜨거웠고 심지어는 고객 자녀가 "말춤"을 추는 동영상을 보여주면서 유쾌한 대화를 이어간 적이 있었다. 한국의 이미지가 밝게 투영되면 자연스럽게 한국의 이미지도 고급화가 됨을 느낀다. 해외에 있으면 자연스럽게 애국자가 되는 것을 실감하게 된다.

제 21장 주말에는 생필품 구입을 위하여

21-1. 생필품 구입을 위하여

주말에 꼭 하여야 하는 일은 생필품 구입이다. 시간이 없으면 가까운 슈퍼마켓에서 쇼핑을 하지만, 구매하여야 할 물품이 많은 경우에는 가격이 저렴한 회원제 Warehouse형태의 Mega Market을 이용하게 된다. 대부분의 현지인들이 주로 주말 오후에 쇼핑을 하는 관계로, 손님이 붐비지 않는 휴일 오전에 쇼핑을 하게 되면 시간이 많이 단축된다. 이동 및 쇼핑 시간의 절감만 아니라 카운터에서 계산하는 시간을 고려하면 약 1시간 정도는 쇼핑 시간의 절약이 가능하다.

대형 Hyper Market은 일반 Supermarket보다는 가격이 저렴하지만, 할인 품목이 많아서 불필요한 구매를 하게 된다. 또한 대용량 포장이 많아서 한번 구매하면 전량 소진에 장시간이 소요되는 단점이 있다. 이러한 경우에는 다른 한국 가정과 공동 구매를 하기도 한다. 물론 주류나 휴지, 육류, 과일 종류는 일반 Shop에 비하여 저렴하여 절감의 효과가 있다. 현지에서 한국 식당을 하시는 분들도 필요 물품이 있으면 대형 Market에서 구매를 하기도 한다. Hyper Market구매를 위하여는 개인 회원 등록을 하여야 하는데, 회원카드 없이는 구매가 어렵고, 제반 할인 혜택을 받지 못하는 경우도 있다. 온라인으로 구매도 가능한데, 현지어로만 가능 한 경우가 많아서, 외국인 입장에서는 사용하기가 쉽지 않다.

주말 오전에 쇼핑하는 장점은 같은 장소에서 간단한 Brunch식사가 가능하다는 점이다. 보통 Hyper Market은 고객을 위하여 간단한 Café를 운영하고 있는데, 쇼핑도 하고 식사도 하면서 휴일 오전에 식사를 준비하는 가족의 번거로움을 덜 수 있다. 대형 마켓이 직접 운영하는 식당들은 가성비도 좋아서, 4인 가족이 식사를 하더라도 가격측면상 큰 부담이 되지 않는다.

21-2. 현지의 전통시장과 할인 마켓을 이용하여 보자

전통 시장을 이용하는 재미가

농산품이나 생필품을 살 수 있는 전문 시장이 주위에 많이 있다. 전통적인 성격의 재래 시장인데 주말에 차량을 가지고 가야만 구매를 할 수 있다. 보통 현금 거래만 가능하고, 쌀이나 야채, 고기 종류를 구입할 수 있다. 시골에서 키우는 토종 닭이나 유정란 종류도 가능하며, 일반 슈퍼에서 쉽게 구할 수 없는 물품을 볼 수 있다. 또한 야채 종류는 현지 직송도 많아서, 신선도가 뛰어난 종류도 많다.

착한 가격으로 운영되지만, 포장이나 진열 방식은 구 방식이어서 선호하지 않는 이도 있다. 차량 주차도 불편한 지역이 많고, 영어 Communication이 거의 불가능하여, 현지 언어에 자신 있는 이들이 많이 가게 된다. 전통 재래 시장 한곳을 단골로 정하여 주로 가게 되는데, 가격은 다른 곳과 동일하지만, 속지 않으리라는 막연한 기대감으로 이용하게 된다.

한국의 재래시장은 "5일장"으로 5일마다 장이 서는데, 외국은 "요일장"으로 월요일, 화요일의 요일별로 지역을 나누어서 시장이 서는 경우가 많다. 생활 패턴 및 습관을 고려한다면 "요일 장"이 더욱 이용하기 편한 것 같다.

경험적으로 보면, 해외에 거주하는 외국인은 내국인과 비교하여 좋은 가격으로 물품을 구입하기는 어렵다. 언어 및 정보상의 제약으로 인하여 Smart한 구매가 어려운데, "좋은 품질의 제품을 좋은 가격으로 구입하는 것"에 만족하여야 한다.

명품 할인마켓의 이용

도심 외곽으로 나가면 명품 브랜드의 할인 유통 Mall도 많이 있다. 정가 대비 40%~50%정도까지 할인이 되며, 비수기에는 저가로 구매가 가능하다. 그러나 쇼핑의 빈도가 빈번해지면 통상적인 지출 범위를 넘어설 수 있어 생활비 관리를 잘 하여야 한다.

해외에서 의류 구매를 하게 되면, 현지의 고급 브랜드 양복들도 많이 비싸지 않다는 점이다. 물론 명품 Brand는 비싼 편이나, 한국만큼 비싸지는 않고, 할인 매장이 많아서 편안한 가격으로 구매가 가능하다. 해외에서 품질 높은 현지 브랜드 제품을 찾았으면 시도하여 보시라. 겨울 할인 기간에는 고급 품질의 양복을 약 $200정도에도 구매를 할 수 있어 몇 별을 동시에 구매하기도 한다.

우리나라의 브랜드 양복은 가격에 상당한 거품이 끼여 있는 것으로 판단된다. 한국은 광고비, 유통비로 인하여 양복가격이 상당히 높은 수준이다.

21-3. 가전 제품 구입시에는.

현지에서 가전 제품을 구입하는 경우가 많다. 대형 가전 제품은 한국산 가전 제품을 많이 구매하는데, 전압이나 Hz가 한국과는 다른 백색 가전 제품, 특히 세탁기나 냉장고는 현지에서 구매하는 것이 좋다. 참고로 백색 가전제품은 세탁기, 냉장고, 에어컨 등 일반적으로 제품 색깔이 백색인 제품들이다.

한국에서 가져간 백색 가전 제품은 Hz가 다르면 고장의 원인이 되는 경우가 많다. 그러나 작은 용량의 가전 제품은 가격상의 이점으로 현지 Local Brand의 제품을 구매하는 것이 좋다.

그러나 TV제품은 Free Voltage로서 HZ전환이 자유로운 제품이 많아서, 한국에서 사용하는 제품을 그대로 사용하여도 큰 문제가 없다. 요즘 일반 공중파로 TV를 시청하는 가정이 거의 없어서, 케이블이나 인터넷으로 연결하면, 해외에서도 방송 시스템의 제약은 거의 없는 편이다. 그러나 한국에서 가져간 한국 가전제품은 현지에서는 전국적인 서비스망이 확보되지 않아서 A/S받는 것에 불편한 측면은 있다. 이러한 경우에는 개인적인 인맥을 활용하여 한국인 A/S 서비스 Manager에게 부탁을 하게 되는데 자주 하기에는 어려움이 있다.

한국 가전 제품은 현지 Local 브랜드 대비 가격이 다소 높은 편이지만, 품질이 믿을 만하고 한국 귀국 후에도 사용하는데 큰 불편함이 없다. 귀국 시에도 현지 소비자들이 한국산 제품을 선호하여 간편하게 중고판매를 할 수 있다. 특히 "김치냉장고"의 경우에는 현지에서 구입하기 어려워, 중고 제품이라도 교민사회에서 선호도가 높은 제품이다. 현지에서 중고를 팔고, 한국 귀국후에 신제품을 다시 구매하는 것도 추천 드린다. 일부 한국 가전업체는 외관상 문제가 있는 등급품을 현지에서 D/C 판매하는 경우도 있어서 구입 비용을 줄일 수 있다.

현지 Local Brand는 가격은 경쟁력이 있으나, 한국산 보다 품질은 떨어진다. 그러나 전국적인 After service망이 확보되어 있어 상대적으로 편리하게 수리를 받을 수 있는 이점은 있다. 그러나 한국처럼 신속한 서비스를 기대하기 어렵고, 약속한 시간에 맞추어서 방문하지 않는다. 물론 수리가 완료된 후에 한국 같은 Happy Call도 없다. 한국은 가전제품의 A/S에 있어서는 세계적인 수준이다!

21-4. 싱싱한 생선을 먹고 싶으면

일반적인 생선 구입을 위하여

생선 구입은 대형 Market의 생선 코너나 생선 전문시장을 이용하게 된다. 보통 도시마다 대형 생선시장이 2~3곳 정도가 있고, 생선 종류도 다양하다. 도심 외곽에 있는 경우도 있어서 주말에 시간적으로 여유가 있을 때는 이용하게 된다. 주중에는 가까운 지역의 일반 Super market을 가게 되는데, 생선 종류가 다양하지 않고 비싼 경우가 많아서 한국식의 편리한 생선시장이 그리워진다.

생선은 자연산과 양식으로 나뉘어 지고, 별도로 냉장 생선과 냉동 생선으로도 나뉘어 진다. 냉장생선은 다시 "자연산"과 "양식"으로 구분되는데, 보통은 생선 시장에 현지어로 적혀 있다. 영어로 "Sea" "Ocean"이라고 적혀 있으면 자연산인데, 양식은 영어로 Farming이라고 한다.

냉장용 생선

냉장용 생선은 농어, 도미, 오징어, 홍합, 조개 정도가 주로 판매된다. 계절별로 출시되는 생선이 상이한데, 출시 시기에 따라서 가격이 2배 이상 차이가 나기도 한다. 대부분의 생선은 겨울에 많이 출시되고, 겨울이 가까워질수록 가격은 싸진다. 그러나 생선이 출시되는 시기라도 한국보다 가격이 비싼 편이다.

양식이 대중화되어 있지 않으면 자연산 생선 중심으로 판매가 된다. 생선 판매 후 당일 재고가 남으면 처리가 어려운 점을 고려하여, 초기에 판매가격을 높게 하는 것 같다. 한국과 유사하게 싱싱한 생선을 살려면 아침 일찍 시장에 가서 생선의 상태를 보고 사는 방법밖에 없는 것 같다.

횟감을 찾아서

해외에 살게 되면 항상 시도하는 것이, 현지 생선을 횟감으로 먹을 수 있는 가능성이다. 싱싱해 보이는 선어 생선을 구입하여 직접 횟감으로 만들어보는데, 결론적으로 한국과 비교하면 맛이 떨어진다. 수온이 높은 바다에서 잡은 생선은 육질의 탄력성이 떨어진다. 살아있는 활어 생선이 아니어서 회로 먹을 때도 선도가 우려된다. 그러기에 한국 식당에 주문하여 지인들과 함께 회를 먹게 되는데, 농어회나 도미 종류의 회를 많이 먹게 된다. 한국식당에 부탁하게 되면, 좋은 생선이 들어오는 시점에 미리 연락을 주기도 한다.

농어회는 살이 두꺼워서 횟감으로 먹기도 하지만, 매운탕으로도 많이 먹는다. 해외에서 도미 종류는 가격이 싼 생선인데, 아마도 크기가 다른 생선보다 작아서 그런 것 같다. 특히 참돔은 한국에 비하면 가격이 저렴하여 자주 먹게 되는데, 지역별로 선호 생선이 달라서 그런 것 같다. 해외에서 현지 Style의 Seafood 식당에 가면 생선의 조리 방식이 단순하여, 생선 자체의 깊은 맛을 알기 어렵다. 현지인들은 별다른 소스 없이 Olive oil로 Grill이나 Fried로 조리하는데, 보통 얇은 생선은 튀겨 먹고, 두툼한 생선은 구워 먹는다.

새우(대하)

새우(대하)의 경우, 큰 새우는 가격이 Kg당 $50까지 되기도 한다. 보통 작은 새우는 가격이 싸지만 그리 맛있지는 않다. 한국식의 생 새우를 먹는 것은 불가능하고, 기껏해야 큰 새우를 소스에 푹 쪄서 먹는 정도이다. 새우를 소금에 넣어서 오븐에 굽는 요리법도 있는데, 담백하게 먹을 수 있는 방법이다. 아니면 새우를 버터에 발라서 구워 먹는 것도 가능한데, 주로 해산물 식당에서 이런 방식으로 많이 먹는다.

양식 새우도 있고, 자연산 새우도 많지만, 가격이 싸지는 않다. 현지에서 중국 슈퍼마켓에 가면 새우 가격이 싼 경우가 있는데, 이는 냉동 새우를 해동하여 냉장 새우로 만들어서 판매하는 경우이다. 자세히 보시고 구매하시길.

해외의 생선 시장에서 어디에나 보이는 것이 새우인 것을 보면, 새우는 전 세계인들이 좋아하는 생선인 것 같다.

홍어 또는 가오리

한국의 홍어나 가오리와 유사한 생선도 있다. 넙적한 생선은 보통 바다의 밑바닥에서 생활하는데 인근 바다 중에서 내륙으로 닫혀 있는 바다가 있으면 많이 잡힌다. 이런 종류의 생선은 육질이 탄력성이 있어 현지인들도 많이 선호하는 생선인데 가격이 비싸다. 바닥에 가만히 있는 생선이 운동량도 작은데, 육질이 탄탄하다는 것은 쉽게 설명이 안 된다. 그렇지만 사실이다.

일부 한인 가정에서는 유사한 종류의 생선을 구입 후 직접 삭혀서 홍어와 비슷하게 만들어 먹는데 정성과 희소성을 고려하면 최고의 별미로 느껴진다. 일부 손맛이 좋은 한국 식당에서는 홍어 삼합과 한국 막걸리를 준비하여 식당의 계절 Menu로 올리기도 하는데, 가격은 만만치 않다. 가끔씩 먹을 수 있는 별미 음식으로 기억된다.

갈치 종류

현지인들도 갈치 종류를 먹는데 그리 선호하지는 않는 것 같다. 갈치의 생김새가 무섭게 생겨서 그럴 수도 있다. 영어로는 Cutlass Fish라고 하는데, 갈치의 생김새가 "단검, 칼" 형태여서 그런 것 같다. 해외에 살면서 발견하는 것은 갈치 종류를 즐겨 먹는 민족은 많지 않다는 점이다. 갈치는 마땅한 조리 방법도 없고, 생선살이 너무 부드러워서 튀김을 하는 경우에도 살을 발라서 먹기가 쉽지 않기 때문이다.

한국도 제주도를 제외하면 근해 바다에 국산 갈치가 거의 없고, 주로 세네갈 등의 아프리카 국가에서 수입하여 판매하고 있다. 더구나 한국산 갈치는 가격이 비싸서 먹기도 어렵다. 세네갈 갈치는 두껍기도 하고 가격도 무난하여, 해외에서 직접 사서 집에서 구워 먹기도 한다.

멸치 종류

한국의 멸치 종류와 비슷한 생선도 많이 먹게 된다. 현지에서 보통 "엔초비"라고 하는데, 소금에 절여서 젓갈 비슷하게 먹기도 한다. 현지 교민 분들에게 물어보면, 한국에서 젓갈을 가져오기 힘들면 김장할 때 주로 활용한다고 한다. 가격이 싸서 제철에는 프라이 팬에 튀겨 먹기도 하고, 현지인들도 많이 선호하는 생선이다. 크기가 작아서 대부분이 자연산인데, 제철에는 반드시 시도를 해볼 필요가 있다.

사족이지만, 생선이 자연산 또는 양식이 가능한지의 구분은, 일부 기술적인 문제도 있지만, 생선이 일정 크기이상 대형화가 가능하면 양식이 가능하고, 작고 제값을 받기가 어려우면 자연산이 많다는 점이다.

냉동 생선

냉동 생선은 고등어나 삼치, 명태 종류가 주로 판매된다. 고등어는 한국과 유사하게 노르웨이산 고등어가 많이 수입된다. 재래 시장에 가면 고등어나 명태 종류를 많이 판매하는데, 가격도 많이 싸서 가정에서 비용 측면에서 큰 부담 없이 먹게 되는 생선이다.

고등어와 삼치는 엄연히 다른 생선인데 일부 지역은 같은 이름으로 부르기도 한다. 현지어로 부르는 것을 자세히 숙지한 후에 구입하는 것이 필요하다.

이제는 어디서나 세계화가 되어 있어 수입 생선은 한국과 비슷한 종류로 구입이 가능하다. 터키에서는 고등어를 구워 샌드위치 빵에 넣어서 "고등어 케밥"으로 먹기도 하는데, 맛이 약간 비릿해서 레몬즙을 뿌려서 같이 먹기도 한다.

참고로 등 푸른 생선은 보통 바다 해수면 가까이에서 생활하여 갈매기의 주요 먹이 감이 될 수도 있어 보호색으로 등이 푸르게 된 것이라고 한다. 해수면에서 주로 생활하기에 어획시에도 큰 비용이 들어가지 않으며, 양식의 경제적인 필요성이 없어서 대부분이 자연산이라고 한다. 한국에서는 횟감용으로 고등어 양식을 하기도 하는데, 선어의 필요성 때문이다.

생선의 손질은 ?

생선은 구입하면 직접 손질이 어려워서 조리에 필요한 현지 언어 10여개 정도는 반드시 알아들 필요가 있다. 생선 가게의 직원들은 대부분 영어 구사가 불가능하기에, 현지 언어를 사용하여만 가능하다. 대형 마트의 생선 코너에서 생선 손질은 무료이지만, 조금의 팁을 수고비로 주게 되면 다음에도 많은 도움을 받을 수 있다.

생선 가게가 멀리 떨어져 있는 경우에는 인근의 생선 전문 식당에서 소량의 생선을 구입하여 집에서 먹을 수도 있다. 대형 쇼핑몰의 경우 생선을 전문으로 판매하는 가게는 없지만, 쇼핑몰내의 생선 전문식당 내에서는 직접 생선을 보고 고를 수 있다. 생선 전문시장에 가는 시간과 비용을 고려한다면 식당에서 생선을 구입하는 것이 편리하다.

21-5. 해외에서 육류를 구입시에는

육류 구매 시에는 정육점 한곳을 단골로 정하여 이용하는 곳이 좋다. 가격은 다른 집과 유사하지만, 단골집이 있으면 품질 측면에서는 보다 신선한 육류를 구매할 수 있다. 일부 국가에서는 단골 손님에게는 일반 고객보다 더 높은 가격을 받는 경우도 있는데 그러한 가게는 피하는 것이 좋다. 그 이유를 물어보면 "손님이 자주 오는 이유는 높은 품질에 만족하기 때문이다. 품질이 높기에 가격을 더 높게 받아도 문제가 없다"라는 입장이다. 우리 입장에서는 이해할 수 없는 논리인데 외국인으로서 현지에 거주하면서 감수하여야 하는 학습 비용으로 간주할 수 밖에 없다.

해외에서의 육류 가격을 보면 양고기가 제일 비싸고, 다음은 소고기, 제일 싼 고기가 닭고기이다. 돼지고기는 현지에서의 구매의 접근성에 따라서 가격의 변동성이 크다. 우리가 흔히 해외에서 수입한 소고기에 대하여 가지는 생각은 한우보다 맛이 없다는 선입관이다. 저가의 냉동 육류가 한국에 수입되고 있기 때문이다. 고품질의 수입 육류이지만 국내산에 비해서 가격을 높게 받을 수 없기에 저가의 냉동 육류만 수입하게 된다. 미국에서 Black Angus의 등급이 높은 냉장 소고기를 직접 구워 먹으면 정말 맛이 있다. 육류를 주식으로 하는 서양인들은 한국인보다 육류의 품질 차이에 더욱 민감하다. 같은 냉장 고기라도 그 맛의 차이를 알고 있으며, 냉동과 냉장 육류의 차이도 쉽게 인식한다.

해외에 나가서 현지인들이 추천하는 스테이크 전문 식당에 가면,

추천받은 식당이 다른 식당과 비교하여 왜 Quality가 높은지를 이해하지 못할 수 있다. 평생 고기를 주식으로 먹었던 서양인들이 그 미묘한 품질차이를 더 잘 알고 있다. 외국인들이 "한국에서 밥이 맛있는 식당"을 추천을 받아서 먹게 되면, 쉽게 차이를 인식하지 못하는 것과 비슷하지 않을까?

21-6. 소고기의 매력은?

현지에서 구입하는 소고기는 대체적으로 한국의 한우보다 가격이 싸다. 그래서 해외에 나가면 소고기를 부담 없이 먹게 되고, 야외 BBQ에도 주 식재료는 소고기가 된다. 그러나 일부 국가에서는 시기별로 가격의 변동폭이 심한데, 종교 연휴 전에 육류 가격이 인상되고, 한번 인상된 가격은 좀처럼 내려가지 않는 경우도 많다. 매년마다 반복되기에 연휴가 시작되기 2주전에는 미리 육류를 구입하는 것이 좋다.

해외에서 등급이 높은 냉장 소고기를 먹으면 한우보다 부드러운 식감에 놀라게 된다. 현지인들은 Marbling이 포함된 소고기 부위보다는 지방이 작은 스테이크용 소고기를 더욱 선호한다. 그래서 해외에서는 Marbling이 있는 소고기를 쉽게 찾을 수 있고, 단골 정육점은 미리 준비하였다가 단골 동양인 고객에게 판매하기도 한다.

해외에서는 한국 교민이 직접 운영하는 정육점도 있다. 그 곳에 가면 한국인들이 많이 찾는 고기 부위가 다양하게 준비되어 있고,

국거리가 별도 손질 없이도 먹을 수 있도록 준비되어 있다.

참고로 Marbling이 많은 소고기는 소를 "좁은 우리에 가두어 키워서 그런 것"이라고 하며, 일본의 교베(kyobe) 소고기도 그런 과정을 통하여 생육한 고기라고 한다. Marbling은 대리석의 영어 이름인 "Marble"에서 유래한 것으로, 대리석에서 나오는 비슷한 무늬를 소고기 등심 부위에서 찾을 수 있기에 나온 용어라고 한다.

21-7. 돼지고기를 찾아서

돼지고기를 주식으로 먹는 국가가 아니면, 평균적으로 Quality는 높지 않다. 유럽의 경우 폴란드와 프랑스, 독일은 타 국가에 비해서 돼지고기가 맛이 있고, 육질의 탄력성이 있다. 개인적으로 폴란드 돼지고기가 한국 삼겹살보다 더 맛있다고 평가한다. 폴란드는 돼지를 방목하고, 주식으로 도토리를 먹어서 맛이 있다고 하는데, 추가적인 검증이 필요하다.

필자는 한국에서 폴란드 돼지고기를 찾기 힘들어, 대안으로 "필란드" 돼지고기를 구매하여 냉동실에 두고 먹는다. 엄격한 검역과 수입규제를 받아서 안전하고, 또한 성장기의 자녀가 필요시마다 구워 먹을 수 있어서 편리하기 때문이다.

중동에서는 수요층이 거의 없어서 수입되는 고기의 양도 적고 품질도 좋지 않다. 참고로 이스라엘 유태인들도 종교상의 이유로 돼지고기를 먹지 않는다. 현지인들이 먹지 않는 식재료는 대부분 냉동으로 수입하기에, 냉장 식재료와 비교하여 그 품질에 차이가 있다.

돼지고기를 종교상의 금기로 먹지 않는 것에는 사회 문화적인 원인이 있다. 우선은 중동 지역에서의 돼지는 소나 양과 달리 목초지에서 키우기가 어렵다. 둘째로는 인간의 먹거리를 돼지와 공유하면서 키워야 한다. 세 번째로 중동 지역은 일교차가 심해서 돼지고기는 쉽게 상할 우려가 있다. 마지막으로 소나 양과는 달리 돼지는 인간에게 우유나 가죽, 연료의 기능을 주지 못하고, 순수한 식용 목적만으로 존재한다.

돼지 고기의 품질이 좋지 않은 지역은 현지에서 돼지의 도축장이 멀리 떨어져 있고, 운송을 위한 냉동 시설이 미비한 것이 그 원인이다. 그리고 수요 제약으로 인하여 부위별 유통이 아닌, 도축 마리 당 유통이 되는 경우가 많아서 관리가 되어 있지 않다. 돼지고기는 거리상의 이유로 중동국가에서는 냉동에 의존하기에, 한국에서 출장자가 있는 경우에 필요한 물량을 부탁하기도 한다. 기독교 국가에서 근무하는 해외 주재원 직원을 부러워하는 이유 한가지는 다양한 돼지 고기를 냉장의 신선한 상태로 그 종류를 선택할 수 있기 때문이다.

21-8. 양고기와 친해지기

양고기는 지방 부위에서 양고기 특유의 노릿한 냄새가 나기에 현지인들도 싫어하는 이가 많다. 특히 생후 6개월 이내의 어린 양고기가 아니면 대부분 냄새가 난다. 양을 굳이 구분하자면 어린양을 lamb이라고 하고, 20개월 이상의 양을 mutton이라고 한다. 어린 양인 lamb도 생후 개월에 따라서 맛에 차이가 난다.

중동 지역에 살게 되면 소화가 잘되는 양고기를 많이 먹는데 특유의 냄새가 문제이다. 현지에서 사는 사람들도 양고기 특유의 냄새가 싫어서 기피하는 경우가 있다. 참고로 중동 음식 중에서 "되네르 케밥(Doner Kebab)"이라고 하여 고기를 역 피라미드 형태로 층층이 쌓아 놓고 굽는 방식이다. 구운 후에는 긴 칼을 이용하여 고기를 조금씩 잘라내서 먹는 음식이다(아마도 우리가 알고 있는 Kebab에서 가장 대표적인 음식이다). 되네르 케밥의 재료로 소고기나 닭고기를 사용하기도 하는데, 양고기는 가격도 비싸고 특유의 냄새로 기피하는 사람이 많아서 그렇다고 한다.

현지인들의 이야기로는 양고기도 계절이 있는데, 주로 4월이나 5월의 계절적으로 봄이 가장 맛있는 계절이라고 한다. 목초지에 나는 신선한 풀을 먹으면서, 양고기의 육질도 더욱 신선해진다고 한다. 그러기에 목초가 충분치 않고 건초가 많은 겨울에는 양고기를 피하는 것이 좋다고 한다.

21-9. 닭고기의 쫄깃한 맛을 찾아서

닭고기는 해외에서는 어디서나 맛있게 느껴진다. 가격도 싸고 해서 다양한 음식 재료로 들어가는데 찜, 튀김, 구이로 다양하게 즐겨먹는 음식이다. 특히 식당에서 Wings(닭 날개)는 맥주를 마실 때 안주거리로 많이 애용하는 부위이다. 해외에서 닭고기를 Grill로 먹으면 맛있다고 느끼는데, 아마도 한국의 전기 구이 통닭과 유사하게 담백하게 조리하는 방식이 비슷하게 느껴지기 때문이다.

그러나 치킨을 fast food식당에서 먹으면 한국보다 소스가 맛이 없고, 짜서 전반적으로 맛이 없다. 한국의 BBQ 치킨 Chain이 현지에도 진출한 곳이 많은데, 가격이 현지 Chicken보다 비싸지만 현지인들에게 호응이 높다. 한국식의 Fast Food치킨이 세계적으로 경쟁력을 가지고 있는 것 같다

해외에서 한국식으로 삼계탕을 해서 먹기도 하는데 한국과는 맛이 다르다. 한국에서는 약 45일 정도의 닭을 사용하는데, 외국은 이보다는 크기가 큰 닭이어서 맛의 차이가 있는 것 같다. 일본인들도 삼계탕을 많이 좋아한다고 한다. 일본은 닭을 한 마리 전체로 먹는 문화가 없고 부위별로 먹는 문화가 있어서, 삼계탕이 색다른 경험이라고 한다. 외국에서는 감기 몸살기가 있으면 Chicken soup을 많이 먹는데, 닭 고기를 쌀에 불려서 먹는 방식이다. 죽(Porridge)은 아니고 스프(Soup)에 가까운 형태로 하여 먹는다. 그러나 외국인 중에서 삼계탕을 싫어하는 이도 상당히 많다. 그들의 표현에 의하면, "뜨거운 물에 닭 한 마리를 둥둥 띄어서 먹는 형태(Swimming Chicken)"가 익숙하지 않다는 의견이다.

21-10. 신선한 과일이나 야채를 먹고 싶으면

재래시장 이용법

과일이나 야채는 집 주변의 재래 시장을 많이 이용하게 된다. 한국의 5일장과는 달리 일부 국가는 "요일 시장"이라고 하여 월요일, 화요일 등의 일주일 단위로 재래시장이 서기에 날짜를 기억하기 쉽다. 가격은 재래 시장이나 동네의 일반 Mart나 차이가 거의 없으나 신선도에 있어서는 재래 시장이 추천할 만하다. 특히 계란의 경우 유정란(시골에서 키우는 방사형 계란)도 구매가 가능하여 즐겨 찾게 된다.

재래 시장 이용 시 유의할 점은 다른 가게보다 가격이 조금 비싼 가게에서 구매를 하라는 것이다. 가격의 차이가 품질의 차이를 좌우하며, 재래 시장의 업자들도 이를 알기에 가격을 보고 구매를 하면 거의 실수가 없다. 또한 재래 시장 초입의 야채가게를 이용하지 말고, 시장 중간에 위치한 가게를 이용하는 것이 좋다. 시장 입구 초입의 가게는 자칫하면 바가지를 쓸 우려가 있고, 손님이 많아서 단골로 인정받기가 어렵다.

맛있는 과일 고르는 법

과일은 한국과 비교하면 품질에 차이가 있다. 보통은 일조량에 따라서 과일 맛의 차이가 있는데, 비가 많이 오는 동남아 과일보다는 비가 적게 오는 중동지역의 과일이 더욱 당도가 높다.

그러나 과일 종류별로도 맛의 차이가 있다.

한국에 수입되는 과일은 현지 생산지에 먹으면 더욱 맛있다. 배는 한국배가 훨씬 맛이 있고 사과도 한국에서 파는 사과가 맛이 있다. 딸기도 한국의 비닐하우스 재배 딸기가 맛있는데, 일반적으로 노지(일반 야외의 자연환경)에서 키우는 딸기는 당도가 떨어지고 질기다.

체리가 재배되는 지역이면 4월에서 5월에 첫 출하된 체리를 먹을 수 있는데, 맛도 있고 가격도 싸다. 체리는 현지에서 출하되고 5일이내에 먹어야만 제일 맛있다고 하는데, 한국에서 수입을 한다면 상당한 기간이 소요될 것이다.

오렌지도 현지에서 재배가 된다면 한국보다 가격이 싸고 맛이 있다. 지중해 국가의 경우 우기인 겨울에 출하가 되는데, 주스로 먹기도 하고 날것으로 잘라서 디저트 용으로 먹기도 한다. 산지에서 구입을 한다면 제철에는 Kg당 1천원 정도 하기도 한다. 오렌지가 출하되는 국가에서는 커피 전문점에서도 직접 딴 오렌지 주스를 판매하는데 Americano 커피 한잔 값으로 마실 수 있다.

초여름에 수박도 나오는데 비가 자주 오지 않는 지역의 경우 당도가 높아서 한국보다 가격도 싸고 맛이 있다. 지중해 지역의 경우 여름이 건기여서 강수량이 많지 않기에 과일을 먹기가 최적의 시기이다.

야채는?

야채는 현지에서 재배만 된다면 통상 한국보다 싸다. 개발도상국 이점은 과일이나 야채가 한국보다 싸다는 점이다. 현지인들이 많이 먹는 야채는 싸고, 현지인들이 잘 먹지 않거나 외국인이 선호하는 야채는 비싼 편이다.

그러나 김장에 필요한 배추는 China 배추(중국 배추)라고 하여 가격이 비싼 편인데, 배추가 출하되는 계절이 한정되어 있어 미리 확인을 하여야 한다. 보통 7~8월의 한 여름에는 고온으로 인하여 배추가 고온으로 탈 수도 있어 출하되지 않는다. 겨울이나 봄에 시장에 나왔다가, 여름 초입에는 거의 보이지 않는다. 일부 지역은 배추를 구하기 어려워 김장을 하기 위해서는 미리 사재기를 하기도 한다.

파나 양배추도 현지에서는 가격이 싼 편이다. 한가지 팁은 지방 여행시 한국 식당이 없다면 현지 식당에서 야채 비빔밥을 해먹을 수 있다. 이 경우 튜브용 고추장을 가져가는 필수이다. 아니면 항공사에서 기내에서 제공하는 고추장도 가능하다.

콩나물과 깻잎은 한국인만 먹는 야채여서, 대안으로 숙주를 먹기도 한다. 콩나물을 한국인만 먹는 것에 경외심이 든다. 깻잎은 특유의 향으로 인하여 외국인들이 싫어하는 야채이다. 깨로 만든 참기름 종류는 좋아하는데, 우리 입장에서는 이해가 되지 않는다.

동남아 쌀 국수에 들어가는 쌉쌀한 "샹챠이"라는 야채는 해외에서 자주 볼 수 있는 채소류이다. 고유의 향으로 싫어하는 분들도 많지만 한번 맛을 들이게 되면 그 맛에 흠뻑 빠지게 된다. "샹차이"를 한국에서는 흔히 "고수"라고 하는데, 몸을 차갑게 하는 고유의 성질로 인하여 열대 지방에서 선호한다. 한국에서는 고수를 산중의 암자 스님들이 즐겨 키우는데, 정신을 맑게 하고 심성을 차분하게 하는 성질이 있다고 한다.

21-11. 집에서 야채 키우기

한국인이 선호하는 야채는 특이한 종류가 많고 해외에서는 구하기도 어려워서 직접 집에서 재배하여 믹는 경우가 많다. 이를 위하여 한국에서 재배용 기계를 사거나, 한국에서 씨앗을 별도로 구입하여야 한다. 한국에서는 대형 마켓이나 꽃집에서도 씨앗을 판매하는데 가격이 비싼 편이 아니어서 여유분을 충분한 양을 사두는 것이 좋다. 여유분 씨앗은 지인들이 집에서 직접 야채를 키울 때 선물용으로 좋다. 살고 있는 집이 아파트이면 베란다에 키우면 되고, 정원이 있는 주택이면 노지에 키우기도 한다. 집이 Garden floor이고 공용 정원이면 야채를 키울 때 제약이 있는데, 보통 발코니에 공간이 있어 기다란 형태의 화분에 키울 수 있다.

해외에 있으면서 깻잎, 상추, 배추, 미나리, 부추를 키우게 된다. 이를 야채 또는 채소로 부르는데, 정확한 의미는 "야채"는 들에서 자연적으로 자라는 식물이고 "채소"는 밭에서 기르는 농작물이라고 한다. 물을 줄 때는 이른 아침이나 오후 해거름이 지고 난 이후가 좋다. 한낮에 물을 주게 되면 타버릴 우려가 있으니 조심하여야 한다. 발코니에 있는 화분에 물을 줄 때는 상당히 조심하여야 한다. 물이 아래집으로 떨어지면 바로 관리인을 통하여 항의가 들어온다. 현지인들의 경우 우리처럼 식용 작물이 아닌 화초 종류를 주로 키우는데 물이 아래층으로 어지면 아랫집의 꽃이 상할 우려 때문에 항의하는 것이다.

콩나물 먹기

한국에서 즐겨먹는 콩나물은 세계에서 유일하게 한국만 먹는다. 콩의 원산지가 옛 고구려 영토인 만주 지방이어서 우리 한민족의 콩 문화가 더욱 익숙해지면서 콩나물을 먹지 않았나 하는 예상한다. 해외에 살게 되면 과음 후 숙취 해소 음식이 마땅치 않은데, 콩나물이 최고의 숙취 해소 음식이다. 서양인들은 보통 숙취 후에 Chicken soup이나 Bean soup종류를 주로 먹는데 여의치 않으면 커피를 계속 마시기도 한다. 커피는 이뇨촉진 작용으로 인하여 숙취해소 목적으로 많이 마시는데, 한국인에게는 익숙한 방식은 아니다.

콩나물과 비슷한 종류인 숙주는 일본이나 서양인들도 많이 먹고 현지의 슈퍼 마켓에서도 쉽게 볼 수 있지만, 한국식의 콩나물은 아니다.

콩나물 키우기

한국 슈퍼가 가까이에 없으면 한국에서 콩나물 재배 기계를 구입하여 직접 키우기도 하는데 이때는 필요한 콩도 같이 구매하여야 한다. 콩나물의 성장 속도가 빨라서 콩나물을 키우다 보면 식단 전체가 콩나물 Full course요리로 바뀌어 진다. 우리가 상상할 수 있는 모든 콩나물 요리가 식단에 등장하는데, 콩나물 밥, 콩나물 무침, 콩나물 찜, 콩나물 국 등의 다양한 요리가 출현하게 된다. 콩나물을 재배하다가 그만 두는 가정이 많은데 원료인 콩을 한국에서 매번 구하기가 어렵기도 하지만, 반복적인 나물 요리가 지겨워서 사서 먹는 가정도 있다.

깻잎 구하기

깻잎도 구하기 어려운 야채이다. 깻잎 또한 한국인만 유일하게 먹는 식재료이고, 한국 슈퍼에서도 상당히 고가여서 집에서 키워 먹는 가정이 많다. 씨앗을 한국에서 사서 뿌리면 자라나는데, 별도로 농약을 주지 않더라도 유기 농으로 재배가 가능한 채소이다. 깻잎의 고유한 향으로 인하여 벌레가 접근하기 어렵기 때문이다. 7~8월 한 여름에는 물만 주면 금방 잎이 자라서, 매 끼니때마다 먹기도 한다.

그러나 날씨가 추워지면 성장이 더디기에, 잎이 두꺼워져 먹기가 어렵다. 돼지 고기 삼겹살을 먹을 때 깻잎의 향과 어울려져 반드시 찾게 되는 채소이다.

상추

직접 키우면서 가장 효율이 높았던 채소는 상추이다. 처음 수확을 하게 되면 부드러운 상추 잎이 나오게 되는데 이 맛을 잊지 못하여 상추를 키워 먹게 된다. 한국 참치 캔에 고추장을 해서 상추 쌈으로 먹으면 한 여름에는 이만한 음식이 없다. 상추는 백 상추와 홍 상추 종류가 있는데 한국에서 씨를 구입할 때 잘 보고 사야 한다. 상추 또한 날씨가 추워지면 상추대가 세어져서 먹기에 어려운데, 이때는 상추 무침으로 하여 고기와 같이 먹으면 궁합이 잘 맞다.

상추의 대용으로 로메인이 있다. 해외에서 쉽게 구할 수 있는 야채이고, 아삭아삭한 맛도 좋지만, 상추보다는 오랫동안 보관이 가능하기에 집에서도 많이 먹는다. 요즘 한국에서도 많이 먹는 야채이다.

부추

부추는 가족들이 특히 좋아하는 채소이다. 씨를 뿌리고 1년차에는 큰 기대를 하기 어렵지만, 2년차부터 제대로 먹을 수 있다. 씨를 부릴 때 주의할 점은 다른 채소와 비슷하게 듬성듬성 씨를 뿌리는 것이 아니라, 각 구간별로 씨를 모아서 뿌려야 한다는 점이다. 부추의 줄기가 얇고 부드러워서 떨어져 있으면 자르기도 어렵고 양이 많지 않게 된다. 부추는 자라는 속도가 다른 채소에 비해서는 느리지만 물을 자주 주면 성장이 빠르다. 부추를 자를 때 주로 가위를 사용하는데 아래 부분까지 바싹 잘라야 한다. 부추 무침은 쇠고기를 구워 먹을 때 궁합이 아주 잘 맞다. 부추가 많이 나기만 하면 비 오는 날 부추 전을 해먹어도 좋은데 충분한 양을 확보하기가 쉽지 않다.

비 오는 날에 부추전이 특히 맛있는 이유는 프라이팬에 구울 때 주파수가 비슷하다는 애기도 있다. 유럽의 지중해성 기후의 특징은 여름은 건기여서 비가 거의 오지 않고, 겨울에는 우기여서 비가 자주 많이 온다. 보통은 겨울 우기에 한국 식의 부추전을 많이 먹게 된다. 운이 좋으면 이전에 주택에 살았던 사람이 한국인이고, 집의 발코니에 부추 화분이 있으면 상당히 유용하게 먹을 수 있다.

제 22장 생활 편의시설 200% 활용하기

22-1. 현지 세탁소 이용하기

해외에서 한국식의 염가형 세탁 프랜차이즈는 찾기가 어렵다. 한국과 비슷한 수준의 세탁서비스를 제공하는 곳은 가격이 비싼 경우가 많다. 정기적으로 세탁을 하는 경우에는 꽤나 부담이 된다. 한국보다 물가가 싼 지역인데도 세탁비용은 대체로 비싼 편이다. 세탁용 대형기계를 해외에서 수입하는 비용 때문에 세탁 비용을 높게 책정하는 것 같다. 일조량이 많은 지역이면 세탁물이 금방 마르기도 하지만, 그렇지 않은 지역은 건조 및 다림질을 위하여 세탁소에 빨래를 맡기기도 한다.

비용 절감을 위하여 집에서 세탁을 하고 다림질만 맡기는 경우도 있다. 매번 빨래를 하고 다시 세탁소에 맡기고 다시 찾고 하면 번거롭다. 양복의 경우 Dry Cleaning을 하게 되는데, 비용을 고려하면 자주 하지는 못한다. 한국과 비슷하게 세탁물 배달도 가능하고 직접 가서 찾을 수도 있다. 일부 국가의 경우 가사 도우미가 있으면 다림질까지도 같이 하는 경우도 있다.

22-2. 옷 수선하기

세탁소에서 옷을 수선할 수는 있지만, 추천은 하지 않는다. 가격은 비싸지만 전문적으로 수선이 가능한 곳을 찾아서 이용하는 것이 좋다. 오랫동안 경험으로 입증된 지인이 추천하는 가게를 이용하게 되는데, 이러한 정보는 배우자 모임을 통하여 입수된다.

정보를 찾기 어려우면 쇼핑몰의 양복 가게에서 옷을 수선하는 집을 찾아서 이용하면 된다. 쇼핑몰 가까이에 잘 찾아보면 수선 가게들이 많다. 옷수선으로 본다면 전체적으로 한국보다 기술이 떨어지고 가격은 다소 비싸다. 또한 불편한 점은 현지 수선집들은 영어구사가 어려워 Communication이 쉽지 않다. 가끔씩 바지단을 내려 달라고 했는데 잘못하여 올려주는 경우도 있다. 해외생활을 하게 되면, 한국의 옷 수선기술이 외국과 비하여 엄청나게 높은 수준임을 느끼게 된다.

22-3. Hair shop을 이용시에는

주말에 주로 이용하게 되는데, 한국 지인들이 추천하는 곳을 많이 이용한다. 한국인의 Hair Style이 특이하여 동양인 머리의 Cut에 익숙하면서, 동시에 의사교환이 가능한 Hair 스타일리스트를 찾게 된다. 거리상의 불편함은 있지만 한국인이 경영하는 이용원도 이용하는데, 주로 사전에 예약을 하고 가야만 한다. 여자들은 거의 대부분이 한국인 미장원을 이용하는 경우가 많다. 한인이 많지 않은 지역에는 한인 이용원과 미장원을 한곳에서 하는 경우가 많다.

개발 도상국가은 머리 손질하는 비용이 한국보다 비싼 편이다. 정확히는 외국인이 이용하는 Hair Shop이 비싼 편이다. 내국인들이 이용하는 뒷골목의 이용원을 이용할 수는 있지만 쉽게 가지는 못한다. 외국에서는 Hair손질은 전문적인 영역으로 간주하여 충분한 비용을 지불하여야 한다는 생각이다. 이발의 경우도 "Boutique"이라는 용어가 들어가면 Designer Cut이라고 하여 가격이 많이 올라간다. 해외에서 이발을 하려고 집 주위를 둘러보면 건물마다 이용원이나 미장원이 어디에나 있다. 집집마다 손님이 많지 않은데 띄엄띄엄 손님들이 오기에 가격을 높게 받는 것이 아닌가 생각이 되기도 한다. 일부 국가의 경우 미장원이나 미용원을 같은 곳에서 운영하는 곳도 있다. 같은 가게 내에서 공간을 분리하여, 여자 남자가 따로 이용하는 형식이다. 반드시 사전에 예약을 하여야만 제대로 된 서비스를 받을 수 있다.

해외에서 이용원을 이용하다 보면 느끼는 것은 Hair Cut실력과 가격은 무관하다는 것이다. 내부 interior가 조금 떨어지면 가격이 싸고, 내부가 호화로우면 가격이 비싸다. 머리 샴푸나 면도도 별도로 요금을 받는데, 고급 가게는 Option가격이 더 높게 올라간다.

22-4. 현지에서 환전소 이용하기

국가마다 상이하지만 환전시의 기본 Rule이 있다. 공항은 환전 Rate도 불리하고, 환전 Commission도 있어 불리하다. 도심 내에서는 쇼핑몰이 접근성은 높으나, 환전 Rate가 약간 불리하고, 제일 좋은 장소는 시내에 소재한 외부 환전소이다. 환전의 경우 외국인에 대하여 사기성이 있는 곳이 많아서 관광지의 환전소는 가급적 피하는 것이 좋다.

개인적으로 터키의 쇼핑몰 내 환전소에서 환율 사기를 당한 바 있었는데 며칠 동안 기분이 좋지 않았다, 사기 방식은 환율 계산시에 정식 Receipt가 아닌 단순 EMR 형식으로 발행하여 곱셈을 속이는 방식이다. 보통 $100은 사기를 치는 것이 어려우나, $300이상의 경우 암산이 어려워 사기를 하기도 한다. 환전 시는 반드시 본인의 계산기로 계산한 후에 수령하는 것이 유리하다. 외국에서 환전시에는 항상 집중하고 주의를 하여야만 불편한 경우를 피할 수 있다.

해외 출장 시에 한국에서 환전 후에 출장을 오는 경우가 있다. 주요 국가의 외화는 현지에서 환전하는 것보다 한국에서 환전하는 것이 유리하나, 다른 통화는 현지에서 환전하는 것이 유리하다. 귀국 시에 현지화 일부가 남는 경우가 있는데 향후를 위하여 굳이 환전하지 말고 일부를 보유하는 것도 필요하다.

개발 도상국가은 $나 Euro대비 환율 가치가 하락하는 경우가 대부분이며, 필요시마다 현지화로 소액을 환전하여 사용하는 것이 좋다. 현지화로 보유하는 것은 가치하락으로 다른 외화 통화로 환전시에 불리하다. 가급적이면 주요 국가의 외화로 보유가 좋다.

귀국 후에 현지 물품을 구매를 부탁하는 경우가 있다. 한국 귀국 후에 지인에게 현지에서 물품을 구매하고, 대금은 한국에서 원화로 결제를 하는 경우가 있다. 이러한 경우에는 현지화를 원화로 환산 시에 구매자에게 최대한 유리한 환율을 적용하여 대금을 드리는 것이 좋다. 구매를 대행하는 경우 본인 시간의 투입이 이루어지는 점을 고려하여야 한다. 가까운 지인들은 수고비등을 받지 않으려 하기에, 별도로 한국에서 만나는 경우 같이 식사를 하는 것이 좋다.

제 23장 현지 직원과의 관계 설정

23-1. 너무나 다른 문화

설명이 까다로운 주제이다. 한국인의 성격이 워낙 다혈질이고 국가별로 민족성이 달라서 현지 직원과 Match가 어려운 경우가 많다. 중요한 것은 한국식의 상명하복의 조직 문화가 논리적인 사고의 외국인에게는 통용되기 어렵다는 점이다. 서양인들은 개인 일정을 미리 계획하고 준비하는 성격이 강하여, 미리 Scheduling한 부분은 반드시 존중하여야 한다.

한국인들은 직급이 높으면 보다 존중을 받아야 하고 우대를 받아야 한다는 생각이 강하다. 외국인들은 업무외적으로는 동등하다고 생각하기에, 항상 이러한 차이를 이해하여만 성공적인 주재 생활이 가능하다.

23-2. 항상 조심하여야 한다

일부 국가에서 현지 직원들에게 폭행을 하거나, 여직원에 대한 성접촉으로 인하여 물의를 야기하는 경우가 있다. 본사 파견 직원들은 현지 직원들에 대하여 절대적인 평가와 인사권을 가지고 있기에, 명확한 자기 절제가 없으면 항상 사고의 우려가 있다. 많은 회사에서 해외 파견 교육 시에 윤리 교육을 강조하고 있고, 문제 발생시 반드시 엄중한 징계를 하는 추세이다.

예전에 선진국에 소재한 한국 대기업이 성 추행 문제로 법적 소송을 당한 바 있으며, 파견 회사에게 막대한 금액의 Penalty가 부과된 경우가 있었다. 상황이 발생하면 회사만 아니라 개인에게도 불이익을 가져오게 되고, 해당 가해자 직원의 가정

불화의 원인이 될 수 있다.

23-3. 직원과의 관계 설정

현지 직원들은 외국인 직원과 한국인 직원으로 나누어 진다. 국적에 따라서 인사 고과의 평가 방식은 상이하게 진행된다. 외국인 직원은 정확한 가이드 라인에 따른 업무 성과와 근태가 평가의 중심이 되고, 한국인 직원들은 제반 보고시의 납기, 열정, 책임감이 주요 평가 요인이다.

외국인 직원들은 본사와의 직접적인 연결 고리가 약하기에, 본사 파견 직원들을 통하여 회사의 이미지가 투영되기에 각별한 관심을 가져야 한다. 개인 생활을 고려하여 직원과의 회식도 저녁식사보다는 점심 식사를 선호하는 편이나. 업무 후에는 가족과의 시간을 보내고 싶어하며 무리하게 저녁 식사를 고집하는 경우에는 직원들의 호응도가 떨어진다.

그러나 새로운 인원들의 합류나 송별 모임의 특별한 Event는 기꺼이 저녁 식사를 같이 하기도 한다. 빈번한 회식보다는 의미 있는 직장 회식이 필요한 시점이다.

23-4. 직원 평가의 어려움이

매년 초가 되면 현지 직원들의 연간 실적을 평가하고 급여 인상폭을 결정하여야 하는데 각 조직의 대표자들은 매년 초

평가시점이 제일 곤혹스럽다. 본사에서 각 조직 별로 평가등급 할당이 내려오고 동 기준에 의거 평가를 하여야 하기에 일부 인원은 최하위 평가를 받을 수 밖에 없다. 평가를 받는 이는 항상 본인 평가와 타인 평가가 일치하지 않기에 급여 인상 수준이나 상사의 평가에 쉽게 동의를 하지 않는다. 피 평가자의 이의 제기에 감정적으로 대응을 하지 말고 충분한 설명을 해주는 것이 좋다. 해당 시점에는 수긍을 하지 못하더라도 시간이 지나면서 납득을 하게 된다.

작은 조직의 경우는 해당 사항이 없으나, 인원이 2~3백명을 넘어서면 노동 조합을 설립하는 경우가 있으며 대응을 위해서는 현지 전문가의 조언을 받고 움직이는 것이 좋다. 본사 파견 조직의 대표자나 관리자들은 현지 노동 조합과의 대응 방법에 있어 학습이 되어 있지 않아서 실수를 하는 경우가 많다. 반드시 전문가 조언 및 현지에 소재하는 다른 한국 법인 경험자의 조언도 듣는 것이 좋다. 이때에도 감정적인 대응이 아닌 논리적인 대응이 반드시 필요하다.

상황이 발생시 현지 직원들에 대하여 배신감이나 실망감을 가지게 되고 본인이 이제껏 직원들에게 노력한 부분에 대하여 후회도 하면서 스스로 좌절도 하게 된다. 본사에서 파견 직원에게 기대하는 바는 문제 발생시의 적절한 문제 해결 능력이며, 이러한 능력을 통하여 업무를 평가하는 경우가 많다.

23-5. 때로는 엄격함이 필요할 수도

현지 외국인 직원은 한국 회사의 특성상 임의 해고가 쉽지 않아서 대부분 장기 근무를 하는 경우가 많다. 근무하는 직원들도 동양적인 기업문화에 익숙하여, 취업하는 직원들은 일본이나 한국 회사에 근무하다가 직장을 옮긴 경우도 많다. 문제는 현지 직원 중 역량이 있는 친구들은 Career Path측면에서 회사에 기대하는 수준이 높다.

그러나 소규모 인원 조직의 경우 미래에 대한 명확한 Vision을 부여하기가 어려우며, Career Path에 대한 Vision제시가 어려워 급여로 보상을 하기도 한다. 현지 직원 관리에 대한 현실적인 안이 미흡하여 항상 많이 아쉬움이 남는다.

23-6. 경직된 노동법은 어디에서나

일부 국가들은 아직도 외국인 1인 채용 시 현지인 5인 채용의 노동법 강제 규정을 명시하는 곳이 많다. 기본적인 취지는 해외에서 저임금 노동자의 유입으로 현지인의 노동 시장이 타격을 받는 점을 우려하여 시행되는 것이다. 주로 개발 도상국의 국가들이 많이 활용하는 노동법 규정인데, 현실적으로 상당한 부담이 되고 있다. 추가 고용의 적용은 외국 공관, 정부 투자 기관, 항공사는 제외되어 있고, 외국계 회사들만 적용되고 있다.

현지 생산법인이나 판매법인의 경우에는 현지인 직원 숫자가 외국인 대비하여 압도적으로 많기에 큰 문제가 없다. 그러나 소규모 인원을 운용하는 지사나 현지 법인의 경우는 어려운 상황이다. 불필요한 현지 직원들을 추가 고용하면 인건비 Cost가 높아질 수밖에 없는데 해결 방안의 모색이 쉽지 않다. 자칫하면 불법적으로 운용하면서 현지정부의 노동부에 적발되는 경우도 있다. 한국 공관을 통하여 강제 규정의 완화를 위하여 현지 정부와의 협의를 요청하나 쉽게 해결은 되지 않는다. 현지 정부의 공식 입장은 "외국 업체가 현지에 외국인 인원이 반드시 필요한 원인을 소명하면 예외 규정을 운용할 수 있다"고 하나, 현실적으로 예외를 적용 받기도 어렵고 Case by case로 허용되고 있을 뿐이다.

현지인 5인 채용 규정을 지키지 않으면 외국인에 대한 Work Permit의 발급이 불가하고, 법적인 Status의 확보가 되지 않는다. 현지 국가 노동부의 불시 단속에 의하여 Penalty납부나 심하면 사업장 폐쇄의 우려도 있다. 매번 한국 기업의 애로 사항을 건의하여도 진척되는 사항이 없고 결국은 규제 대상이 되는 회사 입장에서 해결방안을 모색하여야 한다.

개인적으로 해결 방안을 협의 결과, 별도의 채용 없이 Solution을 확보하여 다른 한국 회사들과 공유한바 있다. 본사 직원들의 소속을 HR전담 현지회사 소속으로 하여 Work Permit을 받고, HR회사에서 해당 한국 회사로 인원을 재 파견하여 근무하는 형식으로 규제를 회피하는 방식이다. 미국계 회사들이 이러한 방식을 이용하여 노동 규제를 회피한바 있어

법적으로 큰 문제는 없다. 그러나 Cost측면에서 매월 HR회사에 업무 처리에 대한 handling commission과 거래에 따른 부가세 납부로 추가적인 비용 부담이 발생한다. 외국회사 지사는 영업 활동을 하지 않기에 개인 소득세를 납부하지 않는 경우가 많은데, 인원을 파견하여 재 고용하는 형식인 경우에는 개인 소득세도 별도로 납부하여야 한다.

23-7. 현지 조직의 한국 직원과의 관계

한국직원들이 꼭 필요한 상황은

현지 조직에 근무하는 한국 직원은 유학생 출신이거나, 현지에 거주하는 교민 자녀들이다.   특수한 경우에는 현지 한국법인 취업을 위하여 한국에서 직접 넘어와서 근무하는 경우도 많다. 현지의 한국 법인이나 지사를 방문하면 한국 직원들 비중이 상당히 높다는 것을 발견하고 많이 놀라게 된다. 일부는 약 30%~40%수준으로 비중이 올라가기도 한다.   그 배경은 한국 본사로 보고하는 제반 보고서의 작성이나 본사 출장자의 Protocol업무를 위해서 한국인 직원이 필요하고, 야근이나 휴일 근무시의 업무 Flexibility의 목적 때문이다.   본사 입장에서 현지인 고용 비중을 높이고 한국 직원의 채용 비중을 최소화하라고 하지만, 한국회사의 특성상 쉽게 되지는 않는다, 외국인 직원과 한국 직원의 업무에 대한 책임감이 상이하고, 한국에 정기적으로 보고하는 서류 작성에 있어서 한국 직원이 반드시 필요하기 때문이다.

커뮤니케이션이 잘 되지 않는다

한국에 근무하는 본사 직원들의 국제화가 되어 있지 않아서 불편한 경우가 많다. 일례를 들자면 외국인 직원이 한국의 본사 관리 부서나 공장의 유관 부서에 영어로 업무를 요청하는 경우 적정 시점에 mail로 회신을 받기가 어렵다. 영어로 업무 Communication을 하여야 하는 부담감으로 인하여 고의적으로 회신을 회피하거나 지연시키는 경우가 많다. 업무 지연을 고려하여 외국인 직원의 요청 업무 내용에 한국 직원이 다시 한글로 부연 설명을 하여야만 업무 처리가 되는 경우가 많다.

그러기에 Speedy한 업무 follow-up을 위하여 한국 직원의 채용이 필요하다. 더구나 영어로 작성된 보고서는 한국어 보고서에 비하여 중요도가 떨어지며 관심을 받지 못한다. 그러기에 본사의 원론적인 현지 채용 확대 및 한국 직원 최소화의 원칙은 잘 지켜지지 않는다. 해외 주재원의 평가는 본사에 의존하게 되며, 일정 기간 근무 후 귀국하여야 하는 주재원 입장에서 최대한의 업무 역량을 보여야 하기에 원칙과 현실은 서로가 Gap이 있을 수 밖에 없다. 아쉬운 현실이다.

한국직원의 커리어 Path 어려움

현지법인에 근무하는 한국 직원들은 장기 근무에 따라서 이에 합당하는 Position을 주기가 어렵고, Career Path 관리에 어려움이 많다. 현실적인 문제로 인하여 상대적으로 경력 관리에 부담이 없는 한국 여직원을 채용하는 경우가 많아지게 되며, 한국인 여직원의 비중이 높아진다. 일부 한국 회사의 경우 저녁 식사를 겸한 직원회식 이후, 2차로 장소를 옮겨서 추가적인 여흥을 가지는 경우가 있고, 과다한 음주로 인하여 본사 파견직원과 한국 여직원과의 일부 불미스러운 일이 발생하여 문제가 되기도 한다.

미국에 소재하는 한국법인에 취업하는 경우, 회사에서 영주권(Green Card라고 함)신청 Sponsor를 하기에, 현지 대학을 졸업한 한국 유학생의 선호도가 높은 편이다. 그러나 영주권 취득 후에 보다 높은 급여를 받을 수 있는 직장으로 전직이 많아서 한국 직원의 입사시에 충분한 급여를 지급하지 않는 회사가 많다. 입사 이후 영주권 취득, 취득후 이직 등의 Vicious Cycle이 반복되면서 회사와 직원이 서로가 만족하지 못하는 경우가 많다.

23-8. 인턴직원 채용 부탁을 받으면

현지에 있으면 인턴 사원에 대한 취업 부탁이 많다. 인턴 사원도 두 가지로 유형으로 나누어 지는데, 무역협회나 KOTRA등의 6개월 과정의 인턴 사원이나 방학 여름 기간 중 약 3개월 정도의 단기로 실시하는 인턴이 있다. 기간을 고려하여 6개월 과정의 인턴을 선호하나, 최근에는 인턴의 현지 취업을 연계하여 파견하는 경우가 많아서 인턴의 채용 시에 부담이 된다.

인턴의 근무기간을 연속하여 채용하는 경우에 전임자와 후임자간 약 1주일 정도의 업무 인수 기간이 있으면 좋을 것 같다. 소규모 조직이어서 인턴 사원의 인원 관리가 어려운 지사의 경우에는 큰 도움이 될 것 같다. 요즈음은 대학생의 인턴이 정규 채용 시 큰 factor로 작용하여 경쟁률이 치열하다. 한국법인의 경우 본사 임원 자녀의 현지 인턴근무를 요청하는 경우도 많다. 여름 방학 기간에는 인턴 사원만 10여명이 되는 한국법인들이 있어서, 이들을 Mentor하여야하는 본사 직원들에게 심적인 부담이 되고 있다.

현실적으로 단기 인턴의 운용은 초기 정착시의 지원 및 시간 등을 고려하면 해당 기업에 실질적인 도움이 되지는 않는다. 한국과는 달리 외국이고, 근무하는 한국 인턴이 현지에 익숙하지 않아서, 인턴의 현지 도착 후 주택, 법적인 체류 자격, 개별적인 업무 Monitoring등을 해당 기업이 전적으로 책임 져야 하기에 인원 운용에 있어 상당한 어려움은 있다.

한국 기관에서 파견하는 인턴 사원은 기관에서 체류 비용을 지원하고, 해당 기업에서도 체류 비용을 일부 지급하는 형식으로 운용된다. 인턴 사원 입장에서는 충분한 보상이 이루어 지지 않아서 만족스럽지 않을 수 있고, 회사 입장에서도 단기근무자의 업무에 대한 기여도가 높지 않다. 일부 회사 입장에서는 사회 기여 측면에서 하는 경우도 있다. 그러나 대학생 인턴의 경우 한국회사 조직에 활력을 부여하는 긍정적인 측면은 있다.

제 24장. 한국 공관과의 특별한 관계

24-1. 한국공관과의 적당한 거리 둠

한국 공관 직원들은 해외에서 3년 단위로 근무하나, 해외에 근무하는 상사 주재원은 약 4~5년을 근무한다. 근무 기간이 상이하고 주재원 근무 기간이 공관 직원보다 길어서 공관 직원들의 송별 및 신규 인사 모임을 하는 경우가 더욱 많다. 주로 자녀 학부모 모임을 통하여 교분을 쌓게 되고, 개인적으로 친해지면 가족 동반 부부 모임을 가끔씩 하기도 한다.

상사 주재원은 회사를 대표하는 상징성이 있기에 공관과의 관계가 상당히 조심스럽다. 통상 매 분기별로 한국 기업 협의회("한기협"으로 약칭하는데 예전 이름은 "상사회"이다)가 자체적으로 공관과 협력하여 정기 모임을 개최한다. 회의시에는 현지에서 Business를 하면서 어려운 점을 설명하고 공관에 협조 요청을 하게 된다. 상사의 어려움은 상사 주재원끼리 잘 알고 있어 쉽게 공감한다. 가끔씩은 외교관들이 가지는 외교 특권이 부럽기도 한다. 어떠한 경우에는 서로의 현실 인식 차이로 정기 회의 시마다 시각에 따른 온도차이를 느끼기도 한다.

예를 들어 일부 국가는 아직도 외국인 1인당 현지인 5명의 채용 노동 규정을 명문화하고 있어, 새로운 한국 직원이 파견될 때마다 부가적인 현지인 채용 비용이 발생한다. 그러나 외국 공관이나 이에 준하는 기관, 항공사는 제약을 받지 않는다. 다른 한가지

예는 현지정부에서 외국인 장기 체류자에게 "사회보장세" 납부를 요구하는 경우이다. 이런 경우에도 외국 공관은 적용을 받지 않아 매번 회의 시마다 철폐 요청을 하고 있으나 뚜렷한 진전은 없다. 어려움을 겪고 있는 민간분야와 별다른 어려움이 없는 공관 및 정부기관과의 시각 차이가 있을 수 밖에 없다.

24-2. 때로는 One-team으로

한국 대통령 방문이나 한국 총리의 방문 시에는 사전에 한국 기업과 한국 공관이 긴밀한 협조체제를 하게 된다. 보통 "한인 동포 간담회"의 형식으로 현지 호텔을 빌려서 교민과 상사 대표자와 간담회를 하게 된다. 해외주재원의 경우에는 정확히 교민으로 분류하기는 어려워 "해외 동포"라는 명칭으로 총칭하게 된다. 부부동반으로 초청을 받게 되는데 배우자들이 특히 당일 참석 의상에 신경을 많이 쓰게 되어, 방문 일주일전부터 한국 배우자들은 쇼핑을 많이 하게 된다. 배우자들의 쇼핑 분위기로 교민 사회가 많이 Up되는 것 같다. 혹자는 한국 정상 방문으로 현지에 한국인에 소비 특수가 있다는 얘기까지 한다.

초청을 받아서 가게 되면 호텔의 Grand Ballroom에서 식사를 겸한 간담회 행사를 하게 된다. 한국 취재진들도 많고, 간담회 장면이 한국 언론에 거의 실시간으로 방송된다. 식사 시에는 각 테이블마다 고위 공직자 한 분이 참석하게 되어 유명인사들과 직접 대화도 하게 된다. 간담회 형식이어서 선정된 몇 명은 직접 질문의 기회도 주어지는데, 교민 회장과 한국 기업 협의회장은 질문자 List에 우선적으로 포함된다. 형식적인 간담회이지만, 해외에서 가지는 이러한 행사는 꽤 오랫동안 기억에 남는 추억이다.

24-3. 어쩔 수 없는 회의에 참석도 필요하고

한국의 고위 공직자나 자치 단체장의 방문 시에는 현지에 진출한 한국 회사와의 대화 시간이 항상 있다. 경제 기관장의 현지 방문 시에도 한국 식당을 빌려서 간담회를 하는 경우가 있다. 지방 자치 단체(지자체)는 해당 기업과 지자체와의 연결 고리가 없어서 참석 필요성이 없지만, 공관의 협조 요청을 받아서 부득이 참석하는 경우도 많다. 회의에 참석하면 일방적인 홍보성 회의가 많고, 해결되지 않은 건의사항들을 잔뜩 협의 안건에 올려만 놓는 경우가 많다.

지자체의 일정을 보면 목적에 맞는 출장보다는 관광이나 역사 유적지 탐구 일정이 많이 편성되어 있다. 형식적인 해외 출장과 불필요한 의전은 한국 사회가 바뀌어야 할 관행이다.

떡국 모임

신년이나 추석에는 현지 공관장 관저에서 식사 모임을 하기도 한다. 신년에는 일명 "떡국 모임"이라고도 하는데, 한국 관저에 같이 모여서 식사를 같이 하는 형식이다. 참석 대상은 평소에 공관 모임에 협조적인 기업 중심으로 이루어진다.

212

해외에 있는 외국 공관장의 관저는 대부분 Garden이 있는 독립 건물이 많은데, 국가의 이미지를 고려하여 보다 더 품격이 높은 관저가 있었으면 하는 바램이 있다. 해외에 소재한 일본 대사 관저의 경우 한국보다 더 웅장하고 넓은 Space를 가지고 있기에 많이 비교가 된다. 외교활동이 관저를 통하여 많이 일어나기에 본국에서 추가적인 예산 확보가 되었으면 하는 바램이다.

한국 공관의 이미지는 결국 우리 한국의 이미지이다.

24-4. 일본의 예를 들자면

해외에 근무하면 일본과 많이 비교를 하게 된다. 한국의 국제 협력봉사단(KOICA)과 유사한 일본 기관을 자이카(JAICA)라고 한다. 집행 예산의 범위가 한국보다 10배 이상 많다. 방대한 예산을 기반으로, 주재국 정부와 비 외교적인 교류를 활성화하는 것을 보면 상당히 부럽다. 더구나 일본 기업인 모임도 업종 분과별로 세분화되어 있어, 주재국 정부에 경제 협력을 보다 구체적으로 요청하기도 한다.

해외의 일본 상사는 사무실도 대부분 동일 지역에 집중되어 있고, 거주지도 동일 지역에 밀집되어 있어, 공동으로 테러 등의 위협에 대처하기도 한다. 일본인 재외 국민에게 위험한 상황이 예상되는 경우 공관에서 즉각적으로 반응하는 것을 보면 부럽기도 하다. 우리 공관들의 대응은 일본에 배울 것이 많다.

24-5. 서로 도움을 받는 입장이고

현지 조직장은 정기적으로 공관 행사에 협조하여야 향후에 공관에 어려운 부탁도 할 수 있다. 한국의 Top Level management 방문 시에 한국 공관장과의 식사나 만남을 요청하기도 하고, 현지 투자한 판매/생산 법인이 현지 주재국 정부와의 만남이 필요한 경우에도 한국 공관에 도움을 요청하기도 한다.

한국 회사는 현지 정부와의 공식적인 교섭력 부분에서는 한계가 있을 수 있고, 외교측면에서 공식 요청을 할 수 있기에 꼭 필요한 과정이다. 해외에 정기적으로 체류할 가능성이 높은 이들은 공관 직원들을 해외의 지역에서 다시 만날 수 있기에 인연을 소중히 여길 필요가 있다.

그러나, 현지에서의 비공식적인 교섭 채널은 글로벌 대기업이 정부보다 더 효율적일 수 있다. 한국 대기업들의 현지 파트너는 현지의 Top재벌 그룹들이고, 그들이 오랜 세월동안 구축한 인맥은 엄청나다. 현지 정부의 움직임에 오히려 기업들이 더 민첩하게 catch할 수 있다.

제25장 해외에서 선거하기

25-1. 투표, 해외에서는 약간 생경한 경험

해외에 있어도 대통령 선거와 같은 큰 선거는 관심이 높다. 현지에서도 부재자 투표가 가능하여 가족과 함께 투표를 하게 된다. 해외에서의 투표는 보통 "재외 국민 선거"라고도 하는데, 엄격히 말하면 "재외 국민 선거"와 "국외 부재자 선거"의 형태로 나뉘어진다.

"재외 국민 선거"는 국내에 주민등록이 없고, 국내 거소 신고가 되어 있지 않은 국민이 대상이다. 즉 해외에서 영주권을 가지고 있으며 한국 국적을 가진 재외 동포가 대상이다.

"국외 부재자 선거"는 국내에 주민 등록이 되어 있거나 거소 신고가 되어있는 사람 중 외국에서 투표를 하는 사람을 대상으로 한다. 즉 유학생이나 해외 여행자, 주재원이 대상인데, 장기 출장자도 신고만 하면 해외에서 투표가 가능하다.

현지에 부임하면 가족과 함께 현지 공관에 재외 국민 신고를 하게 되는데, 엄격히 말하면 "국외 부재자" 신고를 하게 되는 것이다. 일단 신고를 하게 되면 현지의 자택으로 투표 안내서가 오게 되는데, 이를 받게 되면 조금은 색다른 느낌이다.

25-2. 선거일 당일은

해외에서 하는 한국선거는 대통령 선거와 국회의원 선거로서 한국의 공식 선거일 이전에 할 수 있는데, 현지 공관에 신분증을 지참하여 선거를 하면 된다. 막상 투표를 하러 공관에 가면 대통령 선거는 투표 참가율이 높으나, 국회 의원 선거는 투표율이 저조하다. 국회의원 선거는 한국의 주민 등록지에 투표를 하게 되는데, 해외에서의 주민 등록지라는 것이 그리 중요한 의미가 아니기 때문이다. 더구나 해외로 출국하면서 친지명의로 주민 등록지를 옮긴 경우에는 거주 지역의 의미가 없어져서, 투표를 하면서도 이 투표를 해야 하나? 라는 의구심이 들기도 한다. 해외에서는 지역보다는 국가의 의미가 더 강한 것이 현실이다.

25-3. 성년이 되는 자녀의 의무

만 19세가 되는 성년 자녀들은 한국 선거가 민주 사회의 일원으로서 국민의 의무와 책임을 느끼게 할 수 있는 좋은 기회이다. 현지의 휴일에 국외 부재자 투표를 하게 되고, 모처럼 만에 가족이 함께 한식당에서 외식을 하는 기회가 되기도 한다.

한가지 아쉬운 점은, 선거 때 공관에 가면 선거 관리 진행 요원이 생각보다 많은 것이다. 투표관리 인원을 효율적으로 운용한다면 부재자 선거에 따르는 비용도 절감이 가능하리라 판단된다.

25-4. 한국 선거 문화와의 차이

선거일만 본다면 한국의 선거 문화가 다소 문제가 있는 것 같다. 한국에서 선거를 하게 되면 법적으로 수요일에 하도록 명시되어 있는데, 국회의원 보궐 선거도 수요일에 하도록 되어 있다. 선거일이 주말과 연결되어 있으면 주말 여행으로 투표율이 떨어지게 되고, 화요일이나 목요일에 선거를 하게 되면 하루 휴가를 내는 경우도 있어, 이를 사전에 방지하고자 하는 목적으로 보여 진다.

그러나 외국은 평일이 아닌 토요일이나 일요일 주말에 선거를 하도록 되어 있는데, 한국과 비교하여 투표율에 큰 차이가 나지 않는 것 같다. 미국의 경우는 투표 의사가 있는 유권자가 사전에 투표 의사를 표명하여야 투표가 가능하도록 되어 있다. 외국인들에게 한국의 선거일 관련 설명을 하면, 하루를 쉬는 것에 대하여 부러워하기도 하고, 그 필요성에 대하여 의아해하기도 한다.

제 26장 한국에서 오는 손님맞이

26-1. VIP 손님 접대하기.

해외에서의 한국 손님 접대는 가장 어렵고 까다로운 부분이다. 한국에서 오시는 분들에게는 자연스럽고 편안한 접대를 준비하는 것이 좋다. 양쪽의 기대치에 미흡하면 한국에서 오시는 손님의 상실감도 크다.

보통 Protocol의 시작은 공항 도착에서 시작된다. 항공기 Landing後 입국까지 시간이 길어지면서 불편한 경험을 하게 되면, 도착시점부터 불쾌감이 상승한다. 그러면서 해당 지역에 근무하는 주재원에게도 나쁜 인상을 가지게 된다. 본사에서 오시는 VIP는 어떠한 형태이든 Priority Pass(일명 Escort 서비스라고 한다)로 모시는 것이 좋다. 이러한 서비스는 보통 개발 도상국 국가에서 많이 이루어 진다. 사전에 arrange된 인원이 공항 입국자의 Landing bridge(항공기 도착 후 공항 건물과 연결하는 부분)에 기다리면서 도착 후 바로 영접을 하게 된다.

영접 후 입국장의 절차를 간소화하게 되면 신속한 입국이 가능하다. 에스코트(Escort) 서비스가 여의치 않으면, 한국 국적 항공사의 지점장에게 요청할 수도 있다. 그러나 사전에 부탁을 하여야 하고, 별도로 한국에서 오시는 귀빈들이 많으면 우선 순서에서 밀리게 된다. 그러기에 국적항공사의 지사장과는 항상 돈독한 유대관계를 유지할 필요가 있다.

전용기로 모시는 특급 VIP

초특급 VIP분들은 해당 그룹의 전용기로 이동하기도 한다. 일정이 Tight하고 여러 국가를 짧은 기간에 방문하여야 하고 해외의 지방 도시까지 이동하기 위해서는 전용기로 이동이 편리하다. 요즈음 한국의 Major그룹들은 전용기를 운용하는 곳이 많아서, 사전에 보다 세심한 준비가 필요하다.

도착 공항은 통상적으로 도착하는 일반 공항과는 상이하기에, 도착 후 Process를 담당하는 전담 Agent를 활용하여야 한다. 전용기로 이동하는 특급 VIP와 수행 인원들은 상당히 피로감을 느끼며, 피로 완화를 위하여 도착 당일에는 일정을 여유 있게 준비할 필요가 있다. 전용기는 특성상 약 15인 전후의 소형 비행기이고 내부가 협소하여 충분한 휴식을 취하기가 어렵다. 특히 수행인원들은 VIP와 함께 이동하면서 피로감이 엄청나다. 그룹의 전용기를 타게 되면 대형 민항기와는 달리, 휴식 시간을 가지기 어렵고, 항공사 마일리지도 적립이 안되어, 수행 직원들은 전용기 탑승을 꺼리게 되는 것이 사실이다.

현지 조직책임자들은 전용기 기장 및 승무원까지 현지의 숙박이나 식사들을 별도로 Care하여야 한다. 현지 도착 후나 출국 시에는 통상적인 소요 시간보다 시간이 단축이 되니, 일정 계획시에는 이러한 부분도 고려하여야 한다. 출국 시에 항공기 기내에 한식이 준비되지 않아서, 한식 도시락 종류도 사전에 준비하여 기내에 반입할 필요가 있다. 안타까운 일이지만, 초특급 VIP들은 해당 지역 주재원의 업무 역량보다는 Protocol측면을 보다 중요하게 평가하는 경우가 많다.

공항 도착후에는

공항 도착 후에는 외부에서 준비된 차량을 이용하여, 바로 호텔로 모시고 가야 한다. 공항 입국장에서 가까운 쪽에 이동용 차량을

stand-by하여 놓고, 도착 후 바로 차량에 탑승할 수 있도록 동선을 준비하여야 한다. 장거리 여행으로 인하여 VIP일행이 매우 피곤한 상태이고, 최대한 빨리 호텔에 도착하여 잠깐의 휴식 후 식당으로 이동하는 것이 좋다. 도착 후에 처음 접하는 음식은 한식이 좋다. 장거리 비행 후 얼큰한 한국 음식을 찾으시는 분들이 많기 때문이다. 도착 이후 본격적인 일정부터는 고객과의 상담으로 현지 음식을 하는 경우가 많다.

배우자를 동반한 해외출장은

최근 한국 회사에서는 Work & Balance 차원에서 직원의 해외 출장 시에 배우자의 현지 동반을 허용하는 경우가 많다. 배우자와 같이 출장을 가서, 근무시간에는 회사 업무를 하고, 근무시간 외에는 가족과 함께 개인시간을 보낼 수 있도록 한다는 취지이다.

해외 주재원이 상주하고 있는 지역에 VIP출장자가 배우자와 같이 오게 되면, 주재원의 배우자가 Care 를 할 수밖에 없다. 모처럼만의 해외 출장 동반인데, 배우자가 회사의 Care 없이 낯선 해외에서 무료하게 시간을 보낼 수는 없기 때문이다. 오히려 이러한 기회를 활용하여 본사 VIP 가족과의 비공식 Network 을 강화하는 것도 방법이다. 주재원 본인 입장에서는 배우자의 선호도를 알기가 어렵기에, 배우자가 별도로 Care 를 하는 것이 필요하다. 2~3 일간의 짧은 기간동안 현지 기념품의 구입이 가능한 쇼핑이나 간단한 관광을 준비하는 것이 좋다. 출장오는 VIP 와 배우자를 집으로 초대하여 같이 식사를 하면서,

220

주재생활의 어려움을 설명 드리는 방법도 추천 드린다.

26-2. VIP 의 현지 Tour 시에는 상당히 긴장하여야 한다

한국 VIP 의 방문 시에 시간적인 여유가 있으면 현지 관광을 하는 경우가 많다. 오후 관광, 하루 관광, 1 박 2 일 관광 등으로 나뉘어 지는데, 주재원이 관광 Guide 와 함께 직접 투어를 하게 된다. 부임하면 보통 전임자가 사용하는 한국인이 운영하는 여행사를 계속 사용하게 되고, 필요 시에는 후임자가 직접 새로운 여행사를 물색하기도 한다. 자주 접촉하는 여행사는 우선적으로 한인 사회의 평판을 확인하고, 친분을 다져 놓는 것이 좋다.

한인 여행사와 장기적인 신뢰를 가지고 비즈니스를 하려면 선행 조건이 있다. 첫째는 Tour 비용 지급에 지연이 없이 청구서가 오면 즉시 결제할 수 있어야 한다. 대금 조건이 Clear 하지 않은 경우에는 좋은 조건과 투어 우선권을 주지 않는다. 둘째는 여행사에 예약을 미리하고 가급적 일정을 지켜주어야 한다. 잦은 일정 변경은 장소 예약 시 우선권을 가지기 어렵고, 여행사에서도 성의를 가지고 예약 추진을 하기가 어렵다. 마지막으로, 필요한 사항은 세부적인 일정까지 정확히 요청하고, 투어이후에 Feedback 도 정확히 하여 주는 것이 필요하다. 좁은 한인 사회에서 서로의 체면으로 인하여 정확한 표현을 하지 않아서 오해가 쌓이는 경우가 너무나 많다.

투워 가이드로부터 들은 회사 유형별 에피소드 하나.

A 회사는 전적으로 일정을 여행사 맡기는 그룹이 있고,
B 회사는 일정은 맡기지만, 식당은 회사에서 결정하는 그룹이고,
C 회사는 일정만 맡기고, 식당과 메뉴는 회사가 직접 결정하는 회사가 있다고 한다. 지금 다니는 회사가 어떠한 유형의 회사인지 직접 판단하시라.

투어 가이드가 가장 좋아하는 그룹은 A,B,C 가 아닌, 별도의 Extra 팁을 관광 시작전에 미리 전달하고 "잘~ 부탁한다"라고 말하는 그룹이라고 한다.

한국인 관광 투어 가이드

여행사 선정과 별도로 여행사의 한국인 투어 Guide 와도 친밀한 관계를 가질 필요가 있다. 해외에 근무하는 투어 Guide 를 보면 다양한 층으로 구성되어 있다.   현지 역사와 문화에 상당한 수준을 갖춘 Guide 도 있고, 현지에 도착한지 얼마 되지 않는 신입 Guide 도 있다. 일부 투어 Guide 는 선배 Guide 로부터 투어 요약 집(전문 용어로 "족보"라고도 한다)을 전수받아서 바로 현장에 투입되신 분도 있다. 이런 경우에는 잘못된 해설과 설명이 계속될 수 있다.   투어 중 돌발상황이 발생할 우려가 있기에, VIP 를 모시는 투어 가이드는 가급적이면 경험 많은 분들께 부탁을 드리는 것이 좋다.

대부분의 국가들은 자국내에 외국인 투어 Guide 를 인정하지

않는다. 해외에서의 한국어 안내는 한국 Guide 와 현지인 Guide 가 같이 하게 되는 경우가 많다. 참고로 외국인 투어 Guide 의 자국내 활동은 양국간에 상호주의 원칙이다. 한국 정부도 한국내에서 외국인 투어 Guide 를 인정하지 않아서, 타 국가도 인정하지 않고 있다고 한다.

일부 Guide 는 현지 언어 구사가 전혀 되지 않아 영어만 사용하면서 현지인과 Communication 하는 이도 있다. 현지인과 현지어로 의사소통이 잘 되지 않는데, 그 나라의 문화를 깊이 이해한다고 보기는 어렵다. 친한 투어 Guide 를 알게 되면 현지 교민 사회의 은밀한 소식도 입수할 수 있어, 현지 사회를 이해하는데 많은 도움이 되기도 한다. 일부 Guide 의 경우 의도적인 쇼핑을 유도를 하기도 하는데, 이러한 투어 Guide 는 피하는 것이 좋다. 마음이 불편한 투어 가이드와 같이 일을 하기 어렵다.

투어시의 차량은

투어시의 차량은 일반 승용차보다는 Van 종류의 좌석 내부가 넓은 승합차가 좋다. 일반 승용차는 승합차대비 내부 공간이 협소하여, 장시간 이동 시 불편함을 느낄 수 있기 때문이다. 외국에서 Rent 하는 승합차는 한국과는 달리 내부 공간이 쾌적하다. 차량 내부에서 이동도 가능하고 VIP 의 경우 발을 뻗을 수 있는 정도의 공간까지도 확보된다. 승합차는 내부에 8 인 정도가 함께 탑승할 수 있고, 4 명 정도의 인원이 8 인실에 있으면 충분한 여유 공간으로 탐승객들이 많이 만족한다.

Van 차량은 Driver 가 포함된 Rent 조건으로 빌릴 수 있고, 가격은 고급 승용차와 유사한 수준이다. Rent 차량의 현지 운전기사는 영어 구사가 가능하면 좋은데, 현지 언어 구사가 가능한 기사보다는 가격이 높다. VIP 투워시 현지 직원이 동행한다면, 굳이 영어 가능 기사가 필요 없다.

높은 지적인 수준을 기대하는 VIP 들

현지에 출장 오는 한국 VIP 분들은 해당 지역에 근무하는 주재원에 대하여 높은 지적인 기대감을 가지고 있다. 그러기에 해당 지역의 역사, 관광지의 동선, 의사 소통이 가능한 수준의 현지 언어 습득을 중요시 여긴다.

한국에서 오시는 VIP 들의 질문 범위는 그 한계가 없다. 이동하면서 보게 되는 특이한 건물을 물어보거나, 큰 나무, 날아다니는 "새" 종류의 이름을 물어보기도 한다. 심지어는 해당국가에 있는 가축의 숫자를 진지하게 물어보는 VIP 도 있다. 지식의 너비와 폭이 깊어야 대응이 가능한 일이다.

한국 VIP 의 지방 여행시에 한국 식당이 없으면 미리 집에서 김밥을 준비하는 것도 좋은 방법이다. 가족이 힘든 점이 있으나, 식사를 하시는 출장자 입장에서는 깊은 감동을 하게 된다. 김밥 도시락을 준비할 때 도시락 외부에 출장자의 이름표를 적어서, 한

분 한 분 배려하고 있다는 인식을 주는 것도 방법이다.

현지 거주자에게만 적용되는 혜택을 이용하면

현지에서 거주허가증(Residence Permit)을 가지고 있으면, Special 혜택이 가능한 박물관 카드(Museum Entrance Card)제도가 있는 나라가 있다. 현지인과 동일한 혜택의 1년 유효기간의 Museum Card 인데, 해당기간동안 박물관을 제한 없이 이용할 수 있고, 다른 공공 문화유적지에 대한 할인이 가능한 카드이다. 현지 부임 후 바로 구매하여 자주 이용하는 것이 필요하고, 비용 측면에서도 상당한 절감이 된다.

아직도 개발도상국의 일부 국가는 외국인에게는 현지화가 아닌 U$ 나 Euro 로 요금을 청구하는 경우가 많다. 거주허가증을 가지고 있으면, 현지화로 결제하는 현지인 Rate 를 적용 받을 수 있기에 이는 엄청난 혜택이다.

26-3. 출장자용 호텔이나 Guest House 이용하기

주재하고 있는 도시내에서는 몇 개의 VIP 용 호텔 List 를 가지고 있는 것이 좋다. 필요한 시점에 필요한 지원을 받기 위하여 항상 호텔의 회사 담당자와는 긴밀한 관계를 맺는 것이 좋다. 호텔은 성수기에는 Room 확보가 어려운데, 이러한 경우에는 사전에 호텔 담당자와 맺은 인맥이 효과를 발휘한다. 경험적으로 호텔 Room rate 인하 협상을 위해서 장시간 협상하는 것 보다는 담당자와 자주 식사하면서 향후에 필요할 때 부탁을 하는 것이 더욱 효율적이다.

경험적으로 가장 효율적인 인맥 관리는 같이 식사하면서 Private 한 대화를 나누는 것이다. 식사 시에는 사적인 대화 90%에 업무적인 대화 10% 정도로 마지막에 살짝 업무 얘기를 하면서 마무리하는 것이 좋다.

식사하는 중에 내내 업무 얘기만 하는 사람과 다시 식사하고 싶은 이는 없다. 고객이나 업무 담당자가 상대방을 Workaholic 이라고 하는 것은 긍정적인 의미도 있지만 부정적인 의미도 있다. 한국에서 오시는 VIP 중에서도 계속 업무 이야기만 하시는 분이 있어, 다음에는 만나고 싶지 않다고 고객이 의사 표명을 한 바도 있다. 문화적 소양이 뒷받침된 Global Business 매너가 필요한 시기이다.

인맥은 살아있는 유기체 생물이어서 지속적인 관심이 Back-up 되어 있지 않으면 쉽게 사라진다.

26-4. 인맥을 유지하는 방법

업무상의 인맥을 쌓는 방법을 몇 가지 추천한다.

첫째는 연말에 회사 홍보용 달력이나 수첩이 오면 즉시 보내준다. 인쇄물 종류는 받는 사람 입장에서 상대편이 관심을 가져준다는 효과가 있어 상당히 도움이 된다. 비록 본인이 사용하지 않더라도 가족이나 친지에게 다시 선물을 할 수 있어서 담당자 입장에서 자기 존재를 나타낼 수 있다.

둘째로 한국 VIP 의 방문 후에는 담당자에게 와인이나 꽃, 초콜릿 등의 감사의 선물을 잊지 말고 보낸다. 선물은 가급적 자주 가벼운 선물 중심으로 하여야만 효과가 있다. 선물하면서 다시 한번 Communication 할 수 있는 계기가 된다. 담당자가 남자라도 초콜릿은 좋은 선물이 되는데, 본인이 아니더라도 같은 직장 동료와 나누어 먹을 수 있다.

마지막으로 호텔 담당자가 지방에 소재하고 있고, 주재하는 도시로 출장을 오게 되면 같이 식사를 하면서 좋은 시간을 보내는 것이 좋다. 식사 후에는 해당 식당에서 구입할 수 있는 디저트 종류를 포장하여 선물하는 것도 방법이며, 귀가 시에는 본인의 차량과 운전 기사로 교통 편의를 해 주는 것도 감동을 배가시킬 수 있는 방법이다. 결국 뒤돌아보면 인간 세상사는 베푸는 것만큼 다시 돌려받게 된다.

26-5. 단기 출장자를 위한 숙박

단기간 숙박을 하는 실무 출장자를 위한 Hotel 을 지사나 법인 인근에 확보할 필요가 있다. 매번 차량으로 Ride 가 어려운 경우를 감안하여야 하는데, 사무실에서 가까운 지역에 소재한 Hotel 이 필요하다. 사무실과의 접근 성을 고려하여 차량으로

5 분 거리 이내이거나, 도보로 접근이 가능한 Hotel 이면 Best 이다. 물론 Breakfast 가 포함되어 있어야 하고, 내부에 Fitness Center 와 Business Center 가 있는 Hotel 이 좋다. 근처에 일본 식당이 있어도 좋은 대안이 된다. 출장자 도착 후 식사와 맥주 한잔을 가볍게 할 수 있고, 가격을 고려 시에도 큰 부담이 되지 않는다.

계약 호텔의 가격 Rate 의 범위는 장단점이 있고 결국은 양날의 칼이다. 가격대가 낮으면 예약 시에 우선순위에서 밀려나고, 가격이 높으면 우선 순위는 높아지나 고가의 Room rate 로 본사 VIP 의 질책을 받기 쉽다.

호텔 선정 시 몇 가지의 점검 point 가 있다. 첫째는 Sauna 등의 Fitness center 의 확보 여부와 open 시간대, Sauna 가 소재한 층수를 확인할 필요가 있다. 출장을 오게 되면 시차로 인하여 아침에 일찍 기상하게 되고, Fitness Center 를 이용하는 이가 많다. 지하층 보다는 지상 층을 많이 선호하며 최소한 오전 5 시 이후에 Open 하는 Hotel 을 선호한다. 둘째로는 조식 식당의 Menu 와 접근 편리성이다. 조식 Menu 는 굳이 한식이 아니어도 문제가 없고, Continental 식의 Buffet 형식이면 가능하다, Hotel 과 Room rate 계약시에는 반드시 Breakfast 가 포함될 수 있도록 하는 것이 좋다. 셋째는 VIP 고객을 위한 Club lounge 의 여부이다. 저녁 시간에 Open 되어 있고 간단한 식사와 주류가 확보 가능한지를 확인 필요하다. 간단한 내부 업무 협의를 위해서 소규모 회의실도 확보가 가능한지를 확인이 필요하다. 마지막으로 외부 소음의 차단이 가능하고 충분한 View 가 확보된 Room 이 필요하다. 큰길보다는 안쪽의 Garden view 가 숙면을 위해서 더 유리하고, 바닷가 호텔의 경우는 Sea view 로 준비하는 것이 필요하다.

26-6. 출장자를 위한 호텔

장기 출장자는 Guest House 를 많이 이용하고 있는데 출장자 본인 입장에서도 경제적으로 상당한 Merit 가 있다. 일단은 아침과 저녁 식사, 숙박을 전체 Package 로 하여 제공을 하고 있는데, Room 가격은 특급 호텔의 50%~70% 수준이고, 투숙 시에 무료 세탁까지 제공하기도 한다. 또한 사전 협의 시에 주말에는 점심식사도 제공이 가능하여, 2 주 이상의 장기 체류 출장자들이 많이 선호하는 편이다. Privacy 를 감안하여 사전에 각 Room 마다 욕실이 완비되어 있는 지를 반드시 확인할 필요가 있고, 출장자가 있으면 해당 Guest House 에서 한번쯤 같이 식사를 하면서 Quality 를 확인할 필요가 있다. 한인이 운영하는 Guest House 는 Web-site 로 보면 다들 비슷해 보이나, 직접 확인하면 편차가 크다. 일부 한인 숙소는 사장님이 직접 주말에 투어까지 무료로 제공하는 곳이 있어서 Service 의 Quality 가 많이 차이가 난다. 특히 개인 주택을 빌려서 운영하는 곳이 많아서, 대로상에서 상당히 들어가야 하는 숙소가 많고, 출장자가 여직원이면 저녁 퇴근길에 안전 문제도 고려하여야 한다.

26-7. 현지에서의 선물 구입은?

출장자들이 현지에서 시간적인 여유가 있을 때에는 선물 구매를 위한 추천을 요청할 때가 많다. 그러한 경우에는 가격은 저렴하지만, 한국에서 구입 시에는 고가인 선물을 중심으로 추천하는 것이 좋다. 출장자가 한국 귀국 후 자택으로 바로 이동하는 경우가 많아서, 배우자들이나 자녀들이 선호하는 제품 중심으로 추천을 하는 것도 방법이다. 쇼핑 추천 품목은 먹거리 선물보다는 Dry 한 제품 중심으로 하는 것이 좋으며, 제품 자체의 희소성도 있어야 한다.

일부 출장자는 가격은 비싸지만 한국에서 쉽게 구할 수 없는 희소성 있는 물품의 추천을 요청하기도 한다. 전통 도자기나 유리로 만든 제품은 부피 및 이동상의 문제로 인하여 한국에 쉽게 구할 수 없는 제품이기에 특별히 선호하는 이가 많다. 이러한 경우를 대비하여 고가의 제품을 판매하는 전통 제품 판매 shop 도 사전에 확인할 필요가 있다. 가급적 정가로 판매하는 Shop 을 이용하는 것이 신뢰도도 높일 수 있어 유리하다. 해외에 있으면 가격 협상을 자주 해야만 하는 Shop 에 많이 가게 되는데, 뒤돌아보면 만족할 만한 구매를 한 기억이 별로 없다. 본인 입장에서 꽤 싸게 구매하였다고 생각하지만, 누군가는 더 싼 가격으로 구매하기에 만족도는 항상 떨어진다.

현지 교민들이나 친분이 있는 투어 Guide 에게 요청하면 대중적인 선물을 추천하는데, 이럴 경우에는 물품을 직접 구매하여 사용하는 것을 추천한다. 추천받은 물품을 사용경험이 없이 단순히 추천하였다가, 제품이 좋지 않았던 기억이 있다.

선물로 가능한 제품은 역사적으로 전통과 명성이 있는 그 나라의 특산물이 좋다. 요즈음은 인터넷상에 여행 후기도 많이 올라와 있기에 현지에 유명한 제품들은 자세한 가격대까지 출장자들이 미리 알고 있기에, 주재원들도 이에 상응하는 쇼핑 지식을 파악하고 있어야 한다. 또한 믿을 수 있는 가격으로 구입 가능한 가게도 같이 추천을 받아서 지속적으로 구매하되 미리 shop 과의 개인적인 친분을 쌓는 것이 좋다.

일부 한국 회사는 출장 시에 배우자 동반을 허용하고 있고, 배우자끼리 쇼핑 가능성도 항상 고려하여야 한다. 주로 주재원의 배우자가 care 를 하게 되는데 낮 시간대 쇼핑 시에 이런 저런 대화를 하면서 배우자 간의 비공식적인 Network 를 확보하는 것이 필요하다.

26-8. 고객 VIP 의 한국 방문에 동행하기

고객과 함께 한국을 방문하는 경우에는 본사와 고객 VIP 의 눈높이를 적절히 맞추는 것이 중요하다. 양측의 문화적인 차이를 적절하게 조절하여야만 향후에 본사와 지사 업무 시에 문제가 없다. 고객에 대한 호의적인 이미지가 결국은 해당 지역에 대한 경영층의 업무 협조와 주재원의 장기적인 Career 와도 연결된다. 본사 Management 가 고객에 대하여 Negative 한 이미지를 가지게 되면 향후에 본사와의 업무 협조가 여러 가지로 어려워진다.

26-9. 고객과의 식사는

한국에서의 고객의 식사는 통상 한식 불고기나 바비큐를 준비하기도 하고, 생선회나 Sushi 종류를 준비하기도 한다. 중국식은 돼지 고기에 대한 거부감 및 튀김 음식에 대한 건강에 대한 선입관으로 인하여 개인적인 선호가 있지 않는 한 선호되지 않는다. 대부분의 고객들이 초청하는 측의 입장을 고려하여 어떠한 종류의 음식이든지 Ok 라는 입장이나, 자세히 들여다보면 음식에 대한 선호도가 상이하다. Sea-Food 의 경우에도 정통 일본식을 선호하는 고객들이 많으며, 한국식의 Natural 한 횟집은 기피하는 경우가 많다. 다국적 Business 를 하는 고객 VIP 들은 잦은 해외 출장으로 인하여 일식에 대하여는 거부감이 없고, 오히려 식사 시에 젓가락을 자유롭게 사용하는 것에 대하여 문화적인 우월감을 가지고 있는 것 같다.

26-10. 종교적인 차이를 인정하여야

종교적인 차이로 인하여 꺼리는 음식이 있는 경우에 사전에 VIP 의 취향을 세밀히 체크하여야 한다. 이슬람 및 유태교의 경우는 돼지 고기, 힌두교의 경우 소고기를 금기로 하고 있으며, 심지어는 육식을 하지 않는 채식 위주의 VIP 도 있다. 독실한 이슬람의 경우 종교적인 율법에 따른 Halal(할랄) food 을 선호하고, 유태인의 경우는 돼지고기나 잡고기가 포함되지 않는 Koser(코셔) Food 을 선호하기도 한다. 참고로 해외에서 비교적 좋은 통조림을 먹고 싶으면 잡고기가 들어가 있지 않고 순수한 살코기로만 만들어진 "코셔" 종류를 구입하는 것도 좋다. 금기로 하는 음식문화에는 Meat 뿐만 아니라, Meat 가 들어간 oil 등도 금기 사항이다. 여러가지를 고려하여 사전에 메뉴 준비 시에 반드시 요청을 하여야 한다.

Stake등의 양식 식당을 준비하는 경우에는 가급적 특급 호텔내의 양식당을 이용하는 것이 좋다. 도심에 스테이크의 전문화된 양식당도 있지만, 식자재의 엄격한 품질 유지와 전문적인 서비스 측면, 그리고 식당과 고객과의 Communication 측면을 고려하여 특급 호텔의 양식당을 추천한다. 경험적으로 지방의 식당에서 양식으로 식사 시에 스테이크가 차가운 상태로 serving 이 되어 고객 분들이 당혹스러워 했던 기억이 있다.

26-11. 주류의 선택도 비지니스이다

위스키나 와인은 고객이 특별히 선호하는 종류를 사전에 준비하는 것이 좋고, 한국에서 구하기가 쉽지 않으면 미리 Hand carry 하는 것도 방법이다. 이를 통하여 회사가 고객을 꼼꼼히 배려하고 있다는 이미지를 줄 필요가 있다. 요즈음 위스키는 통상적인 Blended 보다는 Single Molt 위스키가 대세이다. 가격도 Blended 보다 평균 30% 이상 비싸며 별도로 고객들의 선호가 없는 경우에는 Single Molt 를 준비하는 것이 좋다.

와인은 프랑스, 이태리, 스페인의 구대륙 와인을 많이 선호한다. 미국이나 호주의 신대륙 와인은 고객이 선호하지 않는 경우가 많으니 구대륙의 와인을 우선적으로 준비하는 것이 좋다. 그러나 고객 입장에서 특별히 선호하는 와인이 있으면 사전에 준비할 필요가 있다.

26-12. 한국에서의 호텔 선정

한국내 호텔은 강북은 남산 Hyatt 호텔, 강남은 Inter-Continental 호텔을 많이 선호한다. 남산의 Hyatt 호텔은 지역적으로 도심에서 약간 떨어져 있지만, 호텔의 View 및 부대시설을 고려하여 많이 선호하는 편이다. 선호 호텔의 배경을 물어보면, 호텔의 전체적인 서비스가 Global Standard 화 되어 있고, 특히 객실 내 시설들이 Clean 하여 편안히 잠자리를 할 수 있는 Hotel 이라고 한다.

그리고 한가지 팁은 사전에 고객에서 어떠한 종류의 베개(Pillow)를 선호하는지도 물어보는 것이 좋다. 고객에 따라서 Hard Pillow 와 Soft Pillow 를 선호하는 이가 다르며, 이런 측면에서 세심한 고객 Care 차이가 있다. 호텔내의 잠자리가 불편하면, 비즈니스에도 영향을 미치기 쉽다.

강남 지역은 공항 이동 측면에서는 약간 불편하다. 그러나 고객이 상담하는 회사가 서울 외곽에 소재하면 강남에 소재한 호텔을 선호하고, 특히 Inter-Continental 호텔은 내부에 Casino 가 있어 선호하는 고객들이 많다.

호텔은 식당 선정과도 연결이 된다. 고객의 Tight 한 일정으로 시간이 충분치 않을 때는 투숙하는 호텔내의 식당을 많이 이용하기도 한다. 특급 호텔내에는 다양하 종류의 식당들이 많이 있기에, 사전에 메뉴와 선호도가 높은 테이블, 조용한 Room 등이 가능한지를 미리 파악하고 있어야 한다.

26-13. 고객과의 여행은

고객 본사 방문 시에 주말에 하루 정도의 여유가 있으면 서울 투어를 Arrange 하는 경우가 있다. 몇 가지 프로그램이 있는데 서울의 경우에는 고궁, 전통 공연 관람, 인사동 쇼핑의 코스가 무난하다. 고궁 투어는 경복궁이나 창덕궁(비원)을 주로 가는데, 약 2 시간 정도의 영어 Guide 투어를 준비하면 된다. 전통 공연은 "한국의 집"이나 정동에서 전통 공연을 고객들이 많이 선호하는 편이다. 특히 초겨울의 쌀쌀한 기온에 장시간의 외부 Walking 투어가 여의치 않는 시점에 많이 준비한다.

인사동 쇼핑은 주말에도 공연과 쇼핑 분위기를 느끼고 싶은 고객들에게 좋은 장소이다. 특히 한국 전통 공예품을 사고 싶은 고객들은 많이 선호한다. 별도로 고가 제품의 명품 쇼핑을 선호하면 도심내의 면세점 쇼핑을 추천한다. 지방 투어를 희망하는 경우에는 제주도가 적합하다. 호텔과 관광을 Package 로 하여 사전에 Arrange 가 가능하고, 기후 측면에서도 비교적 온화한 곳이어서 초겨울에도 관광이 가능하다.

고객이 한국을 방문 시는 초청하는 회사 및 경쟁 회사, 협력업체를 동시에 방문할 수 있다. 많은 업체들을 방문하여야 하기에 Van 등의 승합차를 사전에 준비하여 전체 일정 동안 필요한 차량을 준비하는 것이 좋다. 물론 초청 회사만의 이동 시에만 차량을 Arrange 하여 줄 수 있으나, 전체 일정을 소화 가능하도록 차량을 사전에 준비하면 고객들이 고마워한다. 매번 협력업체를 만날 때마다 각기 Post 마다 차량을 수배하는 것이 고객 입장에서는 상당한 부담이다. 이를 통하여 차량을 제공하는 회사 입장에서는 경쟁 업체와의 일정이나 상담 정보들을 자연스럽게 물어볼 수 있는 기회가 된다.

그리고 한국 본사로 출장을 가게 되면 약간 고가의 양주 한 병 정도는 가져 가는 것이 좋다. 본사 입장에서 아직도 양주는 귀한 물품이며, 부서 회식 때 사용할 용도로 양주 한 병 정도 가져가는 것은 배려이다. 한국에 출장을 가게 되면 출장 일당이 지급되고, 대부분의 일정을 관련 부서와 식사를 하기에 출장경비를 사용할 시간적인 여유도 없다.

제 27 장. Work & Life Balance 를 찾아서

27-1. 쇼핑의 즐거움, 눈높이를 맞추어 가면서

주재원 배우자 모임은 주로 대형 쇼핑몰의 식당에서 하는 경우가 많다. 차량의 주차가 편리하고 동일한 장소에서 식사와 커피가 가능하기 때문이다. 또한 쇼핑이 One stop 으로 가능하기에 대형 쇼핑 Mall 을 선호하는 편이다. 해외에서 생활하면 외국인들은 식당에서 식사와 후식을 같이 하는데, 한국인은 식사와 후식 장소를 별도로 하는 경향이 있다. 식사 시간은 단축하면서 주 대화는 오히려 Coffee House 에서 하는 경우가 많다. 보통 축하 이벤트가 있을 때 Host 하는 이가 식사를 사게 되고, 다른 사람들이 Coffee 를 사는 관례가 굳어지면서 그리 된 것 같다. 쇼핑 몰에서 만나면서 자연스럽게 명품 Shop 들을 보게 되고 쇼핑의 기회가 많아 진다.

쇼핑의 중독성

해외 주재원의 배우자중에서 쇼핑을 즐겨 하는 분들이 많은데, 특히 해외 경험이 많은 이들이 많이 선호한다. 해외에 있으면 경제적으로 여유가 있고 한국처럼 바쁘게 살아가지 않아도 되기에 편리한 외국 문화에 금방 익숙해진다. 더구나 해외에 체류하면 한국 거주 시의 주택 거주비용, 차량 유지비, 통신비등의 일부 비용을 절감할 수 있어, 상대적으로 한국 생활에 대비하여 풍족한 생활을 하게 된다.

유럽 쇼핑몰은 겨울 비수기에 50% 이상의 파격적인 Sale 을 많이 하고 있어 겨울에 집중적인 구매가 이루어진다. Special sale 을 하는 경우에는 한국에 판매하는 수입 Brand 와 비교하여도 가격상의 이점이 있다. 한국에서는 명품 Brand 가치를 고려하여

Special Sale 이 거의 없다. 그러나 해외에 생활하면 매년마다 Sale 을 하고 있어, 겨울이면 구매 충동이 있게 된다. 요즈음 해외 직구가 대중화되어 한국에서도 가격 거품이 제거되었다고 하나, 일부 품목은 해외 구매 시에 상당한 가격 경쟁력을 가지고 있다. 파격 Sale 의 가격 Merit 가 상당하여 한국 지인의 부탁을 받아서 구입을 대행하여 주기도 한다. 제도상의 허점인데, 해외에서 발행하는 신용카드는 외환 관리법상의 구매 한도와는 별도로 운용되기에, 해외구매 시에 별도의 한도 제약이 없다.

그러나 한번 쇼핑에 익숙해지면 신용 카드 사용금액이 눈덩이처럼 증가하면서 해외에서의 저축 기회는 놓치게 되고, 귀국 시에는 다시 마이너스 통장을 가지고 귀국하게 된다. 특히 명품을 3~6 개월 할부로 구입하게 되면, 매월마다 할부 결제에 시달리게 된다. 많은 가정들이 해외 거주의 상점인 목돈 저축의 기회를 상실하고 한국에 다시 와서 빠듯한 경제 생활을 하는 것을 보면 안타까운 마음이다.

한국과 동일하게 신용카드 대신 체크 카드 사용을 강력히 권유한다. 매번 지출 시마다 정확한 지출액을 알 수 있고 스스로 지출 규모를 통제할 수 있다. 가난해지는 방법은 "본인이 버는 수입보다 더 많이 지출"을 하는 것이고, 부자가 되는 방법은 "버는 수입보다 지출을 작게 하는 것"임을 명심하여야 한다.

27-2. Korean Madam 들의 하루 일상을 들여다보면

배우자에 따라서 현지에서 적응하는 형태가 다양하다. 해외 주재근무 경험 유무, 취학 자녀 유무, 그리고 연령대 층에 따라서 다양한 해외 생활을 하게 된다. 또한 해외에서는 배우자의 사회적인 위치에 따라서 해외 주재 경험의 추억도 다르다.

해외 경험이 있으신 분들은 두 가지 유형으로 나누어진다. 현지에 있는 외국인 배우자 모임에 적극 참여하여 사회 활동을 하시는 분이다. 성격이 외향적이거나, 해외 주재 경험이 풍부하신 분들이 그러하다.

한인 중심의 배우자 모임(특히 지역별로 구성되어 있다)으로만 생활하시는 분들도 있다. 해외 체류중에 만나는 외국인 또는 현지인과의 관계가 지속 가능성이 없다고 판단하고, 한인 모임에 집중하시는 분들이다. 한인 중심의 배우자 모임은 한인 교회를 중심으로 이루어지며, 주중에는 해당 지역의 교회 "구역 모임"에 참석하시는 분들도 있다.

27-3. 현지에서 외국인과의 교류는

현지인이 아닌 외국인과의 교류는 학교의 선생님이나 이웃 주민, 외국인 모임들인데, 보통은 영어로 Communication 이 된다. 상대편도 영어가 모국어가 아니기에 언어상의 제약으로 인하여 위축될 필요는 없다. 한국인들은 일본인들을 편안하게 생각하는데, 언어나 문화적인 측면을 고려해서 동질성을 느끼는 것 같다. 필자가 터키에 생활할 때 주재원들이 많이 모여 사는 도심에 거주한 적이 있다. 같은 건물, 같은 층의 앞집이 일본인 종합상사 가족이었는데, 서로 먹거리를 교환하고, 서로의 집이나 한국식당에 초대하기도 하였다.

한국인만 아니라 외국인과 교류하게 되면 해외에서의 주재생활이 더욱 풍성하여 진다. 항상 유념하여야 할 사항은 본인의 가치관을 타인에게 강조하지 말고, 서로 다름을 인정하는 것이 매우 중요하다,

27-4. 신혼 시기에 해외로 가게 되면

신혼에 자녀가 없이 부임하는 경우에는 초기 적응이 어렵다. 배우자가 하루 종일 집에 있으면서 남편의 퇴근만을 기다리는 경우가 많아서 현지 적응에 상당한 기간이 소요된다. 그러면서 퇴근하는 배우자도 같이 힘들어한다.

적극적인 성격의 배우자들은 여가 시간에 현지 어학 교육을 받기도 하고, 현지에 있는 외국인 배우자 모임에 참여하기도 한다, 다른 어린 자녀들이 있는 가정과 정보를 공유하면서 활발히 활동을 하는 이도 있다. 한국인 배우자 모임도 있어 현지에서 오래 거주한 교민가정들이 많은 도움을 주기도 한다. 해외 생활을 이겨내는 것은 본인의 성격이 큰 영향을 미친다.

신혼에 유아가 있는 경우에는 현실적인 어려움이 배가된다. 한국에 있어도 본가나 처가의 도움을 받는 경우가 많은데

해외에서 의지할 만한 지인이 없으면 스트레스를 받거나 심하면 우울증이 나타날 수 있다. 더구나 유아의 경우 빈번히 병원에 가는 일이 많은데, 남편이 회사 일로 Care 가 어려우면 이동도 쉽지 않고, 병원에서 의사와의 Communication 도 쉽지 않다.

필자도 큰애가 어린 시절에 이집트에서 주재생활을 한 적이 있다. 의료시설이 충분치 않은 상태에서 애기가 아프고, 한국에서 손님도 오면 어려움이 가중된다. 다시는 어려웠던 그 시절로 돌아가고 싶지는 않다.

27-5. 가사도우미와의 어려운 관계설정

개발 도상국에서 주재생활을 하면 비교적 경제적인 여유가 있다. 그러기에 집에 가사 도우미를 두는 경우가 많다. 가사 노동의 대부분을 도우미가 하여 주고, 일부 지역은 요리사까지 도우미가 있어 한국 배우자들은 주로 자녀의 학업에만 집중하게 된다.

가사도우미는 통상 "현지인 도우미"와 "동남아 출신의 가사 도우미"로 나뉘어진다. 현지인 가사도우미는 영어 구사가 불가능한 경우가 많아서 한국인 마담들과는 의사 소통이 되지 않으나 비용 측면은 유리하다. 그러기에 현지 언어로 꼭 필요한 생활 단어집이 주재원 사회에서 "족보"로 통용되기도 한다.

동남아 출신 가사 도우미는 영어 구사가 가능하나, 비용은 현지인보다는 높다. 가사 도우미는 주로 현지의 다른 한국 마담의 추천을 받아서 고용하게 되며, 다년간 한국 가정에 근무한 경험이 있어 한국인이 선호하는 방식으로 가사 업무를 도와주게 된다. 동남아 도우미는 업무 경험이 풍부하여 전문적으로 일을 하게 된다. 한국인 마담들의 언어에 대한 제약으로, 동남아 출신 도우미들에게 현지생활 초기 정착을 의존하는 가정도 있다.

가사 도우미의 경우 일주일에 1~3 회 정도로 하게 되며, 보통 반나절 근무나 전일 근무로 나뉘어 진다. 현지인 도우미는 가끔씩 도난 문제로 논란이 있으나 일반적이지는 않다. 집주인의 부주의로 인하여 분실하는 경우에도 가사도우미를 의심하는 경우가 많다. 일단 사람을 쓰게 되면 전폭적으로 신뢰하고 믿는 것이 좋다. 또한 현지의 명절에는 월 급여 외에 별도 선물이나 보너스를 준비하여 전달하는 것도 좋다, 서로 언어가 다르고, 생각하는 방식도 다르지만, 따뜻한 마음의 전달은 그 한계가 없다.

27-6. 다른 배우자와의 친교

중고등학교에 다니는 자녀가 있는 가정의 배우자는 주로 한국인 배우자들의 모임에 집중하는 경우가 많다. 언어상의 제약 및 다시 한국에 돌아가야만 하는 상황에서 현지 사회에 동화되는 것에 불편함을 느낀다. 경험적으로 현지의 외국인과의 교류보다는 한국인과의 교류가 향후에도 Network 측면에서 보다 도움이 된다는 판단을 하게 된다. 만 일본인 가족이 가까이에 있는 경우에 적극적으로 만남을 이어가는 경우도 있다. 소통에 어려움이 있어도 같은 아시아권이어서 크게 부담이 없고, 음식

문화나 인적인 범위가 거의 유사하여 관계가 오래 지속된다.

주재원 배우자들은 다른 한국 회사의 배우자들과 자주 만나게 된다. 주로 연배가 비슷하고 부임 시기가 비슷한 가정끼리 만나게 되는데, 학부모로서 공통의 관심사가 있으면 자연스럽게 친해진다.

같이 만나다 보면 회사 주재원의 처우 기준에 대하여 언급을 하게 되고 회사별로 비교도 하게 된다. 이런 만남을 통하여 한국에 있으면 알지 못하는 다른 한국 회사의 상황을 알게 된다. 오히려 다른 회사의 복리 후생조건은 주재원 본인보다 주재원 배우자들이 더 자세히 알게 된다. 회사별 처우는 단순 비교가 어려운데, 개별적으로 특정 회사의 유리한 점만 인식하기에 차이점을 충분히 설명하여 주는 것이 좋다. 또한 회사별 민감한 정보들이 배우자 모임을 통하여 알려지기도 하는데 주의하여야 한다. VIP 인사의 현지 방문 정보가 배우자를 통하여 알려지기도 한다. 경험상으로는 일단 배우자가 회사 정보를 알고 있으면 비밀을 유지하기 어려우며, 차라리 배우자에게 구체적인 회사 업무를 Open 하지 않는 것이 좋다.

27-7. 운전 기사의 고용은

유럽이나 미주 국가들은 높은 인건비 부담으로 인하여 운전기사를 고용하는 것이 거의 불가능하다. 개발도상국은 아직도 가정에 운전 기사를 고용하기도 한다. 현지의 인건비가 한국 대비하여 월등히 낮기에 가능한 일이다.

국가에 따라 운전기사를 채용시에 고려할 사항이 많다. 신뢰도가 낮은 운전기사는 비용을 부풀리거나 가짜 영수증으로 속이는 경우도 있다. 예를 들어 차량 부품 교환시에 정상부품을 높은 가격으로 청구하거나, 중고부품을 정상가격으로 청구하는 경우의 두가지가 있다. 안전도 측면으로 비교한다면, 오히려 전자의 높은 가격 청구가 덜 불안하다.

운전 기사는 대부분 영어 구사가 불가능한데, 영어 구사가 가능한 운전 기사는 높은 수준의 급여를 지급하여야 한다. 한국 가정에 장기간 근무한 운전 기사의 경우, 한식당이나 한국인이 선호하는 마켓의 위치, 한국인의 성향을 잘 파악하고 있기에 선호도가 높다.

현지 조직 대표자는 회사 소속의 전용 기사가 있는데, 보통은 비정규직 신분으로 HR 전문 회사와 계약 Base 로 채용을 하고 파견 형식으로 근무를 한다. 매년 단위로 계약을 연장하면서 채용을 유지하는데, 신분상의 불안정으로 본인의 미래에 대하여 항상 불안해한다. 특히 지사장이나 법인장의 귀임 후 후임자가 오게 되면 채용에 대한 불안감이 증가한다.

그러나 한국 회사들은 본인의 중대한 결격 사항이 없으면 해고를 하지 않으며, 보통 장기 근속하는 운전 기사가 많다. 일부 한국회사의 운전 기사는 근무 기간 중 여유 시간에 꾸준히 영어 공부를 하면서 보다 높은 급여의 외국계 회사의 정규직으로 이동하기도 한다.

현지의 운전 기사가 있는 국가들은 한국보다 경제 상황이 좋지 않다. 그러기에 한국에서 사용하지 않는 의류나 문구, 생필품 종류가 있으면 개인적으로 전달하는 것이 좋다. 또한 운전 기사의 자녀가 있으면 평소에도 조그만 선물을 전달하는 것이 좋다. 해외에서도 서로 간에 따뜻한 마음이 통하면 더욱 열심히 도움을 주기에 항상 배려하는 마음이 필요하다. 국적과 문화가 다르지만, 사람과의 관계는 쌍방 통행이다. 사심없이 베풀게 되면 그 마음이 전달되어 어떠한 형태이든 다시 돌아오는 것이 우리가 사는 세상살이다.

27-8. 해외에서 정기적으로 봉사하기

해외에서 자칫하면 주말에 한국 TV 시청만 하다가 하루를 보내는 경우가 많다. 의미 없는 주말을 보내고 월요일에 출근하면 피로도가 누적되어서 일주일이 계속 피곤하여 진다. 한국드라마 또는 미드(미국 드라마)가 너무나 재미있어서, 필자의 경우도 현지에서 주말 밤을 새운 적이 있다.

보람 있는 시간을 보내기 위해서 다양한 방법을 찾게 되는데, 상대적으로 여유가 있는 해외에서 봉사 활동의 기회를 찾는 것도 좋다. 요즘은 한국에서도 재능 기부가 일반화되어 있고, 전문직의 재능을 활용한 자발적인 봉사가 많은 편이다. 별다른 재능 기부의 방법이 보이지 않으면 단순 봉사 활동을 찾아 보는 것도 좋다. 현지의 외국인 모임에서 주관하는 다양한 형태의 봉사활동

기회가 있다. 이런 기회를 통하여 봉사 활동을 같이하는 외국인과의 교분을 쌓을 수 있다. Business 가 아닌 순수한 목적으로 만나기에, 교류의 깊이가 있는 모임은 연결고리가 깊고 오래 간다.

미국 MBA 체류 기간에 약 2 년동안 무의탁 노인들이 계시는 시설에서 점심 식사 제공을 하는 자원 봉사를 한 바 있었다. 점심 식사시간에 배식 Serving 을 하고, 식사시간 이후에는 몸이 불편한 노인 분들을 대상으로 직접 도시락을 전달하기도 하는 봉사활동이었다. 일주일에 3 회 매회당 3 시간 정도를 한 바 있는데, 몸은 힘들어도 정신 건강상으로는 참으로 행복했던 기억이었다. 운영 방식은 식자재는 100% 기부에 의해서 이루어지고, 대형 Brand 업체의 검증된 품질의 식자재만 사용하고 있었다.

직접 본사 신청을 하려고 사무실에 문의하면 처음 물어보는 질문이 "봉사 활동 확인서가 필요한지"의 여부를 묻는다. 미국은 본인의 귀책으로 인하여 법원으로부터 사회 봉사활동을 명령받는 경우가 많은데, 이를 위하여 확인서가 필요한 경우가 있다. 결국은 순수한 자원 봉사자와 의무 봉사자가 함께 봉사하는 구조인데, 의무 봉사자도 성심 성의껏 봉사를 한다.

별도로 외국인들의 모임에서 주관하는 현지의 고아원이나 양로원 봉사 활동도 있다. 주로 배우자들의 모임에서 활성화가 되어 있는데, 통상 매주 1 회 정도 봉사하고 참가자들이 같이 점심 식사를 하는 모임으로 이루어 진다.

27-9. 해외에서도 꾸준한 자기 개발이 필요하다

한국 근무 시에도 정기적인 독서가 쉽지 않은데, 해외에 있으면 책을 읽기가 더욱 어려워진다. 꾸준한 자기 계발을 위해서 한 달에 2 권 정도의 신간은 반드시 읽는 것이 좋다. 책을 직접 보고서 구입하는 것이 아니어서 현실적으로는 어려움이 따른다. 요즈음은 자기 계발서 종류의 책들이 워낙 비슷한 내용들이 많아서 단순히 책의 제목과 서평만으로 구입하기에는 Risk 가 너무 크다.

쉬운 방법은 Book club 에 회원으로 가입하여 자동으로 추천하는 책자를 받아 보는 서비스를 신청하면 가능하다. 인문학 책자를 중심으로 매월 신간을 송부하여 주는데, 연간 기준 35 만원 수준이면 지적인 욕구를 채울 수 있다. 개인적으로는 책을 고를 때는 출판사와 저자 중심으로 선정하는데, 일단 on-line 으로 책을 구매하고, 수취인을 본사 출장자로 하여 전달을 부탁하면 책을 받아보는데 큰 무리가 없다. 오히려 출장자 입장에서는 해외에 근무하는 직원의 부탁을 받고 개인 물품을 전달하는 것에 대하여 심리적으로 편안하게 생각하는 이도 있다. 책을 읽은 후에는 현지의 가까운 지인들에게 다시 선물하는 것도 가능하니 인맥 관리에도 상당한 도움이 된다.

또한 한국의 경제 신문이나 조간신문의 site 도 정기적으로

Click 하여 한국의 경제 흐름에 대하여도 관심을 가질 필요가 있다. 예전에는 한국 본사에서 약 2 주분의 신문을 모아서 해외로 보내 주기도 하였는데, 요즈음은 그런 회사는 없다. 인터넷으로 정보를 실시간으로 입수가 가능하기에 정보의 전달은 불요하다는 판단이다. 해외에 있으면 경제의 흐름만 아니라 개인적인 재테크에 있어서도 상당히 뒤쳐지게 되기에 항상 관심을 가질 필요가 있다. 특히 부동산 관련 정보는 꾸준히 파악하지 않으면 전체적인 흐름을 놓칠 우려가 있다.

현지에서 발행된 경제 관련 영어 잡지나 현지 영자 신문을 정기적으로 구독하는 것도 주재국에 대한 이해를 높일 수 있는 방법이다. 주재국에 대한 정기적인 관심은 고객과의 대화에 있어서도 주도권을 가질 수 있고, 본사 출장자와의 대화 시에도 큰 도움이 된다. 특히 주재국의 역사나 문화, 사회 현상에 대하여 깊은 관심을 가지고 있는 것이 필요하다. 본사 VIP 의 방문 시에 이동하는 시간이 많은데 주로 해당 지역의 역사에 관심 있는 분들이 많다. 깊이 있는 답변을 하게 되면 전문가로서 인정을 받을 수 있고, 업무의 전문성과도 연결되어 신뢰를 얻을 수 있다.

27-10. 연말 정산하는 방법은

해외 근무지의 법적인 Status 에 따라서 급여 연말 정산의 방식은 상이하다. 크게는 본사가 직접 설립한 연락 사무소 형태와 현지 법인으로 나뉘어 진다. 연락 사무소는 본사 근무자와 동일한 방식으로 연말 정산을 하게 되며, 급여액도 본사 근무자와 동일한 급여 수준으로 신고한다. 해외 근무시의 주재 수당은 세법상 별도의 실비 변상 적인 수당으로 간주하여 총 급여에 포함되지 않는다. 물론 퇴직 시에도 국내 근무자와 동일한 기준에서 산정이 된다.

그러나 해외 법인 근무자는 현지 회사에 취업한 형태로 인정한다. 한국 내 신고 급여가 없기에 갑종 근로소득(갑근세) 신고 금액은 "Zero"로 나타난다. 향후 귀국 후 은행 대출을 받는 경우 한국 급여가 없어서 어려움이 많다. 소득 확인이 되지 않기에 국민 연금 납부 액 기준으로 추정하며, 대출 가능금액이 크게 나오지는 않는다, 그런 경우에는 현지 법인 명의로 소득 증명서를 작성하여 "Apostille(아포스티유)"라는 확인을 받아서 제출하면 인정이 가능하다. 해당 지역의 한국 공관은 급여 관련 서류에는 확인을 하지 않기에 이점을 유의할 필요가 있다.

아포스티유란?

참고로 "아포스티유"의 의미를 알아보면 다음과 같다.

"협약에 따라 문서의 관인이나 서명을 대조하여 진위를 확인하고 발급하는 것을 가리켜 "아포스티유"라고 한다. 외국에서 발행한 문서를 인정받기 위해, 문서를 국외에서 사용하기 위해 확인을 받는 것을 아포스티유 확인이라 한다. 아포스티유가 부착된 공문서는 아포스티유 협약 가입국에서 공문서로서 효력을 갖게 된다"

27-11. 현지에서 개인 물품을 발송 시에는

현지에서 한국으로 물품을 보내야 하는 경우가 있다. 현지 특산물이나 의류를 한국으로 보낼 때에는 인편으로 전달하는 것이 제일 안전하다. 초과 수화물에 대한 요금을 지불하여야 하는데, 일부 국적 항공사는 무료 수탁 수화물을 1 개로 한정하여 예전보다는 부탁이 어려워졌다. 인편으로 보내는 것이 여의치 않으면 DHL 등의 Courier 나 우체국 택배를 통하여 보내야 한다. 발송 시에는 서류는 DHL, 물품은 우체국 택배를 통하여 발송을 하는 것이 안전하고 빠르다.

긴급하지 않은 물품은 우체국의 해상편으로 발송이 가능한데, 유럽의 경우 약 1.5 개월이상이 소요된다. 화장품의 경우는 Special inspection 으로 간주하여 절차가 더 복잡하다.

한국에서 현지로 물품을 발송 시에는 가급적 출장자편 Hand carry 를 통하는 것이 좋다. DHL 이나 우체국 택배는 통관시의 수수료나 관세 부담의 우려가 있어 예상보다 큰 비용을 지급하여야 한다. 해외는 통관 시에 부가되는 수수료의 항목도 많고, 금액도 비싸서 Courier 를 이용하지 않는 것이 좋다. 특히 식품 종류는 통관이 까다롭고 통관 자체가 불가능한 경우가 많아서 가급적 인편으로 전달을 하는 것이 좋다.

제 3 부 한국으로의 귀임 발령을 받고서

*사진 출처 : ⓒ픽사베이

제 1 장. 귀국 발령, 미래의 두려움을 이겨 내기 위하여

1-1. 귀국 발령의 어색함

귀국 발령이 나게 되면 해외에서 보낸 시간을 다시 한번 뒤돌아 보게 된다. 해외에서 4~5년 근무 후 귀국 시에는 나이도 어느 듯 중년이 되어, 본사의 중견 관리자로 귀임하여야 하는 시점이다. 그러기에 한국 귀국후의 보직을 많이 걱정하게 된다. 귀국 일년 전부터는 한국 내에 근무할 부서를 사전에 준비하는 것이 필요하며, 준비가 없으면 보직 없이 사무실에 출근하게 될 가능성이 높다.

귀국을 염두에 둔 주재원들은 귀임 후 부서를 미리 선정하여 해당 부서와 관련된 사업이나 제품 중심으로 영업 활동을 하게 되며, 이를 기반으로 하여 본사에 적극적으로 Appeal 을 하게 된다. 글로벌 기업의 영업 조직은 해외 조직을 본사보다 더욱 광범위하게 운영하기에 본사와 해외의 일자리 불균형이 발생하며, 해외에서 한국으로 귀국 시에 자리 확보가 쉽지 않다. 너무 조급해서도 안되지만 너무 여유를 보이면 정작 귀임시점에 부서가 없이 본사의 무 보직 부서인 Soft Landing 팀과 같은 임시 부서에 배치 받는 경우도 있다. 귀국 후에는 무 보직 상황이 장기 지속될 가능성이 높다.

몇 번의 해외 근무를 하면서 느끼는 점은 한국 회사들은 아직도 주재원의 경험을 자산화 하는 부분은 체계화되어 있지 않다.

주재원에 대한 출국 전 정기 교육은 체계화가 되어 있으나 귀임후의 교육이 setup 되어 있지 않다. 귀국 시에도 본사의 upgrade 된 System 에 적응할 수 있는 체계적인 교육이 필요하며, 출국 시 교육 Program 에 투자하는 비용의 일부라도 재투자하는 방안이 절실하다. 회사의 유연성을 높여서 주재원의 원의 복귀 후에 경험을 활용할 수 있도록 한다면 회사에도 도움이 될 수 있으리라 판단한다.

해외주재근무가 확대되면서 귀임직원에 대한 HR(인사)측면에서의 분석도 최근 많이 나오고 있다. 분석에 의하면 귀임 인원 중에서 귀국 후 1~2 년내에 평균적인 퇴사의 비중이 25% 수준으로 나타나고 있다. 귀국자의 퇴사에 따라 전문화된 글로벌 인재가 유출되고, 주재 경험자가 가진 지역별 전문성이 매몰될 수 있는 가능성이 높다. 또한 주재 기간 동안 본사의 동기나 후배들은 승진이나 요직을 차지하게 되는 것에 비하여, 해외 근무 직원들은 귀국 후에도 부임전과 유사한 업무와 직책을 수행하는 경우가 많다. 해외 주재원들이 현지 근무 중 주로 느끼는 어려움은 모국과의 교류 단절과 귀국 후에 자신의 진로에 대한 미래에 대한 두려움이다.

제 2 장. 한국으로의 학교 편입학을 준비하면서

귀국하는 가정은 자녀의 한국학교 편입이 가장 큰 고민거리이다. 고등학교 1 학년까지 학업을 마친 경우에는 대학 진학 시 3 년 특례 입학이 가능하나, 조건이 부족한 경우에는 특례도 어려워,

대학 입학 시에는 일반적인 수능 시험을 같이 봐야 한다.

한국의 고등학교에 편입 시에는 사전에 필요한 절차와 요건을 확인하여야 한다. 자격은 부모가 상사 주재원으로 일정기간 근무를 하여야 하고, 자녀도 현지 학교에 일정기간 이상 재학을 하여야 한다. 한국 학교 편입 시는 한국의 주민등록 거주지와 동일한 지역의 학교에 편입하여야 하는데, 해당 학교의 정원 외 T/O 를 확인하여야 하고, 해당 학교장의 승인을 받아야 한다. 그러나 자립형 사립고나 외국어 고등학교는 이러한 지역 제한을 받지 않는다. 편입학은 마지막 학적 보유일로부터 1 개월 이내에 신청하여야 하고, 배정된 학생은 일주일 이내에 학교에 편입학 하여야 한다. 편입학 시에 어려운 점은 임박한 시점에 학교에서 확정을 하여 주기에 편입학 전까지는 학부모 입장에서 불안할 수 있다. 한국 학교에 편입학은 해당 지역의 한국 중학교 졸업식 날짜 이후에 입국하는 것이 좋다. 요즈음은 자녀의 편입학 학교를 중심으로 한국에서의 거주 지역을 정하는 경우가 많아서 직장보다는 교육이 최우선 사항이 되는 것 같다.

한국 귀국 전에는 해당 지역의 총영사관이나 대사관을 방문하여 필요한 서류를 미리 발급받아야 한다. 현지에서는 부임 후 학교 재학증명서, 성적증명서, 해외 거주자 확인서가 필요하며, 발급받은 서류에 3부 정도 영사인증을 받아서 한국으로 가져가면 좋다. 현지 학교의 발급 서류는 요청하는 이들이 많아서 E-mail로 학교에 요청하면 회신에 상당한 기간이 소요되고 서류 발급에도 추가 시간이 소요된다. 학교로부터 서류를 발급받는 즉시 서류상의 영문 이름, 생년월일, 그리고 재학기간 등을 필히 사전에 확인하여야 한다. 중요 사항의 오류가 있을 때는 한국의 학교에서 인정을 하지 않는 경우도 많은데, 귀국 후에도 현지에 서류를 재 요청한 이도 있다.

현지에서 영사관이나 대사관이 없는 경우에는 아포스티유 (Apostille)라는 별도의 공증 확인 절차를 받아야 한다. 입국 후에는 전 가족의 출입국 사실증명과 가족관계 증명서도 발급받아야 한다. 발급받을 서류가 많은 경우에는 신청 즉시 처리되지는 않고 기간이 소요되기에, 충분한 시간을 가지고 신청하는 것이 좋다. 해외 영사관이나 대사관은 서류의 영사 확인이 가능한 영사가 한 명만 있어 다른 긴박한 일정이 있는 경우에는 서류 발급이 어려운 경우가 있다.

제 3장 자녀를 현지에 두고 귀국하는 경우에

갑작스러운 발령으로 인하여 귀국을 하게 되면 본인만 먼저 귀국하고 자녀만 현지에 남는 경우도 있다. 주로 교육 환경이 한국보다 양호한 지역에서 많이 하게 되는데 미국이나 유럽지역은 잔류하는 확률이 높아진다. 자녀가 중~고등학교에 재학 중일 때 엄마가 같이 잔류하거나 자녀 혼자서 Home stay형태로 한국 가정에서 거주하면서 학업을 계속하기도 한다.

자녀가 엄마와 같이 체류 시에는 현재의 주택을 비워주고 작은 주택으로 이전하게 된다. 주택 임차비용의 회사 지원이 되지 않기에 외곽의 작은 주택으로 이전하여 생활비의 지출 규모를 줄여야 하기 때문이다. 그리고 기존의 통학 버스 비용도 부담이 되는 관계로 작은 Size의 중고 자동차를 구매하여 학교 통학 시나 개인 목적으로 활용하기도 한다. 한국과 현지의 두 집 살림으로 인하여 기러기 가족 형태로 살아가야 하기에 지출을 최대한 줄여서 생활하여야 한다. 자녀가 Homestay를 통하여 혼자 체류하는 경우에는 Homestay가정을 찾아야하여야 하는데 다년간의 경험을 가지고 있고 교민 사회에서 평판이 무난한 가정을 찾아봐야 한다.

현지 대학 재학으로 자녀가 혼자 체류 시에는 청소년기 자녀보다는 상대적으로 부담감이 덜하다. 대학교 기숙사를 6개월이나 1년 단위로 입주를 신청하여 거주하게 되는데, 1년분을 일시불로 지급하면 가격D/C가 가능한 학교도 있다. 외국인 신분이어서 기숙사 입주 우선권이 있어서 입주를 하는 것은 어려움이 없다. 대학교 기숙사는 1인실~4인실까지 다양하게 구비되어 있다. 기숙사 Room의 size가 협소한 점을 고려하여 가급적 1인실로 신청하여 자녀만의 Private 한 공간을 가질 수 있도록 하는 것이 좋다. 대학 기숙사의 경우 방 내부에는 작은 냉장고를 둘 수 있게 되어 있는데 향후 A/S를 감안하여 현지 Local Brand로 냉장고를 구입하는 것이 좋다. 각 층마다 샤워 시설을 겸비한 세면 시설이 있어 이용하게 되는데 세면 도구는 미리 구입하는 것이 좋다.

대학 기숙사의 경우 각 층마다 공동 주방이 있어 한국 음식의 취사도 가능하다. 외국인이 많은 기숙사의 경우는 외국 음식에 대한 거부감이 적어서 취사 시에 다른 학생의 눈치를 볼 필요는 없다. 물론 학교식당에서 정기 식사 카드를 충전하면 현지 음식으로 생존이 가능하나, 대학 기숙사에 혼자 있으면 한국 음식에 대한 욕구가 강해지기에 한국 부식을 정기적으로 공급하여 주는 것이 좋다. 대학에서 부식 구매가 어려운 경우가 있는 경우에 현지의 한국 슈퍼에 요청하여 배달이 될 수 있도록 하는 것도 방법이다. 아니면 현지에 있는 한국 지인을 통하여 필요한 부식의 발송을 요청하고, 대금을 한국 구좌로 송금하는 것도 가능하다.

대학 학자금을 회사에서 지원하는 학교도 있고, 개인 부담을 하여야 하는 경우도 있다. 장학금을 받을 수 있는 방법을 찾아보는 것이 좋은데 해외 대학의 유학생에 대한 장학금 지원의 기회는 좁지만 없는 것은 아니다. 한국 장학 재단이나 장학금 site를 찾아보면 확인이 가능하고, 별도로 해당 국가의 아시아 국가에 대한 장학금 제도도 확인이 필요하다. 수혜 범위는 대학 입학 전에 신청하는 것이 혜택이 많으며, 재학생들은 수혜 기회가 작다.

자녀가 혼자 잔류하면 병원 이용을 위하여 현지 의료 보험이 필요하다. 기존에 주재원 의료 보험이 있고, 귀임으로 인한 환급 금액이 거의 없으면 해지하지 말고 귀국 후에도 잔여 기간 동안 계속 유지하는 것이 좋다. 본사에 이러한 내용을 설명하면 대부분 허용을 하여 준다. 그리고 보험 해지 시 잔여 환급액이 발생하더라도 환급 금액이 크지 않으면 개인 부담을 하면서 잔여 기간에 의료 보험을 유지하는 것이 좋다.

현지에서 Cover가 가능한 의료 보험이 없으면 한국에서 유학생 해외 의료보험을 가입하는 것이 좋다. 연간 단위로 약 보험료 200,000원 수준이면 가입이 가능하고, 연간 $20,000~$30,000까지 Max로 의료비 보상이 가능하다. 외국 대학의 경우 한국보다 대학내의 의료 시설이 좋은 조건이 많아서, 학생에 한해서 간단한 의료 서비스는 무료로 제공하기도 한다.

귀국시에 귀임 항공료는 가족을 기준하여 편도 항공권을 회사에서 부담하는데, 잔류 자녀는 왕복 항공권을 발권하면서 편도 항공권과의 차액 분은 개인이 부담하는 방법이 있다. 항공권의 가격은 편도 티켓이 왕복 항공권의 70~80% 수준으로 형성되어 있어 편도 가격이 상대적으로 비싸며, 개인이 차액을 부담하는 항공료 금액은 크지 않다.

제 4장 귀국 시 주택 정리는 Clear하게

주택의 하자가 있는 내용을 계약 쌍방이 사전에 확인하지 않으면 계약 만료 시에 원상 복구비를 청구할 확률은 100%이다. 아무리 집 주인과 친하게 지내더라도 떠나는 시점에 정리는 Clear하다. 거의 예외가 없다. 개인적으로 집주인과 상당한 친밀도가 있더라도 계약 완료 시에 호가인절차는 상당히 까다롭다. 필자의 경우도 계약 시에 집주인은 만나지도 못하였고 부동산 중개업체와 협의하다가 주택 만료 시에나 집주인 얼굴을 볼 수 있었다. 조그만 하자나 파손도 미리 얘기하고 쌍방이 보상금액에 대하여 합의하는 것이 필요하다. 집은 항상 깨끗이 사용하여야 하고, 못을 박거나 하는 부분은 사전에 충분히 조심하여야 한다. 주택을 임차인 입장이 아니라 임대인의 시각으로도 본다면 충분히 이해가 되리라 판단된다.

일반 관리비도 관리 사무소를 통하여 사전에 정리하고 가는 것이 필요하다. 최초 계약 시 보증금 Deposit를 하는 경우가 많으며, 계약 만료 후 1~2개월이후에나 환급이 가능하다. 체납된 관리비와 원상 복구비용 부분이 정산되어야 Deposit의 환급이 가능하다. 개인적인 경험으로는 대부분의 집주인이 무리하게 보상을 주장하는 경우는 없으며, 논리적인 대회를 통하여 협의가 가능하다.

개인 경험으로는, 주택 기간 만료 후 다시 들어오는 임차인을 직접 소개하여 집주인에게 고맙다는 인사를 받은 바 있으며, 이러한 우호적인 분위기에서 부드럽게 Deposit을 받은 바 있다. 외국인 주재원들은 현지인과는 달리 6개월 이상의 임차료 선납도 가능하기에, 주재원을 많이 선호하는 편이다. 회사에서 파견되어 근무하는 경우 임차료 지급을 약속한 일자에 정확히 납부하고 미 지급 시 회사가 보증을 하게 되어 있어, 한국이나 일본인을 많이 선호하는 편이다. 물론 동양인들이 집을 깨끗이 사용하기도 하는 점을 고려하는 것 같다.

집주인이 우려하는 부분은 임차인이 정기적으로 임차료를 납부하지 않는 경우이다. 납부를 지연시키는 경우에는 법적인 대응을 하여야 하는데 해결에 장시간이 소요된다. 각 나라마다 차이는 있지만 경제적 약자인 임차인을 위한 임대차 보호법이 있어, 외국인도 동일하게 혜택을 받을 수 있다. 통상적인 임대차 보호법상은 임차계약이 만료되고 연장 시에 임대차 비용의 인상폭 합의가 되지 않는 경우에는 일반적인 물가 인상 율만 적용하게 되어 있다. 또한 물가 인상율도 현지화 기준으로 산정되기에, 미화나 유로의 외화로 지급 시에는 인상폭이 더 작아진다. 인상폭에 양측이 이견이 있는 경우 법적인 분쟁이 있어도 임차인에게 그리 불리하지 않다.

한가지 전제 조건은 임차 계약 만료 후 인상폭에 대한 미합의 상태에서도 기존 임차료를 정기적으로 임대인에게 지급하여야 대항할 수 있는 권리를 확보할 수 있다. 계약기간 만료 후 임차료의 합의가 되지 않으면 조급해하지 말고 기존 임차료만 지급한다면 큰 문제가 없다는 점을 기억하면 된다.

제 5장 이삿짐을 한국으로 보내기

이삿짐 업체를 선정 시에는 현지에 도착했을 때 이용한 이삿짐 업체를 그대로 이용하게 된다. 현지 도착시에 신뢰를 가지고 업무를 수행한 업체이면 기대하는 서비스 제공이 가능하다. 대부분의 한국 회사들은 20" Container와 이삿짐 보험료 정도만 부담하고 있어, 귀국 시에 이사 짐 용적을 사전에 필히 확인할 필요가 있다. 일부기업은 자녀 수에 따라서 Container용적을 구분하는데, 예를 들어 2자녀 이하는 20" container, 3자녀 이상은 40" container등이다. 가족수가 많으면 이사 짐의 용적도 비례하여 많아지는 것을 고려한 사려 깊은 복지 지원이다. 다른 한국회사들도 현실성 있는 복지 지원책을 Benchmark를 할 필요가 있을 것 같다.

현지에서 사용하는 차량을 한국에 가져오는 경우도 있다. 추가적인 차량 운송에 따른 비용은 개인이 부담하는데, 비용을 고려 시에도 Merit가 있다고 판단한다. 미국의 경우 차량 가격이 한국보다 가격 경쟁력이 있어서, 한국에서 새롭게 구매하는 것보다는 유리하다.

차량을 가져오는 경우 외국산 차량과 한국산 차량으로 구분하여 판단할 필요가 있다. 외국산의 경우 한국에서는 상당히 고가로 분류되기에 운전하면서 차량에 대한 Pride를 가질 수 있다. 그러나 차량의 수리 시에 부품가격이나 수리 공임이 한국산보다 높아서 유지 보수에 추가적인 비용이 소요된다. 또한 외국 자동차를 중고로 판매 시에는 적절한 구매자를 찾기가 어려울 수 있다. 특히 외국산 차량을 현지에서 중고로 구입 후 몇 년 사용하다가 재판매 시는 상당한 가격 인하를 감수하여야 하는 경우도 있다. 그러나 한국산 차량의 경우에는 한국에 들어와서도 부품 구입이나 수리 시 큰 부담이 없기에 많이 선호하는 편이다.

이삿짐 보험은

이삿짐 보험은 회사마다 $2만불~$3만불정도의 보험금을 한도로 하여 보험에 가입한다. 납입하는 보험료는 통상 $500~$750 정도이다. 보험금의 한도 금액의 의미는 Container의 분실 또는 침수로 인하여 완전히 전수 시에 보상하는 최고 금액이다. 한국에서 이삿짐을 찾을 때 파손 품목이 있으면 각 제품 Packing list상의 금액을 품목수로 나누어서 보상을 하게 된다. 파손 물품이 있어 실질적으로 보상을 받게 되면 생각보다 보상액이 작아서 실망하게 된다. 향후에 보상을 고려하여 보험 가입 시에는 파손 가능성이 있는 물품에 보험금액을 높게 잡아서 현실적인 보상이 될 수 있도록 준비하는 것이 좋다.

이삿짐을 한국에서 받게 되면 반드시 파손된 물품은 사진을 찍어 두고 파손 물품도 버리지 말고 보상받을 때까지 보관하는 것이 좋다. 그리고 Packing list상의 박스 번호(Cartoon No.)도 필히 확인하여야 한다. 보험금을 청구 서류를 작성하더라도 실질적으로 보상받을 때까지 3주 이상이 소요가 예상되기에 미리 준비를 하는 것이 좋다. 물품이 분실되는 경우에는 분실 물품에 대한 직접적인 보상이 아닌 동일 물품을 구입 후 증빙을 제출하여야만 보상이 가능하다.

제 6장 회원권 잔여 금액을 미리 환급 받기

6-1. 일찍 준비를 하여야만

미리 준비를 하여야만 귀국 전까지 환급을 받을 수 있다. 한국과는 달리 환급에 약 1~2개월이 소요되고, 이보다 더 소요될 수도 있다. 소요 기간이 지나서 환급을 재 문의하면 해당 직원의 휴가로 인하여 제대로 업무가 진행되지 않는 경우가 많다. 환급 관련 담당 부서가 대부분 외국어 소통이 원할 하지 않아서, 회사의 현지 직원을 통하여 알아보는 경우가 많다.

6-2. 스포츠 센터 회원권 환급

스포츠 센터의 경우 할인율 혜택을 누리기 위하여 보통 2년~3년 계약을 하게 된다. 귀국 시에 잔여 기간이 남아있는 경우에는 필히 환급 절차를 밟는 것이 필요하다. 상당한 폭으로 할인을 받은 후에 잔여 미사용 기간을 환급을 받으면, 환급액이 그리 크지 않다.

가족들이 한국에 여름방학에 들어가 있는 경우에는 스포츠 센터에 미리 연락하여, 동 기간만큼 정지하는 것도 필요하다. 정지가 가능한 곳도 있고 안 되는 곳도 있으니, 사정을 설명하고 문의하는 것도 좋은 방법이다. 가능한 곳은 출입국 증명을 보여 달라고 하는 곳도 있으니, 입증할 수 있는 서류를 미리 준비하는 것이 좋다.

6-3. 골프 회원권 환급

골프 회원권은 한국과는 달리 회원권 형태가 상이하다. 보통은

1년 단위의 소멸 성격의 회원권이며, 매년마다 1년 회비를 납부하여 연장을 하여야 한다.

한국은 법적인 제약으로 인하여 공공 골프장외에는 기간제 회원권이 불가능한 것으로 알고 있다. 해외에서는 대부분 가능한 사항이 한국에서는 제약으로 인하여 소비자 편익이 침해 받는 것은 아쉬운 일이다.

해외에서 회원권을 보유 시에는 플레이시에 별도의 Green Fee지급의 의무가 없고, 필요시에 전동 Cart나 캐디 Fee정도만 부담하면 Rounding이 가능하다. 거의 무제한 이용이 가능하기에 오히려 회원권 결제후에 자주 가지 않는 경우도 있다. "작심 3일의 저주"일까?

6-4. 민영 의료보험료 환급

의료 보험은 회사에서 100% 비용을 부담하기에 환급시에 개인에게 귀속되는 것은 없다. 잔여 기간의 환급분을 회사에 다시 입금하도록 회사 직원에게 부탁하는 것이 필요하다. 민영 의료보험이기에 환급이 가능한지를 인지하지 못하는 경우가 많으나, 소액이나마 일정 금액의 환급이 가능하다.

그러나 타 회원권 환급과는 달리 단순히 잔여 기간에 대한 환급이 아니고, 기 수혜를 받은 의료비를 감안하여 환급을 하기에 환급액의 편차는 심한 편이다.

6-5. 병원 치료 이력을 확보하라

평소에 지병 치료를 위하여 정기적으로 병원 치료를 받은 적이 있으면, 병원 이력을 미리 받아 두는 것이 좋다. 현지병원의 의사들이 영어로 서류를 작성하는 것에 익숙하지 않기에, 미리 요청을 하여야만 영어로 작성하여 준다. 또한 병원 검사 기록의 CD등도 미리 요청하여 준비하는 것이 좋다.

가족 기록이 필요한 경우에는 환자 본인이 아니면 서류 발급이 어렵기에, 하루 날짜를 잡아서 가족이 모두 병원으로 이동하여 서류 발급을 받는 것이 편리하다. 또한 계속적인 치료가 필요한 약이 있으면, 여분으로 충분한 약을 확보하여 두는 것이 좋다.

제 7장 업무용 차량의 반납

7-1. 별도 반납의 필요성은 없다

업무용 차량은 보통 3년 단위로 Lease계약을 한다. 주재 만료 후에도 계약기간내에는 해지가 불가능하기에 후임자에게 기존 차량을 인도하게 된다. 그러나 lease기간내에 차량 종류의 upgrade는 가능하기에, 필요 시에는 차종 변경도 검토가 가능하다. 그러나 차종의 Downgrade는 허용하지 않기에 고려할 필요가 있다. 차량의 운전자 명의 변경은 해당 차량 Rent회사에서 대행을 하기에 귀국시에 별도로 변경할 필요는 없다.

7-2. 차량매각시에 손실폭이 누적된다

귀국 발령이 나면, 현지에서 운용하는 개인 자동차를 중고로 판매하여야 한다. 현지의 중고 자동차 site는 언어적인 제약 및 커뮤니케이션의 문제로 인하여 외국인이 이용하기 어렵다. 주로 현지의 한인회 사이트를 통하여 매각하거나, 어려우면 가까운 지인에게 팔기도 한다. 아니면 같은 회사의 현지 직원들에게 판매하기도 한다. 차량 구매 후 관리가 잘 되어있는 것을 알고, 큰 사고 이력이 없기에 구매를 희망하는 현지 직원도 있다.

한국에 귀국하면 다시 차량을 구입하여야 한다. 결국 한국에서 차량 매각-〉 현지에서 차량 매입 -〉 현지에서 차량 매각-〉 한국에서 차량 매입의 총 4번의 구매와 매각 절차를 통하게 된다. 차량 관련 비용으로, 해외주재 기간 중에 저축한 금액의 상당액을 지출하게 된다.

7-3. 차량보험증명을 확보하라

한국에서의 차량보험 가입을 위하여 현지의 차량보험증명이 필요하다. 보험 증명 외에도 "무사고 증명서"도 입수하여야 보험 가입시 할인을 받을 수 있다.

보험회사에 영문으로 서류 발급이 어렵다면, 현지어로 기재된 서류를 번역하여 한국 공관에서 공증을 받아야 한다. 차량의 운전자가 배우자와 같이 되어 있으며, 공동으로 명시된 서류를 받아야 향후에 할인 혜택을 받을 수 있다.

제 8장 최종 귀국전에 한국 출장은 반드시 다녀와라

반드시 한번은 다녀오는 것이 필요하다. 한국에 본인 소유의 주택이 있는 경우에도 다녀올 필요가 있다. 새로이 거주할 집을 찾는 경우에는 반드시 직접보고 계약을 하는 것도 필요하다. 본인이 부득이 못 가는 경우에는 배우자라도 다녀오는 것이 필요하다. 통상 귀국 시점이 한 겨울이어서, 추위에 집을 보러 다니면서 고생한 경험을 대부분 가지고 있다.

제 9장 한국에서 주택 구하기

귀국시에 월세나 전세 집보다는 주택을 구매하는 경우도 많다. 통상 대출을 받아서 주택을 구매하는데, 해외에 있으면 대출받는 것이 여러 가지로 불편하다. 한국의 금융 거래가 본인이 아니면 상당히 까다로워, 위임장만으로 업무 처리가 어려운 경우가 많다.

절차적인 제약으로 인하여 해당 은행의 공인된 대출 중개인을 이용하기도 하는데, 이런 성격의 대출은 대출 이자율이 상당히 높다. 그리고 한번 대출을 받은 후 3년이내에 취소하면 대출 상환 수수료를 납부하여야 하는 제약이 있다. 많은 국가에서 금융 기관 대출시에는 중도 상환수수료가 없는데, 한국은 아직 이러한 부분에서는 Finance system이 미흡한 것 같다. 높은 금리로 인하여, 대출 상환 수수료가 부담이 된다면, 귀국 후 해당 은행에 상환 수수료를 납부하지 않고 대출 상품을 갈아탈 수 있는지를 문의할 필요가 있다.

집을 구입하면 순수한 주택 가격 외에 주택 거래에 따르는 취득세, 부동산 중개료, 입주 전 수리에 소요되는 비용도 면밀히 검토하여만 문제가 없다. 약 6정도의 아파트의 경우 부동산 거래비용은 약 5%정도, 3만원 정도의 비용이 발생한다고 판단하면 된다.

해외의 주택은 한국보다 큰 경우가 많다. 현지에서 가구를 구입하여 사용하다가 좁은 한국 집에 오게 되면 Space부족으로 가구를 매각하게 된다. 두 번의 해외 이사를 하면서 재정착에 따른 비용 지출도 상당한 경제적인 손실이다.

제 10장 귀국 전에 송별회 모임은 미리 준비하라

10-1. 비밀은 없다

연말이 되면 인사이동 및 귀국 발령 소득이 많이 들리게 된다. 귀국 발령이 나면 소문은 나게 되어있다. 알려지는 것은 결국 시점의 문제이지 언젠가는 모두 알게 된다. 교민 사회가 생각보다는 좁기에 발령 사실은 금방 알려지고, 여기저기서 전화가 걸려온다. 가장 먼저 알려지는 곳은 자녀 학교이다.

학교 친구를 통하여 알려지고 소문은 눈덩이처럼 커진다. 지인이나 배우자들의 끈끈한 모임 성격상 더 이상 숨기기도 어려워진다. 차라리 가까운 지인들에게는 미리 알려주어서 뒤늦게 알게 되는 곤혹스러움을 덜어줄 필요가 있다.

10-2. 지인과의 식사 약속은

귀국 1개월전쯤부터는 저녁이나 점심 식사를 같이 하자는 연락이 많이 온다. 주로 부부동반 저녁식사 모임인데, 약속을 정하다가 보면 귀국 2주일전에는 거의 매일 저녁에 외식을 하게 된다. 주로 한국 식당에서 하는 경우가 많은데, 같은 한국 식당을 며칠째 가기도 한다

문제는 식사 모임의 주최는 매일마다 다르지만, 만나는 지인들은 거의 비슷하고 초청하는 Host인사만 다른 경우가 많다. 좁은 교민사회에 인맥이 겹치면서 매일마다 같은 사람들과 같은 얘기만 반복하는 경우도 있다. 이런 경험을 몇 번씩 하면서도 관행을 바꾸는 것은 쉽지 않은데, 차라리 마음을 편하게 가지는 것이 좋다. 귀국 후 한국에서 지인들을 다시 만날 기회가 부족하니 이번이 소중한 기회라고 생각하고 만나는 것이 좋다. 지인들과 함께 식사를 하면서 아쉬운 정을 나누는 것이 조그만 행복이라고 생각하길 바란다.

10-3. 이별의 선물은

그리고 한가지 더. 가까운 지인들에게 떠나기 전에 이별의 선물을 준비하는 것이 좋다. 집에 보관중인 와인도 좋고 위스키도 좋다. 아니면 이사 짐을 Packing을 하면 한국에 가져갈 필요가 없는 물품들도 있는데, 현지에 있는 이들에게는 요긴한 물품들이 있다. 환금성으로는 본다면 금액이 얼마 되지는 않지만, 이런 물품들은 지인들에게 그냥 나누어 주는 것이 좋다. 예를 들어 오래된 소형 가전제품, 공부방용 가구, 그리고 아직 남아있는 한국 부식이다. 중고로 판매하기는 어렵지만 가까운 지인들에게는 많은 도움이 되는 물건들이다. 단, 라면 종류는 6개월만 경과하면 찌든 냄새가 많이 나서 라면 종류는 미리 버리는 것이 좋다.

또 한가지 방법은 중고로 판매하면서 소형 제품들을 무상으로 같이 전달하는 것도 방법이다. 쉽게 설명하면 1+1으로 하는 방식이다. 중고 제품은 전체 물품을 한 사람에게 Package로 판매하는 것도 좋은데, 가져갈 때 운송용 Truck을 빌려야 하기에 구매하는 이의 입장을 고려하여야 한다. 중요한 것은 선물은 받는 사람의 입장에서 상당한 효용성이 있어야 한다는 점이다. 그리고 반드시 받아서 문제가 없는 물건을 전달하여야 한다는 점이다.

제 11장 귀국 후 필요한 서류를 사전에 확인 받기

몇 가지 서류는 사전에 현지에서 준비하여야 한다. 한국에서의 학교 입학이나 전학에 필요한 서류들은 기 언급한바도 있는데, 별도로 한국 공관에서 필요한 서류들을 미리 챙겨 두어야 한다. 가족 전원의 현지 거주 확인서는 다양한 용도로 한국에서 필요하다. 현지에서의 차량 보험 가입 확인서와 차량 무사고 증명서도 한국에서의 보험 가입을 위하여 필요하다. 서류 발급이 약속한 일정대로 진행되지 않는 경우가 많다. 특히 자녀 학교 서류를 발급받기 위하여 학교로 e-mail로 요청을 하면 회신이 없는 경우가 많다. 현지 학교의 담당자가 개인 휴가를 가게 되면 누군가가 대신하게 되는데, 대체 인원의 연락처를 받고서 다시 요청하면 처리가 지연된다. 서류를 다시 요청하여 받아보면 서류상의 자녀 이름이나 생년월일의 오류로 인하여 다시 한번 요청을 하여야 하는 경우도 있다, 한국처럼 꼼꼼한 서류 발급이 그리워진다.

제 12장 한국 귀국하기 일주일전부터는

12-1. 한번 더 가보고 싶은 여행지에

보통은 현지에 체류하면서 평소에 가보지 못한 곳을 방문하게 된다. 또한 추천을 받아서 Brunch나 Dinner가 유명한 곳에서 인증 Shot을 하면서 열심히 SNS에 글과 사진을 올리게 된다. 현지에 같이 있는 주재원 지인들이 갑자기 SNS에 사진을 올리게 되면 귀국이 거의 임박한 것으로 판단하면 된다. 보통은 귀국 전에 현지 투어에 참가하면서 살고 있는 지역의 문화유적을 다시 둘러보게 된다. 손님이 오면 자주 가는 지역이지만 마지막이라는 느낌으로 감회가 새롭다. 언젠가 빠른 시일 내에 다시 오리라 기약하지만, 귀국 후에는 한국 생활의 고단함으로 다시 찾기는 어려워진다. 귀국 1주일 전부터는 가족 외식의 빈도도 높아지고 마음만 바쁘고 해서 시간도 빨리 지나가는 것을 느낀다. 매일의 일상이 소중하게 느껴지고, 지난 시간들을 무의미하게 보낸 것에 대하여 후회하게 된다. 다시 돌아오는 것을 기약하지만 현실적으로 쉽지 않으리라 느낀다.

12-2. Remind쇼핑을 한번 더

열심히 쇼핑도 다니게 된다. 가격 측면보다는 한국에서 구입할 수 없는 희소성에 중점을 두고 구매를 하게 된다. 고가품의 쇼핑으로 구매 금액이 높아지는데 조금씩 자제하면서 구입하는 것이 좋다. 필자의 경험으로 귀국 시점에 구입한 물품을 한국에 돌아와서도 크게 후회한적은 없었던 것 같다. 아마도 해외에서의 추억이 묻어 있어서 그런 것 같다. 요즘 해외 여행이 활발하여 여행 시에 구입한 현지 유명 제품을 가지고 있는 가정도 많다. 그러나 부피가 큰 품목은 여행시에 휴대가 어려워 한국에 가져오기 어렵고, 해외 생활을 한 이가 아니면 가지고 있기 힘든 rare item이 된다. 또한 부피가 큰 품목은 귀국 후 집의 인테리어를 할 때도 도움이 된다. 너무 작은 장식품은 다른 이에게 보여주기도 어렵고, 손님이 와도 자랑(?)하기가 어렵다.

12-3. 한국에 있는 지인들 선물을 꼭 준비하라

귀국해서 지인들이나 친인척 인사를 가면 선물이 필요하다. 물론 귀국 후 친지 방문 시에 과일이나 제과 류, 드링크류를 가져갈 수는 있지만, 이보다는 현지의 유명한 기념품이나 먹거리를 충분히 구입하여 귀국하는 것이 좋다. 가격대는 현지에서는 편안한 가격으로 구입 가능하지만, 한국에서는 고가로 인정받는 제품으로 준비하는 것이 좋다. 다량의 선물을 구입하다 보면 느끼는 점이, 선물은 구입하는 사람 입장에서는 목돈이 들어가지만, 받는 사람 입장에서는 부담이 없다고 느끼기에 서로의 체감 온도가 다르다. 지인들을 만나면 반가운 마음이지만, 간단한 현지 선물을 드리면 그 반가움이 두 배가 된다. 쇼핑 후에 부피가 큰 물건들은 사전에 배로 가는 이사 짐에 보내고, 작은 부피의 물품은 귀국하는 항공편에 같이 보내면 된다.

귀국 시에 Hand carry하는 물품은 사전에 현지에서 납부한 부가세의 환급 절차를 확인하는 것이 좋다. 구매 시점부터 환급 절차를 밟아야 공항에서 환급이 가능한데, 납부한 부가세 전액을 환급하여 주지는 않는다. 전액 환급이 불가능한 원인은 다양하지만 대체적으로 설명하는 바는 취지는 "환급에 따른 Processing fee를 공제"하여야 하기에 전액 환급이 어렵다는 점이다. 결국 납부한 부가세의 50%~70%를 환급하여 주는데, 그래도 고가의 품목이면 환급 금액도 상당하다. 환급을 공항내의 immigration 통과 후의 Special Desk에서 하는 국가도 있어, 대상 물품을 공항 내까지 직접 가져가야 하는 경우도 있다. 귀국 시에 개인 물품도 많은데 부피가 큰 물품까지 Hand carry하는 것은 심리적으로 부담이 된다.

제 13장 귀국 당일은 심리적으로 바쁘다.

13-1. 너무나 바쁜 하루 일정

출국 당일 아침부터 마음이 바쁘다. 오후나 저녁 출국인 경우, 아침에는 집주인이나 부동산과의 약속에 최종 점검이 예정되어 있고, 주택 관리비등을 일자 별로 일할 계산하여 선 납부를 하여야 하기 때문이다. 차후에 입주하는 임차인인 있으면 직접 만나서 관리비 계산을 하여야 한다. 또한 비워 있는 집이지만 기본적인 청소는 하고 가야 하기에 청소 도우미와의 사전 약속도 필요하다. 그러다 보면 오전 시간이 가게 되고 현지에서의 마지막 점심 식사를 하게 된다.

주변에 나름 의미 있는 곳에서 현지 식으로 식사를 하게 되는데 기분이 참으로 묘하다. 언제 다시 이곳에 올 수 있을지를 기약해보지만, 한국에 하면 가족이 다시 그 곳으로 가기는 쉽지 않다. 점심 식사 후 아파트에 돌아와서, 지인들로부터 빌린 잔여 세간살이를 돌려주기도 하고 현지화를 환전소에서 외화로 바꾸기도 한다. 시간을 보내게 되면 공항 출발 시간이 다가온다. 보통 귀국시의 짐이 인당 2~3개씩 되고 4인 가족이면 약 8개~12개정도 되어 본인의 자동차로 공항 이동이 어렵다. 가까운 지인에게 차량을 부탁하여 공항으로 같이 이동하게 된다. 공항에는 약 2시간 30분전에 도착하게 되면 가까운 지인들과 공항에서 마지막 인사를 하게 된다, 아쉬움이 더 커지면서 마음이 울적해하기도 하면서 귀국 편 국적 비행기를 타고 마침내 떠나게

274

된다.

13-2. 가까운 친지에게 신세를

한국에 도착하는 당일은 가까운 친척집에서 숙박을 하게 된다. 한국에 본인 소유의 주택이 있더라도 사전에 집을 청소하고 입주하여야 하기에 바로 입주하는 것은 쉽지 않다. 보통은 본가나 처가에 며칠 신세를 지게 된다.

제 14장 한국 도착 후, 이제 새로운 출발이

14-1. 개인 휴가를 시용하면서

한국 도착 후에 3~4일 정도의 개인 휴가를 사용하면서 한국 정착에 필요한 준비를 하게 된다. 외국과는 달리 모든 Process가 너무나 Speed하게 진행되기에 한국 적응에 다소 시간이 소요된다.

우선적으로 동사무소에서 전입 신고를 하여야 한다. 전입 신고시에 가족 전체를 신고할 필요가 있으며, 회사와 학교 제출용으로 출입국 사실 증명도 발급받을 필요가 있다.

14-2. 사는 곳을 안정시키기

신규로 집을 구매하였으면 부동산 중개업소에서 주택 등기 서류를 받는다. 추가로 은행 관련 일도 보게 되는데, 통신사에 Mobile Phone을 신청하는 일이 중요하다. 신규로 Mobile을 신청하는 경우에는 문제가 없으나, 현지에서 Mobile기기를 가져오는 경우에는 절차가 복잡하다, 일부 통신사는 기기에 따라서 해외 핸드폰의 한국 등록이 불가하거나, 굉장히 복잡한 Process를 밟게 된다. 동네의 통신사 대리점은 처리가 불가능한 경우가 많아서, 통신사 직영 지점에 가서야 전화가 개통되는 경우가 있다.

14-3. 연결을 위하여

별도로 인터넷 TV 설치, 070 인터넷 전화, 가스 연결, 그리고 집에서 필요한 정수기도 신청하여야 한다. 귀국후에는 한국 실정에 어두워서 가까운 부동산 중개업체의 사장님께 문의하면 도움을 받을 수 있다. 일부 상품들은 약정 기간이나 판촉 사은품에 따라서 계약조건이 상이하여 사전에 계약 조건을 확인할 필요가 있다.

TV를 시청하다가 현지 관련 방송이 나오게 되면 그리움이 솟구치고, 다시 가보고 싶은 욕구가 일어난다. 주로 여행 기행 프로그램에서 해당 지역이 나오면 감상에 젖는다. 이런 기분이 들면 이제야 한국에 귀국하였음을 실감하게 된다. 다시 출국할 수 있는 그 날을 기다리며.

맺음 말

"낭비일지언정, 20대에는 사랑해야 한다"라는 말이 있다. 경험을 빨리 시작하면 시행착오를 조금이라도 줄일 수 있다는 의미이다. 나이 들어서 겪는 경험보다는 청춘의 경험이 더욱 값질 수 있다.

1980년대에 한국의 4대그룹은 2010년대에도 여전히 4대그룹으로 존재한다. 우리 경제의 역동성이기도 하고 정체된 그림이기도 하다. 지난 40년간 해외로 진출한 기업이 많지만, 아직도 세계적인 시장 지배력을 가진 글로벌 기업은 많지 않다. 어떤 이유일까?

필자는 그 원인을 "매뉴얼의 부재"로 보고 있다. 한국 기업은 정교하면서 update된 매뉴얼이 없기에, 해외 비즈니스의 현장 경험이 선배에서 후배로만 전달되는 구조를 가지고 있기에 글로벌화의 속도가 느린 것이다.

흔히들 "과거는 앞에 있다"고 한다. 과거만을 얘기하는 사람은 미래를 준비할 여유가 없다는 얘기와 같은 말이다. 해외 체류를 몇 달, 몇 개월 경험한 이들은 당시의 그 경험이 너무나 강렬하여, 지금 현재 이 순간의 소중함을 느끼지 못한다.

해외 여행이 너무나 흔한 일상이 되는 시대에 살고 있다. 주말에 잠깐 며칠씩 해외에 다녀오는 이들도 많아지고 있다. 며칠 간의 경험이 몇 달, 몇 년간의 생활로 이어지면 결국은 "해외에서 살아

보기"의 큰 그림이 만들어질 것이다.

우리가 현재 하고 있거나 현재 시도하고 있는 일만이 우리의 다가올 미래이다. 우리의 인생은 아직 현재 진행형이다. 경험 위주의 다소 딱딱한 글을 읽어 주신 독자들에게 깊이 감사드린다.

다시 일상으로 돌아가며.

이 동고 드림